Sten Johansson

Sesdek ok

I0636456

SERIO ORIGINALA LITERATURO

STEN JOHANSSON

Sesdek ok

Romano

MONDIAL

Mondial
Novjorko

Sten Johansson:
Sesdek ok

Originala romano en Esperanto

Kovrilo: Mondial

Kovrilfoto de André Cros:
La 11a-12a de junio 1968. Urba arkivo de Tuluzo. Fonto: Vikipedio

ISBN 9781595694126

www.librejo.com

Enhavo

Ĉapitro I

Sklavar' malsata

Leviĝu en mizer' dronanta
sklavar' malsata de la ter'!
Raci' nin vokas indignanta
al mortbatalo por liber'.

Provu imagi ĉi tion, Ingrid! Kredeble ankaŭ vi trovus tiun kantadon sufiĉe impona en la salono de la modernisma teatro de Malmö. Dume mi tamen demandis min, ĉu la unua rimo ne estas tia adasismo, pri kiu avertis mia instruisto Olle Olsson en la studenta Esperanto-klubo de Lund, por la okazo ke mi sekvus la tradicion ekverki poemaron tuj post la komenca kurso. Sed fakte mi havis neniun intereson pri versoj en ajna lingvo, kun aŭ sen adasismoj. Nu, mi supozis ke nur la burĝaj esperantistoj zorgas pri tia poezia bagatelo, dum al la sennaciuloj gravas nur la klasbatalo. La fortikaj voĉoj pli-malpli supozigis tion, precipe dum la ripetata

Kaj la Internacio
triumfu en tutmond'!

Ĉio ĉi eble ŝajnas al vi ridinda. Sendube vi kaj viaj kamaradoj multfoje kantis ĝin pli entuziasme, eble eĉ kun timige levitaj pugnoj, kvankam komprenebre ne en Esperanto. Aŭ ĉu vi kantis nur *Oriento ruĝas*? Laŭ sia aspekto la anoj de la kvardeka SAT-kongreso vere ne estis tre timigaj. La meza aĝo ŝajnis sufiĉe alta inter la kvarcento, plejparte viroj ne tro elegantaj, kiu plenigis nur duonon de la partero kaj neniom de la balkonoj. La plimulto el ili estis senceremonie vestitaj kvazaŭ por promeno en arbaro aŭ sur strando. Kelkaj viroj en kompleto portis sian senkravatan ĉemizkolumon faldita super tiu de la jako laŭ iaspeca iama proleta modo, mi supozis.

Post iom da vagado mi trovis aron da junaj homoj en angulo de la salono. Laŭ la akĉento la plej multaj el ili estis francoj. Unu el ili prezentis sin kiel Christian. Li estis juna viro laŭŝajne pli-malpli tridekjara kun sunbrunigita vizaĝo kaj mallongaj brunaj haroj, en ĝinzo kaj blua pulovero. Evidente li rimarkis ke mi estas flavbekulo en la kongresa medio, do li sentis ian respondecon enkonduki min en la misterojn de SAT-anoj.

"Ĉu vi scias, kiu estas tiu viro?" li flustris en mian orelon, diskrete montrante al preterpasanta viro eble sepdekjara en ŝorto kaj paliĝinta ĉemizo de neidentigebla origina koloro.

"Ne", mi reflustris. "Ĉu Lanti?"

Mi intencis tion kiel ŝercon, kvankam mi ne sciis, ĉu tiu mita figuro plu vivas aŭ jam delonge kuŝas en la tero. Sed Christian prenis miajn vortojn serioze. Li ŝajne ne estis tre ŝercema persono.

"Kamarado Lanti mortis antaŭ dudek jaroj", li saĝumis. "Tiu estas kamarado Bartelmes."

Mi kapsignis danke pro la informo, kvankam ĝi signifis al mi nenion.

Fakte estis iom strange rigardi la ruĝajn flagojn kun verda stelo en ĉi tiu eleganta kaj modernega ejo, kiun mi neniam antaŭe vizitis. Laŭ reklamafiŝoj ankoraŭ restantaj en la vasta vestiblo oni ĉi lastan printempon prezentis *Romeo kaj Julieta*, teatraĵon kiun mi supozis eksmoda kaj malinteresa. Eble vi memoras ke ni unufoje en aprilo kune iris al teatroprezentado en Malmö, sed tio ja estis politika revuo pri paco, kiun oni surscenigis ne ĉi tie en la ĉefa urba teatro, sed en ege pli simpla ejo, situanta en la Popola Parko. Krom tio mi antaŭe vidis preskaŭ nur peceton de la urbo, paŝante sur la kajo inter la granda brika fortikaĵo de la fervoja stacidomo kaj la albordiĝejo de la pramo al Kopenhago. Por ni, lingvostudentoj ĉe la universitato de Lund, la dana ĉefurbo ja estis pli alloga ekskursocelo.

Ĉu vi memoras tion, Ingrid? Aŭ ĉu vi forgesis tiujn ekskursojn kun mi al Kopenhago? Klopodu memori, kiel ni kune vagis laŭ la urbocentra promenstrato inter amaso da aliaj turistoj aŭ sidis en fumoplena bierejo, ĉiu kun botelo da dana biero enmane. Tio por ni estis vizitoj en alia lando, kiu tamen ne estis vera eksterlando.

Sed tiun revuon *Ho, kia mirinda paco* vi sendube plu memoras, ĉu ne? Ni poste diskutis la enhavon kaj iom malsamopiniis, kvankam tio estis nur stimula malkonsenteto. Laŭ mia memoro vi trovis ĝin iomete tro malserioza aŭ naiva, dum mi estis pli entuziasma. Mi tre ĝuis niajn karajn vorto-skermadojn pri tiaj aferoj. Por mi nia amrilato estis mirinda sperto. Ne nur havi koramikinon, sed eĉ pli mirakle, knabinon kun kiu mi povis paroli kaj diskuti pri ĉiaj temoj – literaturo, politiko, filmoj, kaj kompreneble lingvoj. Vi eĉ trenis min en la lokajn artmuzeon kaj galeriojn, kiuj por mi estis kvazaŭ fremda mondo hermete fermita. Tie vi paŝis apud mi, alta, svelta, en via minijupo kaj strikta ĵerzo, jen kaj jen turnante vian vizaĝon al mi kun esplora rigardo de viaj helbrunaj okuloj.

"Kial vi timas diri vian opinion pri la pentraĵoj?" vi tiam demandis min.

"Mi ne timas, mi simple ne komprenas kio estas valora arto."

"Ne necesas kompreni. Vi rajtas ŝati aŭ malŝati, miri aŭ enui, entute senti ĉion ajn. Malfermu la sensojn; permesu al la arto iel ajn impresi vin."

Mi ja klopodis sekvi vian instigon, sed ial mi sentis ke mi nur ŝajnigas por komplezi al vi, dum funde mi plu restas same senkomprena kiel antaŭe.

Pri aliaj temoj mi tamen ne sentis similan mankon de memfido, do ni vere diskutis, komparis, prijuĝis, babilis preskaŭ senĉese dum ĉiu libera momento. Verŝajne ni ambaŭ iom neglektis aliajn amikojn dum nia printempo de intensa amo. Miaflanke mi sentis ke amikoj ne plu gravas, kiam mi havas vin.

Ofte mi imagis ke vi kutimas je ege kleraj konversacioj en via mezklasa familio, dum kun miaj gepatroj eblis paroli nur pri ĉiutagaĵoj. Poste mi ja renkontis la viajn kaj povis konstati ke mi iom supertaksis ilian intelektan nivelon.

Kiam mi liberiĝis el la soldatservo en la antaŭa somero, mi sentis grandegan malpeziĝon kaj eĉ feliĉon pro la eblo mem decidi, kion fari. Ankoraŭ unu jaron pli frue mi estis la unua abituranto de mia familio, kaj nun mi iĝis la unua studento ĉe universitato. Al la familianoj kaj konatoj en la urbeto Alvesta, kie mi pasigis la adoleskajn jarojn, sendube ŝajnis stranga elekto ekstudi Latinon. Sed fakte mi ĝuis tion, almenaŭ komence, kvankam ĝi estis nur deviga bazo por plua studado de latinidaj lingvoj. Post iom da tempo mi tamen trovis iom nekontentige okupiĝi tiel intense pri lingvo, en kiu mi neniam havos okazon vigle babili kun aliaj homoj en kafejo aŭ sur strando.

La ideo esplori, ĉu tia babilado eblus en artefarita lingvo, efektive venis de mia profesoro pri Latino, kvankam tute kontraŭ lia intenco. Iufoje li pretere diris ion tre mokan pri la vaneco kaj stulteco konstrui artefaritan novan lingvon, kiam jam ekzistas sufiĉe da naturaj idiomoj. Tio vekis mian naturan spitemon, kaj post iom da serĉado mi trovis la kurson de Olle Olsson kaj rapide ekstudis tiun vanan stultaĵon de doktoro Zamenhof. Kaj tre baldaŭ mi konstatis je mia surprizo, ke vere eblas babili en ĝi ĉie ajn – kondiĉe ke oni tien venigas kun si la kunbabilanton.

La Universalan Kongreson ĉi-jare oni devis lastminute transloki de Tel-Avivo en Roterdamon pro la Sestaga milito inter Israelo kaj ties najbaroj, kaj simile okazis pri la Internacia Junulara Kongreso. Por mi tio signifis nenion, ĉar mi tute ne havus okazon partopreni. Sed estis ĝoja surprizo ke alia organizaĵo aranĝos mondkongreson preskaŭ en mia hejma postkorto, en la najbara Malmö, apenaŭ dudek kilometrojn de Lund. Pri sennaciismo mi sciis nenion, nek pri la malamikeco inter la laborista kaj la neŭtrale-burĝa esperantomovadoj. Mia instruisto iom klerigis min, sed kiel ĉiam en tre eŭfemisma maniero. Por Olle Olsson 'malamiko' certe ne estis Esperanta vorto.

Paciencu, Ingrid, mi petas. Permesu al mi rakonti laŭ mia maniero, eĉ se ĝi estas iom sinua. Ĉu vi memoras, kiel ni unue renkontiĝis? En mi tio estas firme gravurita. Mi vidis vian altan figuron kaj longan blondan hararon jam aŭtune dum la latinaj prelegoj, sed tiam ni estis en malsamaj seminariaj grupoj, do mi ne havis naturan okazon konatiĝi kun vi, des pli ĉar vi videble ne rimarkis mian ekziston. Komence mi erare supozis ke vi iom pli aĝas ol mi – ne pro via aspekto, sed ĉar vi ŝajnis sufiĉe sperta kaj kuraĝa, kiam vi tute senrespekte faris demandojn dum prelego aŭ komentis ĝin poste, ekster la prelegejo. Mi memoras ke vi unufoje en rondo el studentoj, kie mi staris en la periferio, nomis nian profesoron reakcia bufono, kion mi trovis sufiĉe sprita kaj trafa.

Krome vi ŝajnis al mi veni el alia mondo; la kulturita stokholma akĉento, la certeco de konduto kaj via laŭmoda vesto el optikdesegna minijupo, silka bluzo kaj koloraj botoj el ia sinteza materialo – ĉio ĉi atestis pri aparteno al pli alta socia tavolo, aŭ almenaŭ al pli ŝika rondo.

Kiel vi eble memoras, mi mem kutime aperis en nigraj lignoŝuoj, ĝinzo kaj hinda kotona ĉemizo sub lana pulovero trikita de mia panjo, kaj mi ĉiam supozis ke mia smolanda dialekto sonas sufiĉe kamparane al studentoj el aliaj partoj de nia lando, kaj precipe al tiuj el la ĉefurbo.

Post Novjaro en nia komuna kurso de la franca mi rapide konstatis ke mi tute misjuĝis vin. Fakte vi estis tre simpatia kaj modesta. Kaj sprita. En unu seminario ni devis diskuti la longan poemon *Barbara* de Jacques Prévert. La plej multaj en nia studgrupo parolis pri ĝi hezite, balbute kaj sufiĉe nebule, sed vi estis entuziasma.

"Mi ege ŝatas tiujn *mi ci-diras*", vi ekkriis. "*Mi ci-diras al ĉiuj, kiujn mi amas*. Kaj *Mi ci-diras al ĉiuj, kiuj amas unu la alian*. Estas brile! Sed la finon mi ne bone komprenas. Kial restas nenio?"

La etoso grave malpeziĝis post via komento, kaj ĝi restis leĝera ankaŭ kiam nia instruisto klarigis, ke la poemo aludas al la kompleta detruo de la bretona urbo Brest dum la dua mondmilito.

"Sed eble ni povas uzi la okazon por interkonsenti ke vi ci-diros ankaŭ al mi", li aldonis bonvole. "Kvankam mi ne malkaŝos, kiun mi amas. Sed ne vastigu tiun ci-diradon al la profesoro, mi petas."

Estiĝis ĝenerala ridado inter la studentoj, el kiuj tri kvaronoj estis knabinoj – jen maloftaĵo en la universitato. Kaj mi klare aŭdis vin murmuri:

"Nu, la profesoro certe amas neniun."

Nun mi povis konstati ke vi efektive rimarkis mian ekziston kaj eĉ ne hezitas paroli kun mi kaj demandi pri mia opinio, ĉu pri tiu poemo de Prévert, ĉu pri lingva malfacilaĵo. Fakte vi ne estis la sola studento, kiu fojfoje petis min klarigi ion. Ŝajne mi rapide akiris ian prestiĝon de lertulo en la grupo. Samtempe vi iĝis avangardulo tie ĉefe dank' al via memfido kaj kuraĝo.

Je mia surprizo vi baldaŭ post tiu okazo turnis vin al mi kun neatendita peto.

"Björn, ĉu vi ne povus helpi min plibonigi mian francan prononcon?"

Dum momento mi certis ke tio estas kaŝa moko pri mia dialekto.

"Ki-kio? Ĉu mi?" mi stulte balbutis.

"Jes! Vi ja parolas preskaŭ kiel franco. En la gimnazio oni remaĉis nur gramatikaĵojn, precipe verbojn. Ni apenaŭ lernis paroli la lingvon."

Mi ankoraŭ dubis ke vi estas serioza, do mi decidis respondi ŝerce kun afekta franceca prononco.

"Jen mia natura smolanda akĉento. Ni efektive estas kaŝaj francoj."

Vi ridis sed ripetis la peton, kaj baldaŭ ni renkontiĝis en via loĝejo en la domo de via studenta korporacio. Post la prononca ekzercado ni trinkis teon, kaj post la teo sekvis jam en la dua renkontiĝo interkisado.

"Ĉu ni kuŝiĝu surlite?" mi proponis post la tria ekzercado kun la manoj jam sub via minijupo.

Vi kunpremis la ŝtrumpkalsone kovritajn femurojn kaj rigardis ĉirkaŭ vi, kvazaŭ gvatante pri ŝtelatestantoj, dum mi silente malbenis la inventon de tiu moderna nilonaĵo, kiu malebligis trovi nudan haŭton inter la ŝtrumpo kaj la kalsoneto.

"Mia ĉambro estas ege malbone sonizolita", vi diris. "La najbaroj aŭdas ĉion, kion oni faras."

"Ĉu gravas?"

"Kaj mi havas nenian preventilon."

Pri tiu detalo mi komprenable ne pensis.

"Ni povus iri al mia loko kaj survoje aĉeti de aŭtomato. Ne estas malproksime."

Vi tamen plu prokrastis la aferon, do tiufoje nur niaj kvar manoj palpserĉadis sian vojon sub la vestaĵojn, kaj mi devis pacienci. Intertempe mi invitis vin al kinejo por spekti la tute novan svedan filmon *Jen via vivo* de la preskaŭ nekonata reĝisoro Jan Troell. Estis vespero kun kutima vintra vetero de la provinco Skanio; la vento insidis en ĉiu stratangulo kaj vipis niajn vizaĝojn per miksaĵo el neĝo kaj pluvo. La kinejo preskaŭ pleniĝis de homoj, kaj de ĉies humidaj vestaĵoj baldaŭ eliĝis vaporo kun leĝere malfreŝa odoro. Tio tamen aldonis konvenan flaran sensacon al la prezentado, kaj la filmo pri la junaĝo de malriĉa knabo en la plej norda Svedio antaŭ duonjarcento ja estis bonega; pri tio ni ambaŭ konsentis.

"Mi tre ŝatis la sonĝajn scenojn en koloroj", mi laŭde diris.

"Nu, bone", vi iom trenis la parolon, "ĝuste tio estis iom tro romantika. Sed cetere bonega kaj grava filmo."

Sendube tiu kineja vespero helpis kunigi nin. Ni komencis diskutadi filmojn, pri kiuj vi estis pli sperta ol mi, kaj librojn, kie mi superis vin, almenaŭ koncerne la kvanton de legitaj verkoj. Vi juĝis ĉion pli kritike ol mi, sed tion mi trovis plejparte stimula.

La kvaran prononcekzercon ni okazigis post kelkaj tagoj en mia ĉambro, kiu estis same malbone izolita kiel la via, sed kie la najbaroj estis nekonataj al vi. Ekde tiu vespero en la fino de februaro ni jam estis veraj geamantoj.

Kiel vi certe memoras, mia ĉambro situis en sufiĉe labirinta malnova domo proksime de la vendoplaco. En apudaj ĉambroj loĝis unuflanke studento pri teologio, kiu havis seriozan problemon de alkoholismo, kaj aliflanke eterna studento eble tridekkvinjara, kies studfako estis relative nebula, ĉar li babilis jen pri historio, jen pri astronomio kaj foje eĉ pri botaniko. Mi dividis kun ili necesejon, banĉambron kun rusta duŝilo kaj mucida defluilo kaj ian rubkameron rolantan kiel kuirejo. Inter tiu strangula duopo vi baldaŭ komencis pasigi noktojn ĉe mi, sur la larĝa matraco kuŝanta senpere surplanke, kiu estis mia lito.

Ni ambaŭ interesiĝis pri internaciaj rilatoj, precipe la tria mondo kaj ties proceso de malkoloniiĝado. Vi ofte havis pli radikalajn vidpunktojn ol mi, sed ĝuste pro tio ni ŝatis diskuti la mondan situacion. Mi sentis ke la estonteco plejparte estas hela, kaj ke la mondo iras en bonan direkton, kvankam kelkloke ankoraŭ restas malbonaj kondiĉoj hereditaj de la pli frua historio. Vi estis kompare malpli optimisma sed kundividis mian esperon pri pozitivaj ŝanĝoj.

"La eksaj kolonioj liberiĝis nur formale", vi iam diris. "Necesos popolaj revolucioj por sendependigi ilin ankaŭ ekonomie kaj kulture."

En aprilo ni kompreneble malĝojis pro la puĉo de militistoj en Grekio, sed ni esperis ke tio restos efemera escepto konfirmanta la regulon, ke ĉio iom post iom pliboniĝos.

"Tedas min tio, kion ĵurnaloj skribas pri la antikva 'lulilo de demokratio' en Grekio", vi grumblis. "Fakte ĝi ekzistis nur dum limigitaj periodoj en Ateno, kaj ĝi ekskludis ĉiujn virinojn kaj la plej multajn virojn. Ĝi estis eĉ malpli demokrata ol la hodiaŭaj rasapartigaj Sudafriko kaj Rodezio."

Pri la usona militado en Vjetnamio ni samopiniis, ke ĝi estas hontinda, kaj en majo ni ĝojis, kiam kondamnis ĝin la tribunalo de Russel kaj Sartre okazanta en Stokholmo. Vi cetere plej interesiĝis pri Latinameriko kaj planis aŭtune studi la hispanan lingvon. Vi eĉ postlasis ĉe mi libron pri la nuntempa situacio en Sudameriko, kiun mi eklegis sed ne finis kaj kredeble neniam redonis al vi. Ni kelkfoje diskutis ankaŭ tiujn landojn. Kiam mi antaŭdiris ke la reĝimoj tie certe falos post nelonge, vi malkonsentis.

"Mi esperas ke vi pravas sed ne certas pri tio. Fakte mi ne imagas ke la popoloj baldaŭ ribelos por faligi tiujn diktatorojn. Ili ŝajnas tro subpremataj, ankaŭ religie."

Al tio mi ne povis respondi per konkreta kialo de espero. En Hispanio Franco ŝajnis sidi stabile, kaj pri Latinamerikaj diktaturoj mi simple ne sciis detalojn.

Je la fino de la printempa semestro mi restis en Lund, dum vi reiris al via gepatra hejmo en Stokholmo por labori dumsomere en la maklerista firmao de via patro.

"Ĉu vi absolute ne povas resti ĉi tie?" mi demandis. "Mi ne ŝatos disiĝi de vi."

"Nek mi, sed temos nur pri du monatoj."

"Kaj duono."

"Kion mi farus ĉi tie? Mi devas labori, same kiel vi. Sed ni interparolos telefone, ĉu ne?"

"Vi mankos al mi."

"Kaj vi al mi. Sed imagu, kiel bone estos renkontiĝi denove aŭtune."

Do ni provizore disiĝis, kaj en la fino de julio jam pasis preskaŭ du monatoj, de kiam ni vidis unu la alian. Kelkfoje mi babilis kun vi telefone, sed nur mallonge, ĉar tia interurba telefonado ja estis ege multekosta, kvankam oni jam de kelkaj jaroj povis aŭtomate diski la numeron al Stokholmo kaj ne plu devis mendi la interparolon per telefonisto.

La studadon ĉe la universitato mi same kiel vi financis per ŝtata monprunto, sed somere dum via foresto mi laboris en la hospitalo de Lund. Ni estis gaja skipo da purigistoj, el kiuj du trionoj konsistis el dumferie laborantaj studentoj kaj gimnazianoj. Kune ni plenumis grandan jaran purigadon de somere fermitaj sekcioj de la klinikoj. Kompreneble mi laboris pro la mono, sed mi tre ĝuis ankaŭ la kunestadon kun dumtempaj kolegoj, kies vivkondiĉoj estis plej diversaj. Jen dumviva purigistino laboris ŝultro ĉe ŝultro kun filino de profesoro, al kiu ŝi devis instrui diversajn labormetodojn dum purigado de necesejo. Jen mi broslavis plafonon kunlabore kun samaĝulo, por kiu la universitato ŝajnis kvazaŭ kazerno de fremda armeo. Kaj jen du koleginoj lavante la plankon diskutis problemojn pri edukado de la infanoj, kio por mi apartenis al tute fremda adolta mondo, dum apude du gimnazianoj ŝercis pri siaj stultaj instruistoj. Sed en la fino de julio mi povis liberiĝi de tiu laboro por anstataŭe interfratiĝi kun SAT-anoj el pluraj landoj.

La formala kongresa programo efektive ne tre interesis min. Mi ĉeestis kelkajn prelegojn kaj diskutojn pri temoj pli-malpli indiferentaj al mi. Okazis kunvenoj de diversaj frakcioj – sindikatistoj, trockiistoj, sennaciistoj kaj aliaj. Al mi estis surprizo ke nur kelkaj en la sennacieca asocio estas anoj de sennaciismo, sed mi ne multe cerbumis pri tio. Mi plejparte restadis kun membroj de la Junulfako, inter kiuj mi malkovris beletan francinon, kredeble iom pli junan ol mi, malhele brunharan, kun pinta nazo, plaĉe svelta figuro kaj infekta rido.

"Mi estas Dani", ŝi diris. "Fakte Danielle, sed por la amikoj Dani."

"Kaj mi estas Björn – por amikoj kaj malamikoj."

Ridante ŝi kelkfoje ekzercis sin pri tiu ekzota nomo, dum ni sidis sur faldseĝoj unu apud la alia, atendante prelegon pri la plano krei pli grandan ilustritan version de Plena Vortaro.

"Tio signifas urso", mi aldonis. "Se vi volas, vi povas nomi min Urso."

Ŝi denove ridis.

"Vi ne avas la eRo de uRso", ŝi kartavis.

Evidente ŝia Esperanto estis eĉ pli mizera ol la mia. Do ni ŝanĝis al la franca, sed ankaŭ tio ne fluis tute glate, ĉar france ŝi babilis ege tro rapide por mi. Tamen tio ne gravis; mi ĉiuokaze tre ĝuis kunesti kun ĉi tiu knabino. Fakte, post nelonge Dani plene ensorĉis min, kaj mi eĉ ne hontis pro tiu plaĉa sento. Nur ĉiuvespere, kiam mi reiris trajne al Lund, mi memoris mian rilaton al vi, Ingrid, kvankam ni estis paro jam de preskaŭ duonjaro.

Ĉapitro 2

Kisi trifoje

Julio dumlonge estis malvarmeta kaj pluva, sed ĝuste en la kongresa semajno la vetero ŝanĝiĝis en varman kaj sunan, kvazaŭ por prezenti Svedion en la plej bela lumo al la eksterlandaj gastoj. Merkrede la kongreso aranĝis tuttagan ekskurson al Frostavallen en la mezo de la provinco. Mi antaŭe ne aliĝis al ĝi, ĉar mi supozis ke tie nenio vidindas, kaj ĉar la ekskurso kostis ekstran monon. Sed marde mi eksciis de Christian ke li kaj kelkaj aliaj gejunuloj, inter kiuj estos ankaŭ Dani, partoprenos en la ekskurso. Do mi alveturis matene por eble akiri restantan lokon kaj efektive sukcesis ricevi ĝin. Kaj ne nur tion; mi eĉ atingis eniri la ĝustan aŭtobuson kaj trovi ke Dani sidas en ĝia mezo kun sia violkolora mansako metita sur la apudan sidlokon, kvazaŭ por rezervi tiun.

"Pardonu min, fraŭlino, ĉu tiu loko estas libera?" mi demandis france.

"Se plaĉas al vi, sinjoro", ŝi ridante reciprokis, forigante la mansakon.

Post tio ni komprenebla transiris de la formala 'vous' al la intima 'tu', kaj de fraŭlino kaj sinjoro al Dani kaj Urso.

Trans la paŝejo sidis Christian apud pli juna viro. Li ŝajne alprenis ian protekteman sintenon al Dani.

"Vi devas paroli Esperanton kun Dani", li diris al mi. "Ŝi bezonas ekzerci sin. Do ne permesu al ŝi krokodili, mi petas."

Provizore mi ŝanĝis lingvon, sed kiam la buso ekiris kaj ĝia motorbruo plilaŭtiĝis, mi reiris al la franca, turnante min dekstren, dum mi de temp' al tempo interŝanĝis Esperantajn replikojn maldekstren.

Ni preterpasis Lund-on sur la aŭtovojo kaj mi montris al "mia urbo" ambaŭlingve, kvankam oni fakte vidis malmulte de ĝi.

"La svedaj urboj havas aspekton tre verdan", komentis Dani. "Kaj modernan. Oni vidas nur arbojn kaj novajn domojn."

Mi klopodis iom reklami la nivideblajn mezepokajn domojn kaj katedralon de la urbocentro. Sed efektive ŝi ja pravis.

"Ĉe ni oni konstruas plejparte el ligno", mi klarigis, "kaj tial dum la historio la urboj de temp' al tempo brulis. Do ne restas multe da malnovegaj domoj."

Fakte, tiu klarigo validis pli multe pri la cetero de Svedio ol pri ĉi tiu eks-dana provinco, sed mi ne trovis necese detalumi. Ni alvenis al Frostavallen, kiu situis en tipa sveda arbaro kun lago, kie eblus naĝi. Neniu el la gejunuloj tamen kunportis bankostumon. Ankaŭ mi ne.

"Ni estas en Svedio, do ni banu nin nudaj", deklaris Christian.

"Tio estas plej natura."

"Ĉu vere?" diris Dani kun mieno de surprizo. "Ĉu oni permesas?"

Mi rigardis ŝin. Ŝi surhavis T-ĉemizon kaj ŝorton, kaj mi notis ke ŝiaj maldikaj kruroj estas malpli sunbrunigitaj ol la vizaĝo kaj la brakoj. Dum momento mi imagis ŝin demeti la vestaĵojn por enakviĝi, sed mi tuj devigis min forpuŝi tiun bildon.

"Nu, ne ĉi tie inter la aliaj vizitantoj", mi respondis. "Sed eble se ni irus iom flanken, kie ni estus solaj."

Ŝi ridis.

"Bone. Mi vin petas komenci!" ŝi diris al Christian en bona Esperanto.

Sed la propono pri nuda bano ne efektiviĝis. Unu el la knaboj esploris la akvon kaj deklaris ke ĝi tro malvarmas. Anstataŭe ni sekvis la grandan grupon da kongresanoj al zoologia ĝardeno kun plejparte Nordiaj bestoj, situanta apud la arbaro. Dume mi plu interparolis kun Dani kaj aliaj alterne en la du lingvoj, kaj fojfoje mikskonfuze en ambaŭ.

Mi eksciis ke Christian kaj Dani ambaŭ loĝas en Parizo kaj ke li estas ĵurnalisto kaj ŝi laboras en banko, kio iom surprizis min. Antaŭe mi imagis ŝin studento aŭ eble eĉ mezlernejano. Mi ankoraŭ ne kuraĝis demandi pri ŝia aĝo.

"Sed mi devenas el la sudo", ŝi aldonis. "Mia familio estas vilaĝanoj en Provenco."

"Ankaŭ mi devenas preskaŭ el la kamparo, aŭ pli precize el urbeto", mi reciprokis. "Paĉjo estas fervojisto, kaj Panjo ĵus eklaboris en butiko. Antaŭe ŝi nur prizorgis la hejmon."

"Ĉu vere? Ankaŭ mi iam laboris en butiko, kaj mia amikino plu restas tie. Sed viaj gepatroj certe oferas multon por ebligi al vi studi, ĉu ne?"

"Ne plu", mi respondis. "Certe ja antaŭe, ĝis mia abituro." Poste mi klopodis klarigi la sistemon kun favorkondiĉaj ŝtataj monpruntoj al studentoj.

"Vi estas bonŝanca", ŝi komentis. "Tiu afero ekzistas ĉar Svedio estas socialisma, mi supozas."

Mi ridis, pensante ke tio estas ŝerco, sed ŝi estis nekutime seriozmiena. Tamen mi ne povis bone klarigi al ŝi nian socion, nek Esperante, nek france. Eĉ svedlingve tio ne estus tre facila.

"Nu", mi tamen ekprovis. "Ne eblas nomi ĝin socialisma, mi pensas. Verŝajne ĝi estas same kapitalisma kiel Francio."

"Tamen vi havas socialisman registaron, ĉu ne?"

"Socialdemokratan. Sed ĝi jam delonge ĉesis celi ian socialisman socion. Eble oni povus diri ke ĝi flegas la popolon por kompensi la plej gravajn misojn de la kapitalismo."

"Do, tute malsame ol ĉe ni en Francio. Tie la regantoj nur grasigas sin mem kaj ekspluatas la popolon."

Poste ŝi kaj la aliaj francoj komencis ride moki sian prezidenton, la generalon de Gaulle. Ili trovis lin kaduka senilulo, kiu ĵus antaŭ semajno denove hontigis sin dum vizito en Kanado, ekkriante "Vivu la libera Kebekio!" okaze de parolado sur ia balkono, tiel kaŭzante diplomatian krizon.

Ni sidiĝis denove sur verda herbejo ĉe la strando por elpaki kaj ĝui la piknikan manĝon, kiun oni pli frue en la buso distribuis inter la ekskursantoj. Antaŭ ni sunumis kaj banis sin aro da homoj, kiuj evidente ne trovis la akvon de la lago tro malvarma. Cetere la suno brilis kaj vento preskaŭ forestis. Infanoj kuradis, ludis, kriis kaj plaŭdigis la akvon. La francaj junuloj videble admiris kelkajn junajn virinojn en bikino, kiuj kuŝis aŭ sidis sur la herbejo kaj banvarfo.

Marcel, unu el la francaj SAT-anoj, montris al belforma junulino kuŝanta surventre sur la banvarfo kun la mamzono malligita ĉe la dorso.

"Jen blonda svedino perfekta por vi, Chris", li diris. Poste li turnis sin al mi.

"Urso, bonvolu peti ŝin turniĝi por ke Chris vidu ŝian figuron pli bone."

Mi nur ridis pri lia peto, sed Christian evidente incitiĝis. Denove mi konstatis ke li ne aprezas tiel simplan humuron.

"Ne gravas ĉu blonda aŭ bruna, ĉu svedino aŭ negrino", li respondis. "Ankaŭ la figuro ne plej gravas."

"Kio do gravas al vi? Ĉu nur ŝia klaskonscio?"

Ĉiuj krom Christian ridis. Dani faris rapidan komenton france, kiun mi ne plene kaptis. Ŝajne ĝi temis pri iu knabino, kiu foriris al Anglio.

"Ĉu vi ankoraŭ ne forgesis ŝin, Chris?" diris la alia junulo.

"Ne zorgu. Prefere trovu al vi propran blondulinon kun grandaj mamoj, se tio estas la sola, kio gravas al vi."

Dum momento la etoso inter la anoj de SAT-Junulfako ŝajnis iom malboniĝi, sed baldaŭ ili denove gaje kaj vigle ŝercis. Unu el la junuloj kunportis fotoaparaton, kaj li nun fotis la grupon, kaj eble defore ankaŭ la sunumantajn virinojn. Kiam li turnis la fotilon al Chris, alia knabo kaŝe elstarigis du fingrojn ĉe ties kapo kiel kornojn, kio ridigis la aliajn. Al mi tiu ŝerco ne havis konatan sencon, sed mi ne volis ŝajni stulta, demandante pri ĝi. Evidente la aliaj knaboj ŝatis moketi sian tro seriozan gvidanton Christian.

Ankaŭ la svedino sur la varfo laŭte ekridis pro io, kion diris ŝia amikino sidanta apude. Ŝia ridego daŭris longe, kaj ŝiaj ŝultroj, ventro kaj postaĵo skuiĝis, saltante supren-suben pro la rido. La junaj SAT-anoj silentiĝis kaj rigardis ŝin fascinite.

"Jen iu por vi, Chris, mi jam konstatis", diris Marcel mallaŭte, kvazaŭ timante ke la sunumantaj knabinoj povus kompreni Esperanton. "Sufiĉas ke vi kuŝu kviete sur la dorso, kaj ŝi faros la tutan aferon."

La junuloj ridis, dum Dani ĵetis al li malaproban rigardon.

"Se vi pensas ke knabinoj taŭgas nur por tiu afero, vi komprenis nenion", ŝi diris kun sufiĉe pika tono. Ŝi aspektis kolereta kaj afliktata, kiam ŝi eltrinkis sian lastan fruktsukon.

Mi demandis min, kial la stulta kaj senkulpa maldecaĵo tiom ĝenis ŝin, dum mi sekrete rigardis ŝiajn krurojn kun delikataj nigraj haroj sur la glata blanka haŭto. Mi ŝatus meti manon sur ŝian genuon, sed pro la antaŭa diskuto mi timis ke tio eĉ pli kolerigus ŝin.

Sed tuj poste Dani denove tute ŝanĝis siajn mienon kaj teniĝon, kiam ŝi salte stariĝis. Ŝi trovis orfan pilkon, kiun ĉi-momente neniu uzis, kaj laŭ ŝia instigo ni ĉiuj komencis improvizitan pilkludon sur la herbejo. Kiam aperis knabo eble sep- aŭ okjara, supozeble la posedanto de la pilko, ni inkludis ankaŭ lin en la ludon.

Por la okazo ke io malhelpus al mi revidi ŝin dum la resto de la kongresa semajno, mi jam nun petis la adreson de Dani kaj interkonsentis kun ŝi ke ni estu plumamikoj.

"France aŭ Esperante ne gravas", mi diris.

Christian, kiu neniam estis malproksima kaj daŭre klopodis kontroli mian interparoladon kun Dani, tuj enmiksiĝis.

"Vi ne rajtos korespondi france. Ŝi devas ekzerci sin pri Esperanto", li saĝumis.

"Nu, sed mi bezonos ekzerci min pri ambaŭ. Aŭtune mi plu studos la francan, kaj mi jam revas pri eventuala plua kurso en Francio. Mi scias ke Sorbono havas kursojn por alilandaj gastostudentoj, sed mi antaŭvidas akran konkuradon pri tiuj studlokoj."

Dani amike ridetis.

"Se vi venas en Parizon, vi devas veni ĉe mi ankaŭ", ŝi diris Esperante.

"Bonege, sed vi ne povos loĝigi lin, Dani", diris Christian al ŝi.

"Vi kaj via amikino ja havas nur unu solan liton. Ne estos spaco por li en tiu."

Ĉiuj ridis, Dani ruĝiĝis kaj mi konfuziĝis. Kion signifis tio? Espereble tio estis nur plua maldeca ŝerco sen vera bazo.

"Temas pri Marie-France, la amikino, pri kiu mi parolis antaŭe", ŝi klarigis al mi france. "Ni dividas loĝejon, ĉar loĝado en Parizo tre multekostas."

Tio ja estis bona klarigo, krom eble de la vortoj pri unu sola lito, sed mi ne pensis pli multe pri tio. Nur longe poste, jam en Parizo, mi memoros la diraĵon de Christian.

La resto de la SAT-kongreso pasis rapide, kaj mi poste ne memoris tre multe de ĝia programo. Mi ĉeestis dum kelkaj diskutoj pri strategio kaj celoj de la movado. Oni efektive intense kaj akre kritikis UEA-n kaj la "burĝan movadon" ĝenerale, sed eĉ pli oni ŝajne malamis la komunistojn kaj Sovetunion. Tamen ĉi tie mi ne aŭdis multajn parolantojn, kiuj sonis kiel socialdemokratoj de ordinara sveda speco, similaj al miaj gepatroj. Multaj evidente estis anoj de diversaj liberecanaj socialismaj ideoj, kion ajn tio signifis. Aliaj havis siajn proprajn personajn ideojn. Kelkaj impresis al mi kvazaŭ fantomoj reaperantaj el pli frua epoko de la laborista movado. La tuta medio ŝajnis al mi elspiri odoron de malnova polvo. Sed la silenta plimulto kredeble estis sufiĉe normalaj homoj, kiuj hazarde ial trafis en ĉi tiun sektoron de la Esperantomovado, do nek pli, nek malpli strangaj ol aliaj esperantistoj. Cetere mi konis nur tiujn en Lund kaj neniam ĉeestis en alia kongreso ol ĉi tiu.

Ĉiutage mi renkontiĝis kaj interparolis kun Dani, kaj preskaŭ ĉiam Chris estis ie proksime de ŝi. Pri kio ni interparolis? Fakte ne pri tre gravaj aferoj. Krom en la kongresejo ni iom promenis ankaŭ en la urbo, kie mi ĉiĉeronis, kvankam mi mem malmulte konis ĝin. Sed mi povis almenaŭ legi informtabulojn kaj prove traduki ilin. Unufoje, transirante straton, mi kaptis kaj ĉirkaŭtenis ŝin, ĉar ŝi videble ne kutimis je la maldekstraflanka trafiko.

"Atentu, Dani! Ĉu vi ne kutimas je pli intensa trafiko en Parizo?"

"Certe, sed ĉi tie la aŭtoj aperas el malĝusta direkto!"

La kongresanoj faris kelkajn ekskursojn por studi interesajn flankojn de la sveda socio. Unutage oni montris al ni la konstruadon de nova kvartalo de la urbo, kie ordinaraj familioj povos ekloĝi en moderne ekipitaj apartamentoj. La kvartalo havos ankaŭ lernejojn kaj grandan centron kun butikoj kaj aliaj servoj, sed ankoraŭ ĝi estis nur giganta konstru-areo, tra kiu oni pelis nin kiel senordan ŝafaron.

"Estas bone ke oni konstruas altkvalite ankaŭ por la laboristoj", prijuĝis Christian, kaj Dani konsentis kun li.

Poste li komencis fari demandojn pri la kondiĉoj de la konstrulaboristoj, kaj estiĝis komplika diskuto inter li, la ĉiĉerono kaj la interpretanta sveda esperantisto.

Mi trovis la tutan areon sufiĉe forpuŝa kaj dubis, ĉu mi iam ŝatus loĝi tie, sed mi ne volis kontraŭdiri al ili. Fakte ili pravis ke estas bona afero, se homoj povos forlasi malkomfortan, malbone flegatan domaĉon kaj ekloĝi en moderna apartamento. Mi tro bone memoris la fervojistan domon en Hovmantorp, kie ni loĝis, kiam mi estis dekunujara. Ĝi estis duonkaduka, neniam riparita domaĉo kun terura trablovo dum la vintro, kaj ni devis hejti ĝin brulgante pecojn el malnovaj ŝpaloj, kiuj disigis fumon kun pika odoro. Feliĉe, en Alvesta ni poste ekloĝis en nova apartamento kun ĉia komforto.

En alia tago oni ekskursis aŭtobuse al la ĉefa hospitalo de la regiono, tiu de Lund. Unue mi pensis ke se ni kuniros, mi eble povos uzi la okazon por venigi Dani-n al mia loĝejo, sed tion mi ne kuraĝis diri senkaŝe. Kaj ŝin ne interesis la hospitala vizito. Do, ni restis por promeni en Malmö, kaj ĉifoje ni efektive sukcesis eskapi el la akompano de Chris.

"Mi ŝatas tiujn ĉarmajn literojn kun ringo kaj tremao", diris Dani, montrante al ŝildo kun la indiko *Hårfrisör*, kiun ni preterpasis.

"Kio estas 'arfrizor'? Ĉu hartondisto?"

"Prave! Vi jam perfekte komprenas la svedan."

"Sufiĉas rigardi enen tra la fenestro", ŝi konstatis ridante.

Post kelktempa promenado ni haltis por ripozi en kukejo, kie mi regalis ŝin per sveda kafo kaj dana bulko. Preskaŭ ĉio en la urbo plaĉis al Dani – la verdaj parkoj, la pureco de la stratoj, la malnovaj trabfakaj domoj en la urbocentro, la vasta urba strando ĉe la Sunda markolo. Ni staris tie sur unu el la longaj varfoj, kiuj ebligis al naĝontoj atingi iom profundan akvon. Fore dekstre videblis la alta gantrogruo de la ŝipfarejo, kaj tra la markola brumo ni videtis la turojn kaj mastojn de Kopenhago. La varma vetero plu daŭris, sed ĉi tie la akvo pruntedonis plaĉan freŝon al la aero. El la maro venis leĝera odoro de salo kaj fuko, kaj de Dani mi sentis tre malfortan parfumon, eble de sapo aŭ ŝampuo.

"Ĉu vi vizitos ankaŭ Danion, aŭ almenaŭ Kopenhagon?" mi demandis, montrante al la denta horizonto.

"Mi ne scias. Vi devas demandi Chris-on. Li aranĝis ĉion; mi simple kuniras. Sed mi dubas, ĉu nia tempo kaj mono sufiĉos por tio."

"Domaĝe."

"Fakte mi ne tre multe vojaĝis. Ĝis nun Svedio plej plaĉas al mi el ĉiuj landoj."

"Ĉu vere?"

"Jes, ĉar oni ne vidas grandan diferencon de klasoj." Mi ridetis iom oblikve, klopodante rigardi mian landon tra ŝiaj okuloj.

"Tamen ankaŭ ĉi tie ja estas malsamaj klasoj", mi diris.

"Eble jes, sed mi pensas ke la diferenco inter ili estas malgranda. Kiel unu metro, dum en Francio estas kilometro." Mi ridis, ne sciante kion diri pri ŝia klasanalizo.

"Ĉiuokaze ĉi tie la homoj aspektas pli egalaj", ŝi aldonis. "Mi ne vidis malriĉulojn, nek riĉulojn. En Francio regas terura malegaleco."

"Ĉu malgraŭ *libereco, egaleco, frateco*?"

"Ho! Tio estas granda blufo! Ĉe ni estas nek libereco, nek egaleco. Kaj frateco verŝajne nur inter la frataro de potenculoj, kiuj konas unu la alian jam de la lernejaj jaroj."

Mi kontemplis tion, paŝante iom antaŭen survarfe.

"Tial mi ŝatas viziti vian landon", ŝi daŭrigis. "Lastjare mi estis en Anglio por la SAT-kongreso, sed mi ne vidis tre multe. La kongreso okazis en urbeto, preskaŭ vilaĝo. Londonon ni trairis por ŝanĝi trajnon sed ne havis tempon halti tie. Tamen mi pensas ke tie estas granda diferenco inter riĉuloj kaj malriĉuloj. Mi plej ŝatis la ŝipvojaĝon trans Manikon. Sed kiam mi estis juna, mi vizitis Italion. Ne estas tre malproksime de nia vilaĝo."

Mi ridis.

"Kiam vi estis juna, ĉu? Do nun vi estas maljuna, vi volas diri?"

"Jes. Mi jam estas maljunulino. Baldaŭ deknaŭjara."

"Do knabineto, fakte. Mi estas oldulo jam dudekunujara."

Ŝi sulkis la vizaĝon kaj klinis sin, ŝajnigante iom lami sur la ligna varfo. Mi kaptis kaj ĉirkaŭbrakis ŝin de malantaŭe, premis ŝin al mi kaj ŝovis la nazon en ŝiajn brunajn harojn. Jes, tio estis parfumo de ŝampuo, sendube.

"Atentu, sinjorino", mi petolis, "ke vi ne falu en la maron. Eble vi fariĝus tia... ho, mi konas tiun vorton nek france nek Esperante. Tia fabela virino kun fiŝvosto, kiu aperas ankaŭ en formo de fama statuo tie trans la markolo."

Dume mi plu fikstenis ŝin, kaj ŝi ne protestis. Fine ŝi tamen skue liberigis sin kaj kuris reen al la tero, al kiu mi sekvis ŝin.

Poste ŝi klopodis klarigi al mi sian rilaton al Chris.

"Li estas mia instruisto ĉe SAT-amikaro. Jam pli ol jaron mi frekventas lian kurson tie, sed bedaŭrinde mi estas malbona lernanto. Entute li ĉiam zorgas pri mi. Li eĉ aranĝis ke mi venu al Svedio por lerni pli multe."

"Kaj ĉi tie mi plejparte babilas kun vi france. Mi petas pardonon!"

"Mi pardonas vin", ŝi diris ridante.

Mi ŝatus demandi, ĉu Chris kaj ŝi estas ankaŭ geamantoj, sed mi ne kuraĝis. Vere, ŝajnis ke ne. Li kondutis pli multe kiel pli aĝa frato. Kaj cetere iu en la ekskurso aludis ion pri li kaj anglino.

Ni plu promenis dum kelka tempo okcidenten laŭ la strando kaj poste reiris urbocentren per la verda tramo el Limhamn.

Tiel leĝere pasis nia ĉiutaga kunestado kaj babilado, sed jen subite estis sabato kaj tempo disiĝi. Denove oni plengorĝe kantis la Internacion en la urba teatro kaj faris solenajn paroladojn. Poste ni staris sur placeto antaŭ la teatra enirejo ĉe la strato Pildammsvägen, apud fascina fontana skulptaĵo kun aro da homfiguroj. Kvazaŭ por indiki ke la kongreso finiĝas, la ĉielo unuafoje en la semajno estis plene nuba. Ni jam diris "ĝis revido" kaj nun mute rigardis unu la alian, Dani kaj mi. Apude staris Chris. Ĉirkaŭ ni homoj diversaĝaj diris inter si "ĝis venontjare en Utreĥto", kio tamen ne koncernis min. Mi ŝatus diri "ĝis venontjare en Parizo", sed tio ankoraŭ estis nur nebula revo.

"Vi rajtas kisi ŝin", tiam diris Chris, dum li adiaŭe premis mian manon.

Mi rigardis lin kaj poste ŝin. Kiu li do estas? Ĉu ŝia gardisto? Ĉu li decidas, kiu rajtas kion fari al ŝi? Dani larĝe ridetis, kaj mi antaŭeniris, ĉirkaŭprenis ŝin kaj alproksimiĝis al ŝia buŝo. Lastmomente ŝi turnetis la kapon, mia kiso trafis ŝian maldekstran orelon, poste ni aŭtomate daŭrigis per aera kiseto ĉe la alia vango. Kaj jen ŝi kaptis min kaj tuŝis mian maldekstran vangon per siaj lipoj. "En la sudo ni ĉiam kisas trifoje", ŝi klarigis ridante. "La parizanoj estas tro urĝataj. Ili havas tempon nur por du." Mi estis tiel embarasita ke mi malsukcesis respondi ion ajn. "Kaj ni komencas maldekstre", ŝi plu klarigis. "En la nordo oni ekas ĉe la dekstra vango. Tial mi kutimas je tia kiseta konfuzo." Nu, mi ja tute ne celis ŝian vangon, nek la dekstran nek la maldekstran. Sed tion mi ne povis klarigi. Fakte, entute nenion plu ni diris pri mia mallerta kisado. Kaj jen ŝi foriris kun Chris kaj la aliaj kamaradoj. Finiĝis mia sperto de SAT-kongreso, kiu por mi fariĝis pli multe franca ol vere sennacieca.

Mi petas pardonon, se mi tro detale rakontas ĉi tion, kio sendube ŝajnas al vi naivaj kaj sensignifaj bagateloj. Sed ĉi tiel komenciĝis mia konateco kun tiu knabino, kaj el tio sekvis pli-malpli ĉio, kio poste okazis al mi en la jaro sesdek ok. Evidente tio influis ankaŭ mian rilaton al vi, Ingrid. Eble miaj spertoj tute ne gravas kompare kun la viaj, sed mi devas klarigi ĉion el mia vidpunkto. Jen do la komenco. Ja pasis longa tempo; tamen mi volas rakonti kaj memorigi al vi ĉion. Eble mi bezonos monatojn por fari tion, sed mi devas almenaŭ fari la provon.

Do, mi ne rezignos sed plu rakontos, eĉ se vi preferus ke ne.

Ĉapitro 3

Ŝanĝo de flanko

Komenciĝis la aŭtuna semestro, kaj mi daŭrigis pri la franca lingvo. Mia plano estis poste studi la anglan por povi instrui ambaŭ lingvojn en gimnazio aŭ mezlernejo. Ne pro tio ke instruisto estus la profesio de miaj revoj, sed mi ne sciis, kion alian fari per lingva ekzameno. Kaj jam de pluraj jaroj lingvoj estis tio, kion mi trovis interesa. Fascinis min la diversaj manieroj elektitaj de malsamaj lingvoj por esprimi esence samajn aferojn. Sed eĉ pli ol tion mi ĝuis la aliron al diversaj landoj kaj kulturoj, al popoloj kun variaj kutimoj. En Svedio ĉio estis tro unuece griza, mi pensis.

Ankaŭ vi revenis kaj komencis studi la hispanan. Do ni ne plu estis samkursanoj, sed denove samlitanoj en mia ĉambro jam ekde via reveno al Lund.

"Mi sopiris je vi dum la tuta somero", vi flustris post via unua laŭta orgasmo sur mia matraco, kie vi ne plu atentis eventualajn kaŝaŭskultantojn transvande. "Ĉiunokte", vi aldonis, eble iom tro-ige.

"Ankaŭ mi."

Miaflanke tio ne estis rekta mensogo, sed eble ne la plena vero. Mi ja pensis multe pri vi kaj sopiris je vi, precipe vespere, kiam mi enlitiĝis sola. Eĉ ĉirkaŭ la monatfino de julio, kiam mi ĉiutage renkontiĝis kun Dani, mi ofte pensis pri vi, reveninte en mian ĉambron. Tion klarigi tamen ne eblus.

Komprenebla ni ambaŭ iom rakontis pri niaj someroj – pri la laboroj, pri homoj renkontataj kaj pri agadoj en nia libera tempo.

"Mi ekkonis kelkajn gejunulojn, kiuj serĉas informojn pri la situacio en Vjetnamio kaj planas protestojn kontraŭ la usona militado", vi diris. "Ili fondis grupon por tio. Mi esploros, ĉu ekzistas tia ankaŭ ĉi tie."

Dume mi parolis pri la Esperantokongreso kaj la francaj junuloj. Tio ne ŝajnis same grava aŭ frapa. Sed pri Dani mi diris nenion. Ĉu ankaŭ vi elektis ne rakonti pri ĉio kaj ĉiuj?

Dimanĉe la 3an de septembro ni kune eliris en la nokto, iom
antaŭ la kvina horo matene, por sperti la momenton, kiam nia
lando transiros de maldekstra al dekstraflanka veturado. Sed en
la kvieta universitata urbo Lund tiu momento fariĝis ne tre drama
eĉ sur la ĉefa strato de la urbocentro. Kelkaj taksioj inter manpleno
da privataj aŭtoj haltis, singarde oblikve transiris la straton kaj
denove haltis. Precize je la kvina oni denove ekveturis, jam ĉe
la dekstra flanko, dum aro da ebriaj kaj lacaj studentoj, sendube
survoje hejmen de korporacia festo, fajfis kaj hurais sen granda
entuziasmo.
"Kiaj stultuloj", vi diris lace. "Ĉu vere gravas, kiuflanke oni ve-
turas?"
"Ili kredeble estas dekstruloj", mi provis ŝerci, sed eĉ mem ne
trovis tion tre amuza.
Post nelonge ni ambaŭ repaŝis al mia ĉambro kaj enlitiĝis sur-
matrace sen ŝanĝi flankojn.

Tre baldaŭ, jam post kelkaj semajnoj, la someraj okazaĵoj ne plu
ŝajnis same gravaj, sed mia memoro de Dani ankoraŭ ne paliĝis.
Foton de ŝi mi ne havis, sed ŝia vizaĝo kaj rido restis gravuritaj
en mia interno. Tamen la studoj baldaŭ rekaptis min, kaj eĉ pli
la kunestado kun vi. Ni denove ekskursis kune, al Malmö kaj
Kopenhago, al Ystad, al la arbareto de Dalby. Sed plej ofte ni simple
kunestis, ĉe vi aŭ ĉe mi, en kafejo, kinejo aŭ studenta koncerto kun
danco.
En bela tago komence de oktobro vi persvadis min viziti la
modernan artmuzeon Louisiana sude de Elsinoro, kie mi plej
multe ĝuis la naturon kun sunbrilo sur aŭtune buntaj foliarboj ĉe
la markolo, dum pri la arto mi plu ne bone sciis, kion senti. Oni
prezentis ekspozicion de la franca pentristo Bonnard, kies inte-
rioroj, nudoj, mutaj naturoj kaj vidaĵoj tra fenestroj ja ĉiuj estis
plaĉaj kaj kolorriĉaj sed aparte altiris neniun el ni. Mi estis kontenta
ke mi ne devas ŝajnigi ion, kion mi ne vere sentas. Ĉi tiu arto kaŝis
neniun sekreton, ŝajnis al mi.
Malgraŭ tio, reveninte hejmen mi vizitis la urban bibliotekon
por prunti librojn pri la impresionistoj kaj simbolistoj, el kiuj fontis

tiu Bonnard. Jam antaŭ ol mi havis tempon ion legi, mi rimarkis ke vi vidis la librojn sur mia skribtablo. Vi ne komentis tion, sed ian minimuman rideton mi kredis percepti sur via kisinda buŝo. Mi efektive ne povis havi tro multe de vi. Ĉu vi memoras? Ofte ni sidis unu apud la alia en via ĉambro, ĉe la skribtablo, kiu estis pli vasta ol la mia, silente studante ĉiu siajn librojn, kaj kvazaŭ kun unu komuna penso ni samtempe levis la kapon, rigardis en la okulojn unu de la alia kaj kunfandiĝis en longa kiso. Post sorĉa eterno ni fine disigis la buŝojn kaj revenis ĉiu al sia studfako.

"La profesoroj devus rekomendi la kisan studmetodon", vi iam diris post tia paŭzo. "Ĝi ege stimulas la lernadon."

"Mi proponos tion en la sekva franca lekcio. Kiel vi scias, estas plimulto de studentinoj tie."

"Ne provu kun ili. Mi avertas vin."

Kompreneble tiu intensa kunestado post kelkaj semajnoj ne plu tenis nin tre forte. Kelkaj okazaĵoj de la mondo penetris en nian gevivon. La milito en Biafro fariĝis pli kaj pli kruela. En Bolivio oni elmontris la kadavron de la murdita Ernesto Che Guevara. Kaj en Stokholmo la polico atakis homojn, kiuj manifestaciis por Vjetnamio, inter kiuj estis ankaŭ kelkaj el viaj amikoj.

La duan de oktobro ni kune ĉeestis strangan koncerton de usona bando kun la nomo *The Mothers of Invention*, kiun rekomendis unu el viaj stokholmaj amikoj. Kiam ni poste hejmeniris, vi tamen estis malpli kontenta ol mi.

"Ili provokas, sed kion ili fakte celas?" vi kritikis. "Estis kaoso, simple."

"Nu, ne eblis aŭdi la kantadon, do ili ŝajne devis improvizi. Sed mi trovis la muzikon sufiĉe fascina."

Fakte la ejo en la studenta domo tute ne konvenis por tia koncerto, kaj la mikrofonoj simple ne funkciis. Pro tio ili ludis preskaŭ nur instrumente.

"Sed tiu gitaristo kun la nigraj lipharoj vere ŝajnis freneza", mi koncedis.

Ĉu pro nia malkonsenteto pri la koncerto, ĉu pro alia motivo, vi ne volis pasigi la nokton ĉe mi kaj ankaŭ ne invitis min al via loko. Tiufoje ni do disiĝis meze de stratangulo en iom amara etoso. Mi rigardis vin malproksimiĝi en la vinruĝe pluŝaj svetero kaj pantalono, kiuj lastatempe anstataŭis la bluzon kaj minijupon. Dum momento mi sentis impulson postkuri vin, sed ial mi ne faris tion.

En la komenco de la aŭtuno mi ankoraŭ ofte pensis pri Dani dumtage, sed nur kiam mi estis sola. Irante surstrate, sidante en prelegejo, eĉ kelkfoje legante la francajn literaturaĵojn de la kurso, mi imagis vidi ŝian vizaĝon. Denove aperis al mi la brunaj okuloj, la pinta nazo, la ridanta buŝo. Mi vidis ŝin surstrande en Frostavallen, en ŝia ruĝa ŝorto kaj blanka T-ĉemizo kun reklamo por iuj kantistoj kun la nomo Les 4 barbus. Sed mia sento ja estis ridinda. Stulta afekcio, vana inklino al naiva knabineto, kun kiu mi dividis nenion esencan kaj kiun mi eĉ ne unufoje vere kisis en ĝusta maniero. Sendube tiu inklino dekomence estiĝis nur pro ia sensenca deliro kaŭzita de mia dumonata abstino de la kunestado kun vi. Do nenio, kion indis daŭrigi aŭ pri kio indis plu pensi nun, kiam vi kaj mi denove kunestis pli-malpli ĉiutage. Malgraŭ tio ŝia figuro de temp' al tempo aperis en mia imago, kvankam kun la paso de semajnoj pli kaj pli malofte. Estis normale ke ĝin forpuŝis la via, kiun mi preskaŭ senĉese havis sub la manoj.

Tamen mi ja skribis kaj sendis al Dani leteron. Tute ordinaran, konvencian korespondaĵon, kie mi iom rakontis pri mia ĉiutaga vivo. Nenion pri vi, Ingrid, sed pri la studoj, pri legado, pri vizito al kinejo. Sed ne pri tio ke mi memoras niajn promenojn, babiladon, ridadon, nek pri mia misa provo kisi ŝin.

Kaj respondo ja venis, kie ŝiaj vortoj estis skribitaj per violkolora inko sur liniita papero kun presita bildo de penseo en angulo. Mi tre ŝatis ŝian manskribon; la literoj estis regulaj kaj eĉ iel elegantaj, kun iomete aliaj formoj ol tiuj, kiujn mi pene klopodis lerni en vilaĝaj lernejoj de Smolando. Sed tio, kion ŝi diris, ŝajnis veni el mano ne tre lerta aŭ sperta pri leterskribado. Ankaŭ ŝi rakontis pri sia ĉiutaga vivo, pri la rutina laboro en ŝparkaso, pri la Esperanto-kurso, pri vizito al dancejo kun la amikino Marie-France, pri muziko – ŝi amis Johnny Hallyday kaj The Beatles, kvankam de tiuj lastaj ŝi ne bone komprenis la tekstojn. Ŝiaj vortoj estis ĉarme naivaj, sed kiam mankis ŝia fizika aperaĵo, la vizaĝo kaj la korpo, la okuloj, la voĉo kaj la rido, ili ŝajnis plejparte palaj kaj banalaj.

Malgraŭ tio mi relegis la leteron kelkfoje pro la manskribo, la viola inko kaj la imago, kiun ĝi vekis pri ŝia mano kondukanta fontplumon sur la leterpapero. La vortoj esence ne tre gravis, kaj tamen kelkaj el ili fiksiĝis en mia memoro. 'Miaj tagoj estas sufiĉe grizaj kun laboro kaj malmulte da amuziĝo. Feliĉe tamen mia amikino Marie-France ofte gajigas la vivon. Ŝi estas bona kamaradino, kiu certe plaĉus ankaŭ al vi, se vi renkontus ŝin. Mia semajno en Svedio estis granda plezuro, kiun mi neniam forgesos. Mi estas tre kontenta ke mi tie ekkonis vin. Tri kisojn al vi donas via amikino Dani.'

Nu, mi do sendis al ŝi duan leteron, eble ankaŭ trian, aŭ eble mi nur intencis fari tion. Sendube ankaŭ la miaj estis banalaj. Malfacilis al mi elpensi ion por diri, kio povus interesi ŝin.

Kiam paliĝis iom post iom mia memoro de Dani, kaj ŝi iel fariĝis figuro pli kaj pli revata, sendube la amrilato kun vi devus iĝi pli intensa kaj profunda. Ĉu vi ne konsentas? Sed ial tio ne okazis. Ni tamen plu renkontiĝadis, vi plu de temp' al tempo tranoktis ĉe mi, ni plu diskutis librojn, filmojn kaj diversajn politikajn okazaĵojn, kiam ni ne komparis malfacilaĵojn de la franca kaj hispana lingvoj. Kaj mi plu venis al vi en kelkaj okazoj por studi apud vi ĉe via skribtablo, kie ni plu praktikis la kisan metodon, sed la rutino iel kavigis la feliĉon kaj ekscitiĝon de nia kunestado. Ĉiuokaze mi sentis tiel, kaj ankaŭ vi impresis min – kiel do esprimi tion? Jam pli modere enamiĝinta, ĉu?

Mi trovis tre oportune ke ni ambaŭ loĝas en la orienta parto de la urbocentro, kaj ke nia instituto situas proksime, nur kelkcent metrojn pli norde. Entute ni plej ofte movis nin en tre malvasta spaco. Cent metrojn de via loĝejo situis la botanika ĝardeno, tra kiu ni kelkfoje promenis al kaj de la lekcioj, dum la folioj de ĝiaj diversspecaj arboj iom post iom alprenis aŭtunajn kolorojn kaj poste paliĝis kaj defalis, kovrante la gazonojn per folitapiŝo susuranta, kiam ni tretis ĝin en seka vetero.

"Kiam mi estis infano, mi amegis saltadi en foliamasoj", vi diris kaj demonstris, kiel fari tion.

"Ankaŭ mi, sed mia patrino kredis je ia superstiĉo, laŭ kiu oni riskas infektiĝi de infana paralizo en tiaj foliaroj."

"Kia stultaĵo! Poliomjelito ja estas virusa malsano. Ĉu oni ne vakcinis vin?"

"Certe, sed nur pli malfrue, en la lernejo. Kaj mi dubas, ĉu mia patrino sciis, kio estas virusoj."

Post pluvado la folioj male gluiĝis al la plandumoj aŭ glitigis niajn paŝojn, kaj tiam vi tute ne ŝatis ilin sed bonkondute paŝis sur la gruzaj vojetoj.

Meze de oktobro viaj gepatroj vizitis vin, kaj tiam vi invitis ankaŭ min al komuna tagmanĝo en la restoracio Åke Hans, manĝo kiun pagis via patro. Mi nun renkontis ilin duafoje. La unua fojo estis printempe en ilia somerdomo en la Stokholma insularo. Tiam mi antaŭvidis tre rigidan kunestadon kun burĝaj, fieraĉaj gesinjoroj, sed tio baldaŭ montriĝis stulta antaŭjuĝo. La unua afero, kiu tiam frapis min, estis ke ili ambaŭ parolas ne kun stokholma akĉento, kiel vi, sed skanian dialekton, aŭ almenaŭ kun tia leĝera suda akĉento, kian la universitatanoj de Lund nomas 'nobla skania'. Sed due, precipe via patro ja estis ŝercema petolulo, kies burleskajn kapricojn lia edzino klopodis iom moderigi per spritaj ekskuzoj. Kaj vi ŝajnis pli-malpli honti pri ilia malseriozeco.

Ĉi-foje en Lund ili ambaŭ evidente estis tre kontentaj denove renkonti min kaj eble jam inkludis min en la familion kiel ontan bofilon.

"Mi tre ĝojas konstati ke nia filinjo ligiĝis al serioza persono", diris via patro kun aplombo pli bonhumora ol vere serioza. "Tio estas plezura surprizo."

"Ĉesigu vian stultumadon, Paĉjo", vi kontestis.

"Ne estas stultaĵo", li insistis. "Espereble vi komencas kontraŭvole maturiĝi, Ingrid."

Vi turnis al li la nukon por montri vian malkontenton. Mi iom miris pro via malĝentila konduto al viaj gepatroj. Laŭ mi ili ne meritis tion, kiam ili montris al vi sian amon per tiaj petolaĵoj, sed vi evidente jam delonge tediĝis de tio.

Inter la sabato kaj dimanĉo ili tranoktis en via ĉambro, dum vi dormis ĉe mi, kaj mi ne rimarkis ke ili trovus tion iel tikla. Mi iom timis ke via patro admonos min trakti vin kun respekto, sed neniu tia embarasaĵo aperis.

Tiunokte, post nia seksumado sur mia matraco, vi turnis vin al mi kaj flustris en mian orelon:
"Promesu ke vi neniam fariĝos tia ĝenulo kiel mia patro."
Mi konsterniĝis. Kio igis vin nun pensi pri li?
"Ne eblos antaŭ ol ni havos dudekjaran filinon", mi diris.
Sed al tio vi nur paŭte elsnufis.

Nu, viaj gepatroj reiris Stokholmen, kaj oktobro plu pasis kun pluvoj, ventoj kaj falantaj folioj en la pli kaj pli avara taglumo. Dume mi esploris la eblojn gaste studi en Parizo kaj efektive plenigis formularon por kandidatiĝi al tia studloko, kvankam sen vere atendi ke tio povos realiĝi. Aldone al la personaj informoj kaj antaŭaj studrezultoj, necesis verki franclingvan eseon pri kial mi aspiras studi en Francio. Mi mobilizis mian tutan hipokritan admiron al la glora franca historio kaj nuno en ĉiuj branĉoj de la vivo, ekde Karolo la Granda ĝis Christian Dior, klopodante doni al la teksto personan tonon, por ke oni ne pensu ke mi simple kopiis ĝin el enciklopedio. Cetere mia balbuta lingvaĵo – se eblas balbuti skribe – devus pruvi ke temas pri mia propra verko.

Mi estis sufiĉe kontenta pri tiu verkaĵo sed ne havis grandan esperon ke ĝi konvinkos la nekonatajn juĝantojn, kiuj faros la elekton. Je mia surprizo oni tamen akceptis min, kaj mi devis prepari min por transloĝiĝo de Lund al Parizo post du monatoj.

Fakte mi delonge kutimis je transloĝiĝoj. Dum mia infanaĝo Paĉjo laboris en fervojstacioj de pluraj vilaĝoj kaj urbetoj sinsekve. Ĉiufoje, kiam oni translokis lin, la familio devis elterigi siajn radikojn kaj migri al nova loko. Tiutempe mia patrino ne havis laboron eksterhejme pro miaj pli junaj gefratoj Ulla kaj Åke. Mi mem frekventis kvar malsamajn lernejojn en ses jaroj kaj devis ĉiufoje disiĝi de amikoj, esperante ke mi trovos aliajn en la nova loko. Kiam mi estis dektrijara ni fine venis al Alvesta, kie mi poste loĝis dum ses jaroj, kaj kie ankoraŭ restis la gepatroj kaj gefratoj.

Dum tiuj ses jaroj mi efektive ja ekhavis amikojn, tamen pli multe en la najbara urbo Växjö, kie situis la gimnazio, ol en la hejma urbeto. Ne nur amikojn, cetere, sed krome du koramikinojn – tamen ne samtempe, sed sinsekve, kiel decas. Kaj post la abituro sekvis unue soldatservo dum dek monatoj ĉe la infanterio en Växjö, kaj fine mia ekl(ĝo en Lund preskaŭ ducent kilometrojn sude de Alvesta. Do, transloĝiĝo por mi ne estis novaĵo. Tamen ekloĝi en la franca ĉefurbo – eĉ se nur por semestro – ja estis alia afero ol ŝanĝi fervojistan domon en Vissefjärda kontraŭ simila domo en Hovmantorp, aŭ ĉambron ĉe la gepatroj kontraŭ la luata loĝejeto, kie vi kutimis tranokti sur mia matraco. La penso pri Parizo ekscitis kaj nervozigis min. Unue necesis serĉi informojn, kie eblos loĝi dum la printempa semestro. Asistanto en la Latinida instituto donis al mi kelkajn utilajn adresojn. En la Internacia Universitata Urbo ekzistis domo de svedaj studentoj, kaj mi skribis al ĝi por peti lokon tie.

Fine de novembro, dum mi mem planis la vojaĝon al Francio, vi preparis por mi surprizon.

"Ĉar vi iros al Parizo, mi decidis studi en Upsalo anstataŭe. Tio estos pli oportuna."

"Kial do? Ĉu pro viaj gepatroj?"

"Ne, sed ŝajnas al mi pli bone. Upsalo estas pli renoma. Kaj pli proksima al Stokholmo."

"Sed Lund pli proksimas al Kopenhago kaj la mondo. Mi ne ŝatus transloĝiĝi duonvojen al la poluso."

"Vi ja estos en Francio venontjare."

"Nur dum semestro. Poste mi revenos ĉi tien. Mi esperis ke vi restos en Lund dum vi plu studos."

"Ĉu vi vere supozis ke mi atendos vin ĉi tie, ĝis vi revenos el Parizo? Kiel ia fidela dommastrino?"

Mi ne trovis respondon al tio, do estiĝis silenta paŭzo. Ni sidis en mia ĉambro; mi sursiĝe ĉe la skribtablo, vi kun krucitaj kruroj sur la matraco, kie ni pasigis la nokton. La ĉambro estis obskura pro la novembra matena krepusko, kiun aspergis persista pluveto. Ekster la fenestro malfermita je fendo aŭdiĝis bruo de aŭtoj sur la strato Östra Mårtensgatan, tamen dampite, ĉar la ĉambro rigardis al la korto. Mi pensis pri tio ke vi estas mia koramikino jam de preskaŭ unu jaro, samtempe amatino kaj kolego, kvankam vi nun studas la hispanan kaj mi la francan. Mi daŭre ne komprenis, kial vi decidis studi lingvon de faŝistaj kaj diktaturaj landoj, des pli ĉar vi ne antaŭvidis baldaŭan falon de tiuj reĝimoj.

"Ĉu laŭ vi mi do devus rezigni tiun lokon en Sorbono?" mi fine demandis.

"Kompreneble ne. Sed ne pensu ke mi restos en Lund dum vi ĝuos la vivon tie."

Evidente vi enviis min. Ial mi antaŭe ne pensis pri tio.

"Kial vi entute dekomence elektis studi ĉi tie anstataŭ en Upsalo aŭ Stokholmo?" mi demandis.

Vi pripensis tion dum momento kaj poste komencis klarigi kun tono sufiĉe seka.

"Ĉar mi volis sendependiĝi kaj iom malproksimiĝi de la gepatroj. Krome ili ambaŭ junaĝe studis en Lund kaj do... ili trovis tion bona elekto. Kaj dank' al ili mi povis membriĝi en la korporacio de denaskaj Lund-anoj kaj eklui studentan ĉambron en ties domo."

Vi paŭzis sed baldaŭ daŭrigis.

"Tamen nun temas ne pri ili, sed pri la instruado en la hispana kurso. Mi pensas ke en Upsalo tiu estas pli bona, precipe se mi iam iros al Latinameriko."

Mi pripensis tion dum kelka tempo.

"Krome tie estas pli da politika aktivado", vi aldonis. "Pri Vjet-namio kaj alio."

Do sendube temis pri tio ke vi konas homojn en Stokholmo kaj Upsalo, kiuj interesas vin. Eble specifan homon. Viron, supozeble. La studado estis nura preteksto. Kaj mia semestro en Parizo fariĝis bona okazo por via reiro norden.

Mi kapablis nenion diri; la vortoj fiksiĝis en mia buŝo. Dum momento kreskanta kolero plenigis mian bruston. Mi sentis ĝin fermenti en mia interno, preta por subita erupcio, kiel magmo plenigas la kameron sub vulkano, kreante pli kaj pli fortan premon. Mi eksuspektis ke vi perfidis min, umante kun ia stokholmano sub la preteksto de internacia solidareco. Dum sekundo mi imagis min bati, eĉ perforti vin. Sed tiu furiozo preskaŭ tuj kvietiĝis, sinkis suben kaj mortis. Mi ja neniam farus ion tian; vi certe scias. La magmo do malvarmiĝis kaj solidiĝis; cetere tiu vulkana metaforo estas tute maltrafa. Se mi estus monto, temus ne pri vulkano sed pri stabila granita roko. Tre kredeble vi eĉ nenion rimarkis. Post nelonge mi revenis al mia normala racia pensado.

"Ĉiuokaze mi esperis ke vi venos viziti min en Parizo", mi diris por kamufli la momentan deliron, tamen sen vere atendi pozitivan respondon.

"Nu, tio ja eblus ankaŭ el Upsalo, sed sendube estus tro multekoste. Kaj la trajnvojaĝo tien-reen rabus tro da tempo de miaj studoj."

"Vi povus flugi."

"Tio kostus eĉ pli multe!"

"Sed mi pensis ke via paĉjo eble povus helpi vin."

Vi ne respondis, nur elsnufis farante rifuzan geston. Vi ne ŝatis, kiam mi menciis viajn gepatrojn, kaj precipe ne kiam mi aludis ke ili estas riĉuloj. Nu, laŭ vi mezklasuloj, sed el mia vidpunkto pli ol tiom. Ni ambaŭ vivis per ŝtataj monpruntoj, kaj vi ĉiam asertis ke vi ne akceptas monon de viaj gepatroj. Sed ŝajne vi ne kalkulis la luksajn vestaĵojn, juvelojn, brakhorloĝon, librojn aŭ ornamaĵojn por via ĉambro. Kaj dum la someraj ferioj vi ja havis oficejan laboron en la Stokholma firmao de via patro, dum mi estis purigisto ĉi tie en Lund.

"Do..." mi diris, trenante la vorton. "Ĉu tio signifas ke vi ne volas daŭrigi kun mi?"

Vi forturnis la rigardon de mi, kio ne estis tre facila en mia ĉambreto, kie mia matraco sterniĝis laŭ la interna vando, dum librobretoj kaj trivita skribtablo ĉirkaŭis la fenestron kun elvido al kelkaj transkortaj brikaj domoj. Meze estis libera spaco proksimume metron larĝa. Mia loĝejo vere ne estis palaco, sed mi aprezis ĝin, kaj eĉ pli la lupagon de nur cent kvardek kronoj monate.

"Mi ja ŝatus daŭrigi, se ni ambaŭ tion volas", vi diris. "Ni ĉiuokaze devos renkontiĝi, kiam vi revenos al Svedio, ĉu ne? Eble ankaŭ vi eĉ povus transloĝiĝi al Upsalo."

Dum momento vi rigardis en miajn okulojn kun sincera mieno, sed baldaŭ denove via rigardo vagis for.

"Nu, eble", mi diris. "Mi neniam pensis pri tio."

"Tamen malfacilas scii, kio sekvos post duonjaro, ĉu ne?" vi daŭrigis. "Vi sendube renkontos gregojn da pimpaj parizaninoj." Mi tre dubis pri tio. Eble gasto-studentinojn, sed pri kontakto kun veraj parizanoj mi ne multe kalkulis. Des malpli kun parizaninoj – kompreneble kun escepto de Dani, pri kiu mi neniam parolis al vi, kaj kiun mi eĉ nun ne trovis kialon mencii. Sekrete mi tamen jam sufiĉe multe pensis pri ŝi en ligo kun la venonta semestro. Ĉu ŝi efektive estis sincera, dirante ke mi devos kontakti ŝin, se mi venos al Parizo? Mi ne plu certis pri tio. Tiajn invitojn esperantistoj sendube disdonas facilanime, sciante ke malofte necesos plenumi la promesojn.

Ingrid, ĉu vi pensas ke ĉio povus okazi alie? Se mi ne irus al Parizo kaj vi ne al Upsalo, do se ni ambaŭ restus en la 'universitata anasbaseno' de Lund, ĉu niaj vivoj pasus laŭ aliaj itineroj, aŭ eble laŭ komuna vojo? Ĉu vi evitus tiujn postajn spertojn? Kaj ĉu mi la miajn? Ĉu ni eĉ *volus* eviti ilin? Se male mi ekloĝus en Upsalo post la Pariza semestro, ĉu tio ion ŝanĝus? Mi supozas ke ne. Tiam vi jam estis en Stokholmo ĉe viaj gepatroj, post via absurda printempo kaj somero.

Jes, vi pravas. Tio estas stultaj, sensencaj demandoj, tamen ne eblas malhelpi ilin ronĝi mian menson de interne, kiel muso ronĝas la izolaĵon de elektra drato ĝis fine okazos kurta cirkvito kaj paneo de ĉio.

Eble mi mem kulpis, ke ni drivis disen. Ĉu okazus alie, se mi pli klare esprimus, kiom vi signifas al mi? Ĉu mi devus peti vin nepre resti en Lund? Kredeble vi ĉiuokaze ne farus tion, sed mi almenaŭ montrus al vi, kion mi volas.

Sed niaj diverĝaj planoj evoluis sen malhelpo aŭ perturboj. En decembro ni do disiĝis; vi reiris al Stokholmo kaj mi al mia smolanda urbeto. Tuj antaŭ Kristnasko vi telefonis al mi por doni ekscitan raporton pri novaĵo, kiun mi ĵus televidis kun mia familio – la manifestacio por Vjetnamio, en kiu vi partoprenis, kaj kiun la Stokholma polico denove atakis per siaj hundoj kaj batiloj. Mi staris longe en la vestiblo, kie troviĝis la telefono, aŭskultante vian rakonton, dum ensalone miaj gepatroj atente sekvis *Sagaon de Forsyte*, kiun prezentis la televido.

"Estis tute paca manifestacio, kaj tamen la policistoj atakis nin feroce", vi diris kun ekscitita voĉo. "Ili disŝiris afiŝtabulojn kaj batis la kapojn de viroj kaj virinoj. Pluraj homoj estis grave morditaj de polic-hundoj. Kaj ili disbatis la okulvitrojn de Jan Myrdal, la verkisto. Mi mem tamen eskapis senvunda kaj sen esti arestita."

Mi ne povis multe komenti viajn vortojn, krom konsenti ke estas hontinde. Mi mem neniam partoprenis en io simila kaj eĉ ne memoris okazon, kiam mi povus tion fari. Dum kelka tempo mi timis ke la longa interurba telefonado tre multekostos al vi, sed mi trankviliĝis komprenante ke vi uzas la telefonon de viaj gepatroj. Entute vi estis tre ekscitita kaj ne volis ĉesi pri via indigna raportado.

Eble ĝuste tio estis la sperto, kiu post kelkaj monatoj pelos vin en la strangan sakstraton, pri kies ekzisto mi sciis nenion. Verŝajne vi eĉ mem ne konsciis la kialon. Mi ofte demandis min, kio efektive igas nin ekiri laŭ unu vojo aŭ alia, kvankam mi neniam trafis en situacion similan al la via. Tia cerbumado sendube estas absolute vana sed nehaltigebla, almenaŭ en mia kapo. Iam ŝajnis al mi ke aliaj homoj agas sen konsideroj, sen hezito, sen rimorsoj, dum mi devas ĉiam analizi ĉiun paŝon antaŭe, dume kaj poste. Ne mirinde se mi kelkfoje paraliziĝas. Alifoje mi pensis ke simila hezitado eble plagas ankaŭ aliulojn, sed mi simple nenion rimarkas, ĉar tio okazas kaŝe, malantaŭ masko.

Ĉapitro 4

Pimpaj parizaninoj

Ekde la Kristnaskaj ferioj mi troviĝis en konstanta ekscitiĝo pro la onta restado en Parizo. Estis preskaŭ neimageble ke mi efektive iros tien. La iamaj transloĝiĝoj de provincaj vilaĝoj al urbeto, kaj de tiu al la universitato de Lund, estis bagatelaj kompare kun la venonta ŝtupo. Parizo! Sorbono! Mi povis pensi pri nenio alia. Mi ne timis, nek estis tre nervoza, sed mi vivis kvazaŭ en ĉiama ebrio. Nur kiam mi pakis miajn aferojn en du valizojn kaj pretiĝis por la ekiro, mi iom resobriĝis.

En januaro, kiam estis aranĝitaj la plej gravaj aferoj por mia printempa semestro, mi do ekiris trajne suden. Mi jam kelkfoje estis eksterlande kun miaj gepatroj. Kiel fervojisto Paĉjo povis senkoste fari trajnvojaĝojn kun la familio, ne nur en Svedio, sed ankaŭ al aliaj landoj. Nek li nek Panjo tamen havis okazon lerni eĉ unu vorton de fremda lingvo, do ili ne tre volonte forlasis Skandinavion. Nu, 'eĉ ne unu vorton' ja estas troigo. Paĉjo sciis germane diri 'dankon' kaj 'ĝis revido', kaj krome li parkerigis en pluraj lingvoj admonojn kiel 'ne kliniĝu eksteren' kaj 'uzado de la necesejo dum halto en stacio estas strikte malpermesita'. Sed krom tiaj utilaj frazoj miaj gepatroj ne sciis komuniki kun alilandanoj. Ili ambaŭ pasigis ses jarojn en la elementa lernejo, kie oni ne instruis fremdan lingvon; baldaŭ poste ili devis eklabori kaj ne havis okazon plu studi. Mia patro tamen trapasis kelkajn fakajn kursojn kiel dungito de la ŝtata fervojo, sed ili ne inkludis fremdajn lingvojn.

Kiam mi estis infano kaj loĝis en diversaj sudsvedaj urbetoj, kie Paĉjo laboris ĉe la stacidomoj, ni ne faris longajn vojaĝojn, aŭ almenaŭ neniu tia restis en mia memoro. Poste li fariĝis trajn-ekspedisto en la grava fervoja nodo de Alvesta. De tiam ni kelkfoje iris per internacia trajno al Berlino aŭ Hamburgo, kaj de tie plu suden, dum mi devis roli kiel interpretisto de la gepatroj kaj la du pli junaj gefratoj. Komence tio ne estis facila, ĉar jam de kelkaj jardekoj la angla estis unua fremda lingvo en la sveda mezlernejo,

dum por niaj vojaĝoj la germana plu estus pli bezonata, sed iele-
trapele mi lernis elturniĝi ankaŭ en tiu. Kredeble mi estis nur
dekkvarjara, kiam mi unuafoje provis uzi la germanan lingvon,
post nur unujara lerneja studado. En la klaso, ŝajnis al mi, oni
atentis nur la demandon, kiu kazo sekvu kiun prepozicion, kaj
tute neglektis la praktikan komunikadon. Sed mi baldaŭ tre ŝatis
balbuti en germanaj butikoj kaj restoracioj, kaj efektive atingi
rezulton, eĉ ne zorgante pri la kazoj. Eble tiuj fruaj spertoj estis unu el la kialoj, ke mi poste decidis
studi lingvojn. Sed ankaŭ eblas ke influis niaj transloĝiĝoj kaj
la neceso fojon post fojo zorge aŭskulti kaj absorbi la manieron
paroli en nova loko kaj inter novaj samklasanoj. Povas esti ke tiu
infanaĝo faris el mi kameleonon, kiu adaptas sin al ĉiu nova medio,
inkludante la idiomon. Aŭ ĉu ĉio ĉi estas nur pseŭdopsikologia
spekulativado? Kion pensas vi, Ingrid? Kio kaŭzis vian intereson
al lingvoj? Viaj gepatroj ja sciis almenaŭ la germanan kaj anglan,
kaj vi pasigis vian tutan infanaĝon kaj junaĝon en Stokholmo, do
viaj spertoj estis pli-malpli malaj de la miaj.

Nu, povas esti ke tute vanas serĉi kialon de niaj viv-elektoj. Iam
oni laŭdis nin pro infana atingo, kaj tio instigis nin plu peni pri
similaj aferoj, per kio ni jam ekpaŝis sur la vojo al estonta kampo
de intereso. Aŭ male, ni spertis malsukceson pri io, kaj tio spronis
nin al revanĉo. Ne eblas scii, kiel tio vere okazis.

Nun mi ĉiuokaze veturis laŭ la sama fervojo kiel en iama feria
vojaĝo, prame al Elsinoro, ŝanĝante trajnon en Kopenhago, per dua
pramo inter Gedser kaj Großenbrode, kaj plu al Hamburgo. De tie
mi rezervis lokon en kuŝvagono rekte al Parizo. Post la pramo al
Okcidenta Germanio mi devis montri mian pasporton la unuan kaj
solan fojon, ĉar antaŭe mi trovis min en la Nordia pasporta unio,
kaj poste mi moviĝis ene de la Eŭropa Ekonomia Komunumo.
Lastsomere eĉ la sveda registaro petis aliĝon aŭ asociiĝon al tiu,
sed Francio baris la akcepton de pliaj membro-ŝtatoj, tamen kred-
eble ne pro timo al Svedio, sed ĉar alia kandidato estis Britio, kiu
eble danĝere konkurus pri gvida pozicio en la Komunumo.

Dumnokte en la vagono mi malmulte dormis, do mi estis
sufiĉe laca, kiam mi matene alvenis en la Nordan Stacidomon de

Parizo. Mi tamen plene vekiĝis, mirante pri la altega halo, en kiun enveturis la trajno, kaj kien griza lumo pene penetris tra la vitra tegmento. Odoris sufiĉe forte de karbofumo aŭ fulgo, kvankam vaporlokomotivoj sendube delonge ne plu veturis tie. Mi jam antaŭe klopodis prepari min por la urbego; tamen mi ne tute pretis alfronti la bruon, malpuraĵon, senordan homsvarmon kaj faskon da diversaj odoroj de tiu grandega komunika centro en matena urĝo. Kun unu sufiĉe peza valizo en ĉiu mano mi devis trovi la vojon per metroo kaj aŭtobuso al la Internacia Universitata Urbo, situanta ĉe la plej suda rando de Parizo, proksime de la *periferiaj bulvardoj*.

Per helpo de la domo de svedaj studentoj mi ekhavis loĝlokon – ne en tiu domo mem, sed en pli granda simila domo por britaj studentoj, kie mi devis dividi ĉambron kun Algie, korpulenta junulo kun rufa hararo, flavaj dentoj kaj plejparte brunaj pulovero, pantalono kaj ŝuoj. Li havis tre rudimentan scion de la franca lingvo, sed tio ne gravis, ĉar mi ja povus paroli kun li angle, se mi volus ion diri.

La ĉambro ne estis tre bela, nek komforte meblita. Mia lito havis hamakforman somieron kaj la seĝoj aspektis kiel muzeaĵoj. Laŭ tio kion mi antaŭe aŭdis pri britaj kutimoj, mi timis ke Algie insistos teni la fenestron malfermita almenaŭ dumnokte por enlasi la vintran malvarmon, sed fakte lia inklino estis mala – li tre avaris pri la varmo kaj abomenis freŝan aeron, kiu povus dilui la ĉiaman odoron de liaj furzoj kaj malpuraj lanaj vestaĵoj. Mi tamen supozis ke mi pasigos malmulte da tempo en nia ĉambro, krom dormante.

Dum la lasta jaro mi alkutimiĝis disponi propran ĉambron, dank' al kiu mi povis ĝui la eblon inviti vin tranokti tie. Ankaŭ dum la unua tempo en Alvesta mi dormis sola en unu ĉambro, dum la pli junaj gefratoj kundividis alian. Sed kiam Ulla dekdujariĝis, ŝi persvadis la gepatrojn rearanĝi hejme, ĉar kiel sola knabino ŝi bezonis privatecon. Eble tio estis, kiam ŝi ekmenstruis; fakte mi eĉ ne rimarkis, kiam tio okazis, ĉar oni kompreneble neniam parolis pri tiu tabua temo. Sed ekde tiam mi dividis ĉambron kun mia frato Åke, ses jarojn pli juna ol mi kaj sufiĉe defia al mia pacienco. Dividi ĉambron kun Algie tamen pli memorigis al mi la dek monatojn en kazerna dormejo kun dudeko da aliaj soldatoj. Tiu militista kunloĝado ja havis ankaŭ pozitivajn flankojn, ĉar kune estis pli facile elteni la enuon kaj idiotecon de la servado, sed mi ne tre aprezis atesti ĉiajn sonojn kaj movojn de aro da samaĝuloj, ekde nehaltigebla tusado ĝis subkovrila masturbado. Nu, Algie tamen estis nur unu; jen eble lia sola avantaĝo.

Sorbono! La pompaj konstruaĵoj el mi-ne-scias-kiu jarcento meze de kvartalo kun aliaj same pompaj domoj, la solena atmosfero, la senĉesa susurado de voĉoj, la tradicio de sepcent jaroj! Kaj la prelegoj de la instruistoj. Mi atendis altnivelan instruadon fare de erudiciaj profesoroj, sed tre baldaŭ mi rimarkis ke ĉi tiu kurso ne estas inter la prestiĝaj. Ĝi estis speciale destinita al gasto-studentoj alilandaj, sed tute ne taŭge adaptita al ni. Grupaj seminarioj, kie eblus praktiki la lingvon, tute mankis. La prelegantoj monotone prezentis siajn lekciojn, ne atentante, ĉu ni komprenas aŭ ne, nenion klarigante, simple supozante ke ni jam konas ĉiujn nomojn el la glora franca historio, ke ni jam konatiĝis kun ĉiuj eksmodaj esprimoj, ke ni simple en kultura senco jam estas mezklasaj francoj. Kelkfoje ŝajnis ke la preleganto nur papagas parkeraĵon, mem pensante pri io tute alia – eble pri la onta vespermanĝo kun virino, aŭ pri ia pli bona posteno, kie ne necesos okupiĝi pri sensciaj barbaroj, aŭ pri la sankta emeriteco, ŝvebanta fore antaŭ li kiel miraĝo, kiam li povos forlasi la bruon de Parizo kaj rifuĝi en sia provinca urbeto.

La prelegejoj estis pompaj sed ne tre komfortaj, krome ĉi-sezone malvarmaj kaj avare lumigataj. Mi baldaŭ lernis ĉiam surhavi lanan puloveron kaj en kelkaj tagoj ankaŭ jakon. Sed sufiĉan lumon por komforte fari notojn dum la prelegoj mi ne povis aranĝi. Kaj kiam mi volis ion demandi, kiam mi bezonis klarigon, la prelegantoj estis fundamente netuŝeblaj. Ili aperis, ili prelegis sen atenti, ĉu iu aŭskultas, kaj ili malaperis, kvazaŭ kunikloj en la ĉapelo de magiisto. Studentojn denaske francajn mi ne konis kaj plej ofte ne kuraĝis alparoli.

Mia savo estis la afrikanoj. Inter ni estis preskaŭ dudeko da studentoj el Gvineo, Senegalo, Dahomeo kaj aliaj landoj misteraj;

senescepte junaj viroj, kaj la plimulto el ili estis saturitaj de franca kulturo jam de siaj mezaj kaj elementaj lernejoj. Kiam ili babilis inter si, ilia franca estis rapida kaj nekomprenebla pro la apartaj akĉentoj, sed al ni kompatindaj eŭropanoj ili penis paroli klare kaj malrapide. Kaj ili sciis klarigi. Kelkaj el ili eĉ tre ŝatis klarigi, precipe ion prestiĝe francan al ne-franca blankulo el Eŭropo. Kelkfoje la klarigoj estis de la speco 'tiel oni simple diras en la franca', sed ili almenaŭ donis okazon kontroli, ĉu mi misaŭdis aŭ ne.

Do mi baldaŭ plonĝis kapantaŭe en la polvon de Corneille, Racine kaj aliaj neeviteblaj korifeoj de pasinta literaturo, kiujn mi ĝis tiam ĉiel strebis eviti. Mi devus esti tre feliĉa, kaj efektive mi ja ĝuis esti en Parizo, promeni sur kajo de Sejno vidalvide al la katedralo de Nia Sinjorino, trinki alzacan bieron en kafejo, vagi laŭ la bulvardo Saint-Germain, de temp' al tempo ekvideti la pinton de Ejfelturo trapiki la brumon fine de strato. Ofte mi imagis ke mi kvazaŭ aktoras en filmo. Sed la instruado, la kialo de mia ĉeesto, grandparte elrevigis min. Preskaŭ ĉio pri ĝi ŝajnis eksmoda kaj malinteresa.

Estis ankaŭ kelkaj aliaj ĝenaĵoj. La vojaĝo inter mia loĝejo kaj Sorbono okazis per malrapida kaj malkomforta aŭtobuso, kies fetoraj rubgasoj penetris en la buson ĉiufoje, kiam ĝi haltis por enlasi pasaĝerojn. La metroo estus pli oportuna, sed ĝi situis tro fore. Post kelkaj semajnoj mi malkovris ke eblas ankaŭ veturi per antaŭurba trajneto el Sceaux ĝis Luksemburga Stacio, sed al tiu mi ne alkutimiĝis, interalie ĉar mi ne sukcesis bone enkapigi ĝian horaron.

Miaj kunloĝantoj, ne nur Algie, sed la plimulto de la britaj studentoj, impresis min kiel pigraj snoboj, kiuj apenaŭ balbutis la francan kaj ŝajnis nur modere interesiĝi pri la eblo lerni ĝin pli bone. Supozeble ili estis ĉi tie por disipi la monon de siaj gepatroj kaj por poste, reveninte hejmen, povi blagi pri kiam ili studis en Parizo kaj havis tiklajn aventurojn en la urbo de amo kaj amoro. Reale tamen inoj tute ne rajtis aperi en niaj ĉambroj; por britaj studentinoj ekzistis aparta alo de la konstruaĵo, kaj francinoj ĉi tie estis nekonata kaj prirevata specio. Nu, okaze de semajnfinaj festoj ja eblis renkonti anglinojn en komuna ejo por societa vivo, kaj mi trovis ilin malpli snobaj ol la anglaj junuloj sed preskaŭ same nekapablaj praktike uzi la francan. Kelkfoje mi vizitis la domon de svedaj studentoj, kie mi ne sukcesis akiri ĉambron. Tie loĝis studentoj de ambaŭ seksoj, sed plejparte belaj, long-kruraj, memfidaj svedinoj similaj al vi, Ingrid. Sed ĉi tie ili tute ne interesiĝis pri svedaj junuloj. Ili ja aspiris ekzerci sin pri la franca lingvo kaj eble ankaŭ pri alio, sed ekskluzive per helpo de aŭtentaj francoj, kiuj ŝajne kolektiĝis ĉirkaŭ ili, kie ajn ili aperis. Kaj inter si ili amuziĝis pri la provoj de tiuj francoj instrui al ili eskvizite kortezajn idiomaĵojn, kies vera senco kompreneble estis 'fiku min forte' aŭ alia utila konversacia frazeto.

Kaj kiel do statis pri vi en Upsalo? Antaŭe mi planis skribi al vi leteron ĉiusemajne, kaj en la komenca duonmonato mi efektive ja plenumis tion, ĉu ne? Kaj mi ricevis de vi almenaŭ unu leteron. Tie vi skribis ke mi mankas al vi kaj demandis, kiel pasas mia vivo en Parizo. Sed krom tio via letero temis grandparte pri la Têt-ofensivo de la vjetnamaj liberigaj batalantoj. Mi reciprokis per la aserto ke ankaŭ vi mankas al mi kaj aldonis raporton pri la prelegoj en Sorbono. Sed iel mi sentis la leterskribadon pli multe kiel ĝentilaĵon ol sinceran kontakton. Kaj poste nia korespondado maldensiĝis kaj fine ĉesis, ĝis via lasta mesaĝo, kiel vi sendube memoras.

Ĉar Dani ne havis telefonon, mi sendis al ŝi poŝtkarton kun mia Pariza adreso kaj demando, kiam ni povos renkontiĝi. Sed post kelkaj tagoj mi ne volis pli longe atendi respondon. Nur monatojn poste mi eksciis ke eblus sendi mesaĝon per la pneŭmatika poŝto, kiu estus pli rapida, sed je ĉi tiu okazo mi ankoraŭ ne konis ĝin.

Anstataŭe mi trovis ŝian straton sur mapo de la urbo, kaj post kutime teda prelego mi ekiris tien metroe. Mi ne konis ŝiajn labor-horojn, sed bankoj ja ne estas malfermitaj vespere, do mi pensis ke iom post la sesa povus esti konvena tempo.

Ŝi loĝis ĉe la strato Ramponeau en la kvartalo Belleville. Tio estis nordoriente, en la 20a arondismento. Jam sur la bulvardo de Belleville mi konstatis ke tio ne estas la plej ŝika parto de Parizo, kaj veninte en ŝian straton mi trovis ĝin malluma, ne tre pura, kun domegoj ŝajne ne bone prizorgataj. Mi atingis la ĝustan adreson kaj eniris per stratpordo neŝlosita, kiu turniĝis sur grincantaj ĉarniroj. Ene la ŝtuparejo tamen estis relative pura, kvankam ĝi ŝajnis humida kaj la lumo ne tre abundis. Sur la pordoj ne aperis nomoj de la loĝantoj, nur apartamentaj numeroj, kaj mi ne konis tiun de Dani. Post kelktempa hezitado mi frapetis al la unua pordo, kiun preskaŭ tuj malfermis mezaĝa viro kun cigaredo enbuŝe kaj bruna skatolo sub la brako.

"Vi serĉas?" li elsputis jam antaŭ ol mi havis tempon diri ion ajn.

"Bonan vesperon, sinjoro. Mi petas pardonon pro la ĝeno, sed ĉu vi povas diri en kiu apartamento loĝas Danielle Simon?"

Li rigardis min esplore dum kelkaj sekundoj.

"Dekoka. Tria etaĝo", li poste elbuŝigis tiel ke la cigaredo balanciĝis, kaj tion dirinte li refermis la pordon.

Mi do supreniris ŝtupare ĝis la kvara etaĝo, kiun oni ĉi tie nomis la tria, ĉar por franco la teretaĝo ne estas etaĝo, kaj frapetis sur pordo kun la numero 18. Pasis iom da tempo, kaj malfermis juna virino ne tre alta, kun rondetaj vangoj kaj mezblondaj longaj haroj. Ŝi estis vestita per simpla bruna jupo kaj blua pulovero.

"Pardonu, ĉu vi estas Marie-France? Mi estas Björn, la sveda amiko de Dani. Ĉu ŝi..."

Pli multe mi ne atingis eldiri, antaŭ ol ŝi ekridetis, kriis "Ho, vi estas Urso!", entiris min tra la pordo kaj vange kisetis min dufoje.

Jen mi staris en tute eta vestiblo, trovante min objekto de tre detala observado de kapo ĝis piedo.

"Do, vi estas en Parizo! Bonege! Sed ŝi ne diris ke vi tiel altas!"

"Mi skribis al ŝi..."

"Jes, mi scias, kaj ni atendas vin."

"Ĉu Dani ne..."

"Ŝi butikumas sed tuj revenos. Bonvolu eniri!"

Ŝi trenis min en la ĉambron, prenis mian jakon kaj petis min sidiĝi sur kanapon. Poste ŝi malaperis kaj revenis post momento kun botelo kaj du glasoj.

"Kiel vi vidas, ni vivas tre simple. Ni ambaŭ estas malriĉuloj, komprenu. Sed jen bonveniga glaseto, se plaĉas al vi."

"Volonte, dankon."

Ŝi verŝis ruĝan vinon kaj ni ambaŭ trinketis.

"Ĉu vi do komencis studi en Parizo? Tamen vi jam scias paroli perfekte!"

Jen stranga aserto, des pli ĉar ŝi apenaŭ permesis al mi eldiri plenan frazon.

"Dankon, sed tute ne", mi sukcesis diri.

"Sed jes! Nun diru, kiel vi trovas Parizon!"

Baldaŭ ni do babilis sufiĉe senĝene kiel malnovaj konatoj, kvankam temis efektive pri nur dekminuta konatiĝo. Nu, almenaŭ ŝi ŝajnis tute senĝena. Ŝi kondutis nature kaj senpoze, kio faciligis la interparolon. Mi taksis ŝian aĝon proksimume sama kiel la mia, do malmulte super dudek jaroj. Ŝi parolis flue sed ne tro rapide, kaj kvankam mi ne komprenis absolute ĉion, mi ne sentis bezonon peti ŝin klarigi aŭ ripeti. Ĉio pri ŝi impresis simple kaj senafekte.

Dume mi rigardetis ĉirkaŭ mi en la malvasta apartamento. La kanapo staris apud tableto en ia interĉambro aŭ interna daŭrigo de la vestiblo. Ĝi havis fenestron al la postkorto, kiun evidente ĉirkaŭis dommuroj, ĉar tra la mallumo briletis ie-tie lumaj fenestroj. Apud la ĉambro mi vidis ejon kun stablo kaj io, kio supozeble estis fornelo. Alidirekte estis pordo al dua ĉambro, kies internon mi ne vidis pro manko de lumo. Ĉio montris ke ĉi tie oni vivas simple, kiel jam diris Marie-France. Nu, por mi tio ne estis stranga medio; sendube mia propra ĉambro en Lund estis eĉ pli malriĉe aranĝita.

Lampo super la tablo prilumis simplan tablotukon kaj niajn glasojn kun vino preskaŭ nigra. Kelkloke sur la muroj pendis bildoj, simplaj pentraĵoj sen kadroj. Veran librobreton mi ne vidis, sed ambaŭflanke de la kanapo lignaj skataloj estis stakitaj ĝis proksimuma alteco de metro, kaj en tiuj staris kaj kuŝis aro da poŝlibroj, kiuj montris signojn esti legitaj, eĉ duone perfortitaj. Mi ne povis vidi la titolojn, nek aŭtornomojn, kvankam mi ja scivolis pri tio, same kiel pri kiu estas la leganto. Fakte, en Malmö somere mi ja iom mallonge babilis kun Dani pri literaturo, sed tiam ni ne trovis multajn komunajn preferaĵojn.

Verŝajne Marie-France rimarkis mian scivolan rigardon, ĉar ŝi eltiris du hazardajn volumetojn el la supra-dekstra skatolo.

"Ĉi tiuj estas plejparte de Dani. Ankaŭ mi iom legas, precipe kiam ŝi rekomendas ion. Sed ŝi absolute voras ilin. Kaj preskaŭ ĉion ajn. Vidu! Jen *Elise kaj la vera vivo* de Etcherelli, kiun mi ĵus legis kaj trovis malgaja sed tre vera, kaj jen iu Steinbeck, kiun mi ne konas. Ĉu germano?"

Mi rigardis. Temis pri *Strato de la sardino*, supozeble franca traduko de *Cannery Row*.

"Ne, li estas usonano. Tre bona, eĉ Nobel-premiito antaŭ kelkaj jaroj. Ankaŭ mi ŝatas lin."

"Bonege! Do vi havos pri kio babili kun nia librovermo!"

Ni jam preskaŭ finis la vinon kiam la apartamenta pordo malfermiĝis, kaj enpaŝis Dani en ĝinzo kaj vatita jako, demetante la violkoloran mansakon, kiun mi rekonis de nia somera busvojaĝo.

"Tuj venu, Dani! Mi havas belan surprizon por vi!" laŭte vokis Marie-France.

Kaj jen ŝi aperis antaŭ mi. La sama figuro, la sama nazo kaj buŝo, kaj haroj same malhelbrunaj sed jam pli longaj ol mi memoris ilin. Mia pulso batis. Mi ekstaris.

Ŝia rido plenigis la ĉambreton, eĉ la tutan apartamenton. Ŝi demetis la aĉetsakon, alpaŝis kaj ĉirkaŭprenis min. Ni interkisis ĉe la vangoj, kaj ĉi-foje estis mia vico doni la trian ĉe la maldekstra vango.

"Ha, vi memoras tion?" ŝi gajis.

"Mi memoras ĉion."

"Ĉu eble Marie-France kisis vin eĉ kvarfoje?" ŝi diris kun petola mieno.

Mi ne havis tempon respondi, ĉar la amikino tuj laŭtigis sian voĉon.

"Certe ne! Tion mi jam de jaroj ne plu faras."

Kaj poste ili ambaŭ eksplodis en subridado.

La knabinoj preparis por ni simplan vespermanĝon el legomoj kaj skatolo da ŝinko, kiun Marie-France elfosis el la profundo de ŝajne kaosa provizoŝranko. Ilia tielnomata kuirejo ne vere reklamis la faman francan kuirarton. Jen stablo kun lavkuvo kaj krano apud gasfornelo kun du flamoj, sed ĉio estis tro malalta eĉ por Marie-France, kiu estis la plej etstatura el ili. Sur la muro en angulo estis muntita gasa akvohejtilo, servanta ankaŭ la apudajn banĉambreton kaj necesejon, kiuj cetere estis la plej malvastaj, kiujn mi iam vidis. Tamen ĉio ĉi tute ne gravis. Mi ege ĝojis gasti en la hejmo de la du amikinoj kaj babili kun ili france. Pri Esperanto mi eĉ ne plu pensis. Marie-France, la pli parolema el ili, eble ne estis tia pimpa parizanino, pri kiu vi ironie moketis min aŭtune, sed ŝi estis tre simpatia. Se iu el ili estis pimpa, tiu certe estis Dani, kaj al mi revenis sufiĉe forte la emocio, kiun mi sentis somere en Malmö kaj Frostavallen, sed kiun mi poste klopodis forgesi, nomante ĝin stulta iluzio. Nun mi povis konstati ke mi eraris. Dani fakte estis aminda knabino, kaj miaj sentoj por ŝi restis aŭ reaperis fortaj.

Komprenu min, Ingrid! Mi ne diras ĉi tion por inciti vin. Mi volas simple klarigi, kio okazis kaj kiel ĉio komenciĝis. Vi ja scias ke ni jam en la dua parto de la aŭtuno komencis disgliti foren unu de la alia, kaj baldaŭ la leteroj tute ĉesos inter ni. Vi estis kaptita de viaj kamaradoj kaj mi de tiu parizanino. Tiel simple estis. Aŭ ĉu ne? Eble tamen ne. Verŝajne mi devus rekoni mian respondecon, agnoski ke mi fakte faris elekton. Kaj same vi, ĉu ne? Ni ambaŭ elektis ĵeti nin en novajn aferojn, kiuj tiam plej allogis nin. Komprenable mi respondecas pri mia elekto ĉesi skribi al vi kaj lasi min envulti de Dani. Sed se ne, ĉu tio ion ŝanĝus por vi?

Mi do daŭrigis la studadon de la francaj lingvo kaj klasikisma literaturo kaj iom post iom alkutimiĝis al la kondiĉoj. Tiel ofte kiel mi povis, mi vizitis la knabinojn en Belleville, sed estis relative longa vojaĝo tien tra preskaŭ la tuta Parizo, precipe vespere, kiam mi devis hejmeniri per du aŭ tri metrolinioj plus aŭtobuso aŭ la trajno al Sceaux. Sed mi ĉiam kunportis libron kaj klopodis legi, se mi trovis sidlokon dum la veturo. La tempo, kiun mi pasigis en ĉiu trajno tamen ne estis tre longa. Plejparton de la tempo mi devis uzi enstacie por piediri laŭ la sinuaj vojoj inter la diversaj metrolinioj, kaj por surkaje atendi trajnon aŭ surtrotuare buson.

Malgraŭ la ĝenoj de tiuj vojaĝoj mi fakte ĝuis orientiĝi en la urbego. Mi jam konis kelkajn metroliniojn kaj la longajn koridorojn kaj ŝtuparojn de la metroaj stacioj, kie necesis ŝanĝi linion. Mi konis la humidan varmon kaj odorojn de tiuj stacioj, la akrajn sonojn, kiuj eĥiĝis inter iliaj muroj kovritaj per kaheloj kun verdaj aŭ brunaj ornamstrioj, la klakbruadon de la trajnoj kaj la senton finfine supreniri en la lumon kaj liberan aeron, kvankam tiu estis sufiĉe peza pro rubgasoj el aŭtoj uzantaj benzinon de malalta oktannombro, kaj pro diversaj aliaj fetoroj. Kaj mi komencis ekkoni la bulvardojn kaj stratetojn, kaj la vintran humidon de la franca ĉefurbo. Eble naive, mi jam eksentis min parizano.

Ĉe la knabinoj mi gaje babilis pri ĉio kaj nenio, ofte pli multe kun Marie-France ol kun Dani, kiu tamen ĉiam kontribuis per sprita komento kaj sia kontaĝa rido. Nur esceptokaze ŝi estis en pli morna humoro, sed tio neniam daŭris longe. Kelkfoje mi alportis ion por manĝi kaj trinki, kaj ni kune improvizis simplan vesperan manĝeton. Kaj kvankam mi dumlonge ne vere intimiĝis kun Dani, ŝi ĉiam agitis mian koron kaj pulson.

Ĉiujaŭde Dani daŭre frekventis la Esperanto-kurson de Christian. Ĝi okazis en la sidejo de SAT ĉe la avenuo Gambetta, en la sama 20a arondismento, kie loĝis la knabinoj. Unufoje ŝi petis min akompani ŝin tien.

"Mi rakontis al Chris ke vi estas en Parizo, kaj li volonte revidus vin. Kaj vi povus helpi lin, ĉar utilus al la kursanoj paroli Esperanton kun eksterlandano."

Ĉi tion ŝi diris en la franca. Fakte ekde mia alveno kaj ĝis nun ni parolis nur france inter ni. Mi timis ke mi tute forgesis mian Esperanton, sed kiam mi finfine venis al tiu kurso, mi baldaŭ retrovis almenaŭ sufiĉe multajn vortojn. Se mankis al mi vorto, mi sekvis la lokan kutimon, simple prenante francan vorton, al kiu mi aldonis Esperantan finaĵon. Nur kiam mankis al mi ankaŭ la franca, mi restis senrimeda. Tamen sendube ja utilis al la dekduo da kursanoj, grandparte komencantoj, foje aŭdi alian akĉenton ol la kutima.

Chris tre amike akceptis min kaj tuj paroligis min. Mi do devis prezenti min al la grupo, kaj post ĉiu dua diraĵo mia, li interpretis france por la absolutaj komencantoj. Tamen mi rimarkis ke du-tri aliaj ja komprenas min bone.

Ŝajnis al mi strange instrui tiel miksitan grupon kun malsamaj lingvaj niveloj, sed kredeble la nombro de lernantoj ne sufiĉis por dividi la grupon. Aŭ eble mankis alia instruisto. Ĉiuokaze estis amuza sperto refoje iom babili Esperante kun Chris kaj la plej progresintaj el liaj kursanoj.

"Mi invitas vin veni ĉi tien regule por helpi paroligi miajn lernantojn", li diris poste.

"Nu, mi dubas, ĉu mi havos tempon por tio. La studoj postulas sufiĉe grandan laboron, kaj estas longa vojo ĉi tien por mi."

"Kompreneble vi devos zorgi pri viaj studoj. Sed la universitato ne estas ĉio. Utilus al vi ekkoni ankaŭ la ceteran socion kaj la kondiĉojn de la popolo. Tion vi ne lernos en Sorbono."

Mi ne certis, ĉu lia esperantokurso ĉe SAT estas la plej bona loko por tiu celo, sed mi ne volis inciti lin.

"Eble pli malfrue, kiam mi alkutimiĝos", mi murmuris.

Tio estis preteksto, kompreneble. Chris ja estis simpatia, kvankam iom tro aranĝema, sed la plej multaj el liaj lernantoj ŝajnis al mi sentalentaj kaj ne tre allogaj. Nu, povas esti ke mi tro severe prijuĝis ilin. Ĉar mi mem facile lernis lingvojn, mi kelkfoje forgesis ke tio pli malfacilas al aliaj. Eble rolis ankaŭ tio ke mi ne volis reveni al la sento, ke Chris iel kontrolas mian kunestadon kun Dani.

En la semajnfinoj mi ofte faris promenojn tra Parizo, jen kun ambaŭ knabinoj, jen duope kun Dani. Ili volis montri al mi vidindaĵojn sed mem sciis malmulte pri ili. Do, mia ĉeesto eble estis okazo por ili pli bone konatiĝi kun sia urbego.

Plej ofte ni simple promenis laŭ stratoj for de la konataj lokoj. En unu sabato, kiam Marie-France laboris en la butiko, Dani kaj mi piediris ĝis la parko de Buttes-Chaumont, ne tro malproksime de ŝia loĝejo. Ĝi situis sur altaĵoj, de kie oni laŭdire havus belan vidaĵon al la centro de Parizo, se la vetero estus pli favora. Nun estis malvarmeta vintra tago kun nebulo, kiu tute baris la vidaĵon. Krome blovis glacia vento, kaj neniu el ni surhavis tre varman veston. Mi demetis mian lanan koltukon kaj volvis ĝin ĉirkaŭ ŝiajn vangojn. Ni serĉis protekton en ia artefarita groto, eble konstruita ĝuste por tiu celo, kaj brakumis unu la alian por varmiĝi. Tie mi finfine faris tion, pri kio mi malsukcesis antaŭ duonjaro apud la teatro de Malmö. Mi ŝovis mian koltukon suben kaj kisis ŝin. Mi kisis ŝin vere, kaj ŝi sentime kaj senhezite reciprokis la kison. Ni kisadis nin, kaj kiam ni paŭzis por spiri, la vaporo eliĝis kiel blankaj nuboj flanken kaj supren el niaj buŝoj, kaj jen ni rekomencis. Verŝajne vi trovas ĉi tion ridinda, Ingrid. Kisado ja estas nur kelktempa kunigado de lipoj kaj langoj, interŝanĝo de salivo, gustumado de alia buŝo. Vi konas miajn kisojn kaj eble ne taksas ilin tre alte, krom kiel lingvan studmetodon. Aŭ tute ne interesas vin, eĉ tedas vin mia raporto pri kisado de alia ino. Bone, vi sendube pravas. Ĉi tio estas ridinda kaj indiferenta. Sed tiu kiso estis... Mi ne scias, kiel diri. Se mi iam starigus monumenton pri kiso, temus pri tiu kiso kaj neniu alia.

Malgraŭ ĉio, je iu momento Dani ekskuiĝis, tremegante pro frosto. Do ni devis ĉesi. Anstataŭe ni ekkuris. Man-en-mane, aŭ gant-en-gante, ni kuretis malsupren de la monteto, en iun hazardan straton, mi ne scias kiun, kaj trovis tie etan kafejon, kie ni rifuĝis kaj mendis po tason da kafo. Super tiuj tasoj ni poste konstatis ke kafo aldonas al kisoj tre plaĉan aromon.

Mi ne scias, ĉu mi povus iam retrovi tiun kafejon. Eble jes, se mi revenus al Parizo kaj sisteme traserĉus ĉiujn stratojn de la kvartalo. Sed ĝi tamen ne estus la sama kafejo. Ne eblas dufoje eniri la saman kafejon, kiel devus diri iu helena filozofo, se la antikvaj helenoj konus la kafon. Kaj evidente ne eblas dufoje ĝui la saman kison.

Inter la kisoj en tiu kafejo ni ja babilis, sed nenion vere gravan, kaj eble ĝuste tial ion tre gravan. Mi memorigis al ŝi la sceneton okaze de niaj ĝis-revidaj kisetoj en Malmö. Ŝi gaje ridis.

"Jes mi memoras, kaj mi ja rimarkis tion", ŝi diris. "Fakte mi ne volis turni la kapon, sed tio okazis aŭtomate, eble ĉar aliaj homoj staris tuj apude."

"Sed nun vi ne plu turnas la kapon."

"Neniam plu", ŝi diris.

Dani atentigis min ke mi devas iom zorgi, kiel mi uzas la francajn vortojn, kiuj rilatas al kisado. Mi petis ŝin precizigi, kaj ŝi faris tion ruĝiĝante. Tiam mi trovis ŝin plej dezirinda. Fakte mi jam notis ke la franca estas stranga lingvo, kie 'brakumi' signifas kisi, 'kisi' signifas fiki kaj 'fiki' povas signifi preskaŭ ĉion ajn, de trompi al doni, meti aŭ foriri.

De la kafejo ni revenis al ŝia hejmo, kie mi esperis ke ni estos duope gesolaj. Sed kompreneble Marie-France jam revenis de sia laboro, kaj ni anstataŭe havis gajan posttagmezon triope en la eta apartamento.

Jam pli frue mi havis okazon vidi ankaŭ la dormoĉambron, kie efektive tronis unu sola lito, kiel iam asertis Christian. Ĝi estis vera franca dupersona lito el fero kun iam oritaj ornamgloboj sur la litkapo. Unuafoje vidante ĝin, mi diris nenion, sed Dani eble rimarkis ke mi rigardas ĝin iel oblikve.

"Jen nia lito, kie ni ambaŭ dormas", ŝi klarigis. "Krom kiam mi feriis en Svedio; tiam Marie-France kaj ŝia koramiko dormis en ĝi. Se ili fakte dormis..."

Ŝi eksplodis en sia kutima rido, kaj ankaŭ Marie-France ridis.

"Ankaŭ kelkfoje ĵaŭde, kiam mi venas de la kurso, mi trovas lin ĉi tie", Dani aldonis.

"Ho", ekkriis Marie-France, "tio okazis nur dufoje, mi pensas. Sed via kurso daŭras tro mallonge. Vi devus pli ambicie studi vian Esperanton."

"Nu, eĉ se mi forestus la tutan nokton, vi certe ne dormus."

Mi iom miris pro ilia leĝera maniero paroli pri tiuj aferoj. Ĝis nun mi ne havis okazon renkonti tiun koramikon de Marie-France. Mi sciis nur ke lia nomo estas Henri, kaj ke li estas studento, tamen ne ĉe Sorbono sed en Nanterre, tuj okcidente de Parizo.

Aliflanke mi demandis min, ĉu Dani parolas tiel por aludi ke je alia okazo, kiam Marie-France ne estos hejme, mi estos bonvena en tiu lito. Mi devos iel ekscii, kiam Marie-France denove laboros en sabato. Ĉu jam en la venonta?

Surmure super la lito de la knabinoj pendis eta pentraĵo, kiu prezentis nudan virinon kuŝantan sur tute simila lito.

"Ho, ne rigardu ĝin proksime!" ekkriis Marie-France al mi. "Mi hontas!"

Ŝi tamen diris tion duone ridante, kaj mi komprenis ke la bildo prezentas ŝin.

"Ne hontu", mi diris. "Ĝi estas bela."

"Ŝi petis ke mi pligrandigu la mamojn", komentis Dani. "Sed tion mi ne volis. Necesas pentri la nudan veron. Oni ne falsu la realon!"

Tio sonis iom komike patose, kiam temis pri bildo de ŝia kunloĝantino, sed jen la kutima stilo de Dani, kiun ŝi apetitigis per sia perla rido.

"Ne necesas pligrandigi", mi diris. "Ili estas tute sufiĉaj."

Marie-France paŭtis, minacis min per sia pugno kaj turnis al mi la dorson por ne malkaŝi sian mienon.

Mi jam sciis ke la deko da etaj pentraĵoj surmure en la apartamento estas de la mano de Dani. Laŭ mia kompreno ŝi estis talenta amatoro, sed fakte mi ne povis juĝi, kio estas arto kaj kio estas kiĉo. Troviĝis kelkaj portretoj, de ŝi mem, de Marie-France kaj de du personoj nekonataj al mi, plue unu muta naturo kaj kelkaj pejzaĝoj kun kampoj kaj blankaj biendomoj.

"Tiu estas el mia vilaĝo", Dani klarigis. "Kaj tiu" – ŝi montris al alia pejzaĝo – "estas de van Gogh."

"Ĉu vere? Do vi estas milionulo, sendube."

"Bedaŭrinde ne, ĉar mi mem faris ĝin", ŝi ridegis. "Sed ĉu vi scias ke li iam loĝis en mia hejma regiono?"

Mi ekzamenis la pentraĵon, nekapabla distingi, ĉu ĝi sukcese imitas la stilon de la famulo. Ĝi prezentis flavajn kaj verdajn kampojn, violbluajn montetojn kaj du arbosiluetojn. Bele, laŭ mi, sed kiel vi scias, mi ja tute ne povas prijuĝi arton.

"Iam mi ŝatus fari ankaŭ vian portreton, Urso", ŝi diris.

"Bone, ĉu plian nudon?"

Ŝi gaje ridis.

"Prefere ne. Mi ne volas timigi la vizitantojn per nuda urso. Sed ĝuste nun mi havas nek tolon nek sufiĉe da farboj."

Ĉapitro 5

Katolike

Ĉiufoje, kiam mi volis viziti la knabinojn vespere, mi havis du-tri horojn por iel pasigi post la prelego en Sorbono ĝis la konvena tempo por alveni ĉe ili. Iri tien-reen al la Universitata Urbo tiam ne tre logis min. Plurfoje mi promenis en Luksemburga Ĝardeno, sed pro la sezono mi tie devis senĉese moviĝi por ne tro frosti. La Pariza vintra klimato similis tiun de Lund, se temis pri temperaturo kaj humideco de la aero, sed plej ofte kun malpli da vento. Komence mi tamen trovis ĝin pli malvarma ol mi antaŭe atendis.

Ofte mi sidis kun taso da kafo en simpla kafejo, legante kaj farante notojn pri la metriko de Racine, la distingo inter imperfekto kaj perfekto aŭ la verboj postulantaj subjunktivon. Dume mi ŝtelaŭskultis konversaciojn de aliaj gastoj, komprenante en la komenco preskaŭ nenion, sed iom post iom kaptante pli kaj pli da vortoj el la babilado. Kvankam estis nenio mirinda en tio, tamen tre ekscitis min sidi tie en Pariza kafejo sur la maldekstra bordo de Sejno, aŭ iufoje eĉ sur la dekstra, kvazaŭ en filmo aŭ revo. Kelkfoje alia homo sidiĝis ĉe tablo tuj apud la mia, tiel ke mi havis okazon interŝanĝi kelkajn vortojn kun pensiulo, studento, oficisto, ekstersezona germana turisto, aŭ kun vendisto de fotoj kun motivoj por viroj, laŭ lia reklamfrazo.

La metrostacio plej proksima al Sorbono estis Maubert-Mutualité, sed por atingi Belleville-on de tie necesis ŝanĝi linion almenaŭ dufoje. Do mi kelkfoje promenis al la stacio Odéon ĉe la bulvardo Saint-Germain kaj poste ŝanĝis linion en Châtelet. Mi jam komencis iom koni la reton de metrolinioj, aŭ almenaŭ la centran-orientan parton de ĝi.

Unu posttagmezon mi vizitis Panteonon ne malproksime de Sorbono. Ĝi impresis min kiel helena templo el la dekoka jarcento kun altega kupolo, sub kiu sciencisto iam montris per pendolo ke la tero rotacias. Kurinte tra la templo pro ia sento de turista devo, mi decidis promeni ĝis Châtelet tra Insulo de la Civito. Mi sekvis mian intuan senton pri la ĝusta direkto tra kvietaj stratetoj, krucis la bulvardon Saint-Germain kaj pluiris, jen kaj jen kaptante momentan ekvidon de Nia Sinjorino sur la insulo. Subite mi stumblis sur malnova preĝejeto inter nudaj arboj, kvazaŭ kaŭranta sub la imponaj turoj de la transrivera katedralo. Ĉar mi ĵus eksentis pluvgutojn, mi eniris por serĉi ŝirmon dum kelka tempo. Laŭ ŝildo surporde ĝi nomiĝis Sankta Juliano la Povra, kaj se ĝi estis eta ekstere, ĝi ŝajnis eĉ pli malvasta interne. Mankis en ĝi benkoj kaj seĝoj, do post nelonga rondirado kaj gapado al oritaj ikonoj, kiuj tute ne ŝajnis al mi francaj, mi intencis reeliri por esplori, ĉu ankoraŭ pluvas aŭ ne. Tiam kaptis min maljuna viro kun grizaj haroj, griza barbo kaj griza kompleto.

"Vi estas studento, sendube, sinjoro", li ekparolis sed ne atendis konfirmon. "Eble interesus vin ekscii ke ĉi tio estas la loko de la origina universitato de Parizo."

"Ĉu vere?"

"Sed tiam la lekcioj okazis ekstere, surstrate, kie la studentoj sidis sur pajlosakoj, aŭskultante la prelegojn de la profesoroj. Multaj famuloj studis aŭ instruis ĉi tie – Rabelezo, Abelardo, Villon, Petrarko, Danto, Tomaso el Akvino kaj aliaj. Sed okazis ankaŭ dramoj. En 1524 la studentoj tumulte frakasis la internon de la preĝejo, ribelante kontraŭ la elekto de rektoro."

"Ĉu vere?" mi stulte ripetis duafoje.

"Tiam la preĝejo mem jam aĝis kvar jarcentojn, ĉar ĝi estas same malnova kiel la katedralo de Nia Sinjorino. Kaj jam antaŭ ĝi staris pluraj preĝejoj sur ĉi tiu loko. Eble eĉ sanktejoj de druidoj. Sed hodiaŭ ĝi estas grek-katolika."

Mi rezistis la emon ankoraŭfoje diri 'ĉu vere?' kaj klopodis digesti la informojn, admirante lian kapablon senpene transpaŝi jarcentojn.

"Do ortodoksa, ĉu?" mi sukcesis elbuŝigi, pensante pri la ikonoj.

"Ne. Ne ortodoksa. Grek-katolika. La diservo ja similas ortodoksan, kaj kiel vi povas konstati, oni konstruis ikonostazon ĉi-antaŭe, sed oni agnoskas la papon."

Fine mi sukcesis liberigi min de la informema sinjoro, ankoraŭ ne certa, ĉu li estas pastro aŭ pedelo de la preĝejo, aŭ nur spontana amatora ĉiĉerono. Eble mi devus doni al li trinkmonon? Nu, mi pluiris laŭ strateto kaj subite ekvidis ŝildon de la librejo *Shakespeare and Company*. Aperis al mi nebula memoro, laŭ kiu tiel nomiĝis la unua eldonejo de la verko *Ulysses* de Joyce, kiun li ne povis eldonigi en Irlando aŭ Britio. Sed mi ne kuraĝis eniri por demandi pri tio. Eble mi trafus same babileman librejiston kiel la grizulo de la preĝejo. Tial mi plupaŝis, transiris Sejnon per du pontoj, inter kiuj mi devis lukti al mi vojon tra klaso da lernejanoj, kiuj ĝuste tiam elvomiĝis el buso antaŭ la katedralo, sendube el iu provinca urbo, kaj baldaŭ mi atingis la metroon. Nian Sinjorinon mi jam vizitis iutage dum mia komenca tempo en Parizo, do mi ne sentis bezonon revidi ĝian internon.

Kiel antaŭdiris Marie-France jam okaze de mia unua vizito ĉe la knabinoj, Dani kaj mi havis neelĉerpeblan temon de diskutado pri la libroj. Ŝi tre ŝatis pruntedoni al mi siajn favoratajn verkojn el la falditaj, ĉifitaj, taŭzitaj poŝlibroj en la skatoloj, kaj poste peti mian prijuĝon.

Mi ne havis tempon por tiom da ekstra legado, krom la deviga kursa literaturo, kiu ankoraŭ fiksiĝis en la deksepa jarcento kun Molière kaj aliaj. Tamen mi ofte prove fluglegis ie-tie en ŝiaj libroj, kaj nur kiam io aparte plaĉis, mi legis la tuton. Tio tamen estis utila, ĉar per tio mi alkutimiĝis legi sufiĉe rapide en la franca, kaj eĉ lernis prijuĝi literaturon surbaze de disaj ekstraktoj. Baldaŭ mi komencis uzi tiun tempo-ŝparan metodon ankaŭ ĉe la devigaj tedaĵoj. Jen eble ne tre prifierinda speco de legado, sed ja oportuna.

Inter la favoratoj de Dani troviĝis novaj francaj aŭtoroj kiel Duras, Gary kaj Sagan, kiujn mi tute ne konis, kaj pli malnovaj kiel Dumas, Daudet, Colette kaj eĉ Zola, de kiu mi legis nur pecetojn dum mia franca studado en Lund. Pli komunan preferon ni havis por kelkaj anglalingvaj verkistoj kiel Greene, Steinbeck kaj Hemingway. Kaj kompreneble ŝi ŝatis la furoran romanon de Salinger, kiu france titoliĝis *La kor-kaptanto*. Ŝi posedis ankaŭ aventurojn de B. Traven, kiuj tre plaĉis al ŝi. Krome ŝi legis krimromanojn kaj romantikaĵojn, grandparte de aŭtoroj, kies nomojn mi neniam aŭdis. Escepto estis, kompreneble, la romanoj de Simenon pri komisaro Maigret, el kiuj mi jam legis kelkajn en sveda traduko, sed nun mi povus mergiĝi en la originalojn ĝiskole, se mi volus. Unufoje ŝi montris al mi novelon de Hemingway. Estis iom strange legi liajn koncizajn dialogojn en la franca traduko. Ĝi estis novelo, kiun mi antaŭe ne legis, okazanta en Pariza trinkejo, kie geedza paro dialogas pri tikla temo nur duone eldirata.

"Ĉu laŭ vi ĝi temas pri tio, kion mi pensas?" Dani demandis min.

Mi iom miris pri ŝia nekutima evitemo.

"Verŝajne jes. La edzino havas amatinon sed ne volas perdi la edzon, ĉu ne?"

"Do kial ne skribi tion klare? Ĉu Hemingway ne kuraĝis tion?"

"Mi ne scias. Sed kredeble li preferis, ke la legantoj mem konkludu tion laŭ la diraĵoj."

"Ĉu do estas divenludo?"

"Ne. En la realo oni ofte interparolas ne menciante la plej gravan aferon, se ambaŭ konscias, kio ĝi estas. Eble li volis fari simile en la novelo. Mi iam legis ion alian de li en tia stilo."

Dani sulkis la frunton, paŭtis kaj enmemiĝis kun morna mieno kvazaŭ deprimite.

"Li prefere diru klare, pri kio temas", ŝi decidis kolertone.

Poste ŝi rigardis min kun scivola mieno.

"Urso, ĉu vi jam renkontis tian inon, kiu volas kaj viron kaj virinon?"

Mi kapneis.

"Verŝajne ne. Aŭ pli ĝuste: se jes, ili ne malkaŝis tion al mi."

Dani larĝe ridetis.

"Eble ĉiuj viaj koramikinoj havis sekretajn amatinojn!"

Mi ridis, pensante pri vi unuafoje en longa tempo. Ĉu vi povus umi kun knabino? Jen io, kion mi certe ne kapablus imagi, sed aliflanke mi tute ne sciis, kiel mi rimarkus tion.

Nu, ni forlasis tiun temon kaj plu diskutis librojn kaj verkistojn. Iom strange mi trovis, ke Dani absolute rifuzas legi Camus, kiu laŭ ŝi estis "nigrapiedulo" kaj dekstrulo, pri kio mi sciis nenion.

"Ne necesas ami la verkiston por legi kaj ĝui liajn librojn", mi provis.

Sed ŝi estis nepersvadebla.

"Mi nenion legos de tiu fiulo."

Dirante tion ŝi aspektis, kvazaŭ ŝi gustumus ion naŭzan, sed eĉ tiun mienon mi ne povis malŝati. Mi pli kaj pli certis ke mi ja enamiĝis al ŝi.

El la sveda literaturo ŝi konis nenion, tute nature, kaj ne sciante, kio ekzistas en franca traduko, mi ne povis facile ion rekomendi. Sed iutage ni ambaŭ spertis surprizon. Kiam ŝi hazarde eksciis ke mi origine devenas el sudsveda provinco nomata Smolando, ŝi ekkriis "Ho, same kiel Asa Anseristino kaj ŝia frato!" Montriĝis ke ŝia patrino iam laŭtlegis al ŝi kiel fabellibron *La mirinda vojaĝo de Nils Holgersson*. Ŝi tamen neniam komprenis aŭ atentis ke ĝi temas pri reala lando. Eĉ kiam ŝi mem lastsomere vizitis Skanion, la hejman provincon de Nils, tio neniam frapis ŝin.

Mi devis konfesi ke mi mem legis nek ĝin, nek ion ajn alian de Selma Lagerlöf, kies verkojn mi antaŭjuĝis tre eksmodaj. Sed eblus serĉi ilin en biblioteko, ĉar mi supozis ke ankaŭ iuj aliaj devas esti tradukitaj en la francan. Tiam sekvis dua surprizo.

"Mi ne ŝatas viziti bibliotekon", ŝi diris paŭte.

"Kial ne?"

"Nu, mi trovas ke la bibliotekistoj rigardas min tro desupre. Kaj verŝajne eĉ pli, se ili aŭdus min paroli."

"Kial ili farus tion?"

"Vi ne konas Francion, Urso. Simple estas tiel. Ĉar mi ne havas edukon kaj venas el suda provinco, mi neniom valoras."

Mi estis konsternita. Komprenebla ankaŭ mi fojfoje sentis mankon de memfido pro mia deveno kaj mia smolanda akĉento. Tamen ĉi tio ja estis freneza. Ĉu rezigni bibliotekon pro la ideo ke tie eble laboras kulturitaj snoboj el la ĉefurbo?

Nu, jen evidente kial ŝi malgraŭ sia magra salajro aĉetis tiom da libroj, kvankam plejparte malmultekostajn poŝeldonojn.

"Ŝajnas al mi ke la bibliotekoj ne estas por laboristoj", ŝi paŭtis. "Tiaj lokoj, same kiel muzeoj, teatroj kaj similaj, estas por la mondumo, ĉu ne? Tie oni malestimas homojn kiel mi."

"Stultaĵo! Ili estas por ĉiaj homoj, komprenebla."

"Eble en via lando."

"Dani, tio estas tute erara ideo. Ni iru kune al publika biblioteko por enskribi vin kaj akiri por vi karton. Vi vidos ke tie estas ĉiaspecaj homoj, kaj eble eĉ pli da malriĉuloj ol riĉuloj. Homoj de la mondumo, se ili entute legas, sendube preferas novajn librojn, kiujn palpis neniu antaŭ ili."

Sed ne facilis persvadi ŝin.

"Karton mi jam havas ie", ŝi diris. "Mi ja vizitis bibliotekon proksime de ĉi tie, kiam mi estis novulo en Parizo. Mi volis prunti artlibrojn. Sed tiuj estis nur por legi surloke, ĉar tro valoraj, laŭdire. Sendube oni prenis min por ŝtelisto."

Mi ne sciis, kion respondi al tio. Fakte mi ne konis la publikajn bibliotekojn de Francio.

"Tamen ni ja povus iam iri tien", ŝi daŭrigis. "Nur por komplezi al vi. Sed mi ne sentus min bonvena tie. Mi preferas aĉeti de la librostandoj."

Tiel mi do eksciis ke ŝi ankaŭ ne iras al vera librovendejo sed nur al tiaj etaj standoj aŭ budoj, kiuj plurloke borderas la kajojn de Sejno, kie oni vendas brokantajn librojn kaj magazinojn. Jen do la klarigo, kial ŝiaj libroj estas tiel taŭzitaj; ŝi estas nur la lasta el pluraj nekonataj legintoj.

"Ankaŭ la komizoj de la grandaj librejoj estas tro fieraĉaj. Ili traktas min kiel stultulon."

"Ne eblas", mi protestis. "Vi certe legis pli multe ol ili. Ne estu tiel modesta! Vi estas la malo de stultulo, Dani."

Ŝi ridetis al mi sed ŝajnis ne konvinkita.

"Vi estas tre afabla, Urso."

Unu vendredon mi pasigis la vesperon ĉe la knabinoj, babilante kun ili kaj aŭskultante iliajn gramofondiskojn. Interalie mi nun konatiĝis kun *Les 4 barbus* – la kvar barbuloj – kiujn mi memoris vidi somere sur T-ĉemizo de Dani, kaj kun ilia kantado de *La tukpinĉil'* laŭ la komencaj tonoj de la Betovena *Sortosimfonio*.

Por iom festi mi alportis vinon kaj kelkajn fromaĝojn, kiujn mi elektis pli-malpli hazarde en ĉiovendejo *Monoprix* preterpasita survoje. Marie-France invitis ankaŭ sian koramikon, sed li ne havis tempon veni.

"Henri estas ano de grupo, kiu diskutas kaj kontestas la situacion en la fakultato. Ili estas tre malkontentaj pri la eksmoda instruado kaj postulas influon de la studentoj, sed la rektoro ne atentas ilin. Do ili planas diversajn agojn kaj manifestaciojn." Kiam ŝi menciis la rektoron, mi tuj ekpensis pri la rakonto aŭdita en la malnova preĝejeto Sankta Juliano la Povra. Eble Parizaj studentoj flegas tradicion tumulti kontraŭ sia rektoro, mi pensis. Mi tamen esperis ke ili ĉi-foje almenaŭ ne frakasos la internon de preĝejo. Ĉiuokaze Marie-France evidente fieris ke ŝia amato partoprenas tiajn agadojn. Ankaŭ Dani subtenis ŝin. "Ĉu nenio tia okazas en Sorbono?" ŝi scivolis.

Mi miris ke tiuj laborantaj knabinoj interesiĝas pri la problemoj de studentoj, sed la kialo kompreneble estis la amrilato inter Marie-France kaj tiu Henri.

"Mi tute ne scias", mi respondis. "Mi renkontas preskaŭ nur aliajn eksterlandajn gasto-studentojn, kaj ili verŝajne ne kuraĝas enmiksiĝi en tiajn agojn. Oni ne volas perdi la studlokon. Sed mi plene konsentas ke la instruado bezonus modernigon."

La knabinoj ne abonis ĵurnalon, nek posedis televidilon. Eta transistora radioricevilo ja kuŝis sur la litotablo de Marie-France, sed per ĝi ili aŭskultis preskaŭ nur popularan muzikon, kiam oni disaŭdigis tion, kaj ĉi-momente nenion, ĉar ĝia baterio elĉerpiĝis. Novaĵojn pri Francio kaj la mondo ili do ricevis ĉefe de konatoj kaj kolegoj. Sed ili havis gramofonon, kiu staris en la fenestra niĉo de la dormoĉambro. En suba skatolo troviĝis aro da diskoj de francaj kantistoj diversĝenraj, kiel Françoise Hardy, France Gall, Johnny Hallyday, Gilbert Bécaud, Serge Gainsbourg kaj Mireille Mathieu. Kaj krome tiu de la kvar barbuloj kaj kvin diskoj de The Beatles.

Pri la plej nova el tiuj kun la kanto *All you need is love* Dani faris al mi demandon.

"Urso, ĉu vi komprenas, kial ili komencis ludas Marseljezon? Mi komprenas nur 'love, love, love' el la kantado, sed ĉu ĝi temas ankaŭ pri Francio?"

Mi iom cerbumis pri tio.

"Mi pensas ke ne. Verŝajne simple la vorto 'amo' tuj pensigas anglojn pri Francio kaj francinoj."

Aŭdante tion, ŝi subridis.

"Ankaŭ min, cetere", mi aldonis kaj kisis ŝin.

Ŝi reciprokis sed post nelonge forpuŝis min kun petola mieno.

"Atentu, ne embarasu Marie-France-on!" ŝi petis.

"Do, ĉu vi volas ke mi kisu ankaŭ ŝin?"

Dani nur ridis pri tiu demando, sed Marie-France paŭte elsnufis.

"Nur provu, kaj vi bedaŭros."

Fakte nia kunestado kaj babilado ĉiam okazis en tre amika etoso kun tiaj petolaj aŭ eĉ infanecaj ŝercoj. Kiam mi klarigis ke laŭ The Beatles 'ĉio bezonata estas amo', Marie-France denove paŭtis.

"Tiuj uloj certe neniam estis senmonaj", ŝi elsputis.

Tiuvendrede la vespero iĝis malfrua, kaj kiam la vino kaj fromaĝoj fine elĉerpiĝis, mi iom ĝemis pro la longa revojaĝo al la domo de britaj studentoj.

"Kial ne tranokti ĉi tie?" tiam diris Dani. "Vi povus dormi sur la kanapo, ĉu ne?"

Mi rigardis ĝin, provante la kusenojn permane. Eble mi montris skeptikan mienon, ĉar Dani daŭrigis:

"Ĝi ne estas tre luksa, domaĝe. Ni luas la apartamenton kun la mebloj. Sed mi mem foje dormis tie, kiam Henri tranoktis ĉe ni."

Do, mi faris laŭ ŝia propono. Ŝi aranĝis por mi la dormlokon, kaj ni ĉiuj enlitiĝis dum ŝercoj kaj ridoj, la knabinoj duope en sia lito, mi solece surkanape. Kiam mi jam kuŝis sub la kovrilo, Dani venis en noktoĉemizo por brakumi kaj kisi min, kaj deziri al mi bonan nokton. Mi kompreneble provis karesi ŝin sub tiu noktovesto, sed ŝi lerte kiel angilo glitis el miaj manoj.

"Atendu", ŝi flustris.

Kaj tiun vorton mi trovis tre kuraĝiga.

Dum mi poste turnadis min por trovi pozicion, en kiu eblus endormiĝi sur la kanapo, mi aŭdis la knabinojn subridi kaj flustri en la mallumo. La pordo inter la du ĉambroj estis nura aperturo sen klapego, do mi aŭdis ilin kiel se ni kuŝus en unu sama ĉambro. Mi imagis ilin flanko ĉe flanko en sia grincanta fera lito, kaj kiam ili ĉesis babili kaj susuri, mi jen kaj jen aŭdis suspiron aŭ profundan anhelon.

La kanapo fakte estis tro mallonga por mi. Ne eblis rektigi la krurojn. Fine mi elektis demeti ĉion, la subajn kusenojn, littukojn kaj kovrilon, sur la plankon, kaj tie mi kuŝiĝis kun la kruroj sub la tablo.

Matene mi aŭdis Marie-France-on ellitiĝi sola, vesti sin kaj pretigi al si tason da kafo. Ŝi aŭdeble surpriziĝis trovi min surplanke anstataŭ sur la kanapo, sed mi ŝajnigis plu dormi. Kiam ŝi foriris al sia laborejo, mi iris en la dormoĉambron kaj englitis sub la kovrilon al la varmo apud Dani. Ankaŭ ŝi ŝajnigis dormi.

Mi komencis karesi ŝin, kaj ŝi respondis per kiso. Sed samtempe ŝi tre zorge tenis miajn manojn for de malpermesita zono. Iom post iom mi povis fari etajn avancojn, sed trans la definitivan limon ŝi ne lasis min.

Tamen ankaŭ ŝi sufiĉe aŭdace karesis min. Finfine eĉ tre aŭdace, efektive. Mi konstatis ke ŝi vere estas manlerta.

"Ĉu vi ŝatis?" ŝi poste demandis.

"Komprenebla jes. Tamen mi preferus kun vi."

"Ne, nun ne. Vi devas atendi."

"Bone, mi atendos. Sed dume lasu min karesi vin..."

"Ne, ne tie, mi petas."

Dum momento ŝi silentis, kaj ŝia mieno esprimis pezan malgajon. Subite ŝia vizaĝo ŝajnis esti de tute alia persono. Mi tamen plu karesis la permesitajn partojn de ŝi, kaj iom post iom ŝi ŝajne revenis al sia kutima ĝoja stato. Ŝia noktoĉemizo estis senmanika, kaj mi facile enŝovis manon por fingrumi ŝiajn cicojn. Subite ŝi ekridis.

"Vi tiklas min."

"Ĉu vi tre tikliĝemas ĉi tie?"

"Tie ne, sed sub la brako."

Mi plu tiklis ŝin ĝis ŝi ridante tordis sin kaj forigis mian manon. Poste ŝi klopodis reserioziĝi, tamen vane.

"Sendube Marie-France plendos pri la makulo sur ŝia parto de la littuko", ŝi diris kun nova subrido.

"Nu, sed vi jam diris ke ŝia Henri kelkfoje kuŝis ĉi tie."

"Kaj tiam plendis mi. Mi ne ŝatas liajn makulojn."

Dum momento ŝia esprimo denove ŝanĝiĝis de petola al malgaja. Eble ŝi trovis ke Henri ne meritas la amikinon, aŭ ŝi simple ĵaluzis pri Marie-France. Sed tre baldaŭ ŝi revenis al tio, kio ŝajnis al mi ŝia vera memo, la bonhumora, iomete facilanima knabino. Nu, evidente ŝi ne estis nur tia.

Mi cerbumis pri tio, kiel mi atingos plian intimecon kun ŝi. Ĉu ŝi tro pudoras? Aŭ simple timas la eblajn konsekvencojn? Kiam mi alvojaĝis de Svedio, mi fakte kunportis paketon de dek kondomoj. Kompreneble mi supozis ke eblas aĉeti ilin ankaŭ en Parizo, sed ili ne prenis multe da spaco en mia valizo. Nun restis naŭ el ili. La dekan mi foruzis en epizodo, pri kiu mi hontis eĉ pensi. Tio estis kun Philippa, knabino el Leeds, kiun mi akompanis al festo de la anglaj gestudentoj. Tiu festo baziĝis – aŭ pli vere flosis – sur fundamento el viskio kaj brando, el kio sekvis sufiĉe embarasa kuna vizito al necesejo de tiu Philippa kaj mi. Poste, vidante unu la alian en la Sorbonaj prelegejoj, ni ŝajnigis nenion memori pri tiu vizito kaj ĉiam elektis sidiĝi malproksime unu de la alia.

Nun mi menciis al Dani ke mi kunportas kondomojn, por ke ŝi ne timu sekvojn. Kompreneble mi ne menciis ke restas al mi naŭ el dek, sed mi fakte elpoŝigis unu por montri kaj pruvi ke ŝi estus sekura. Sed tio ne sufiĉis por persvadi ŝin.

Nu, verŝajne ankaŭ vi trovus tion stulta taktiko, ĉu ne? Kaj tamen vi mem iam uzis mankon de preventilo kiel motivon por prokrasti la aferon. Sed tio sendube estis nura preteksto.

Tamen mi baldaŭ povis konstati ke Dani ne estas pruda aŭ pudora. Eĉ male, fakte, ĉar kiam ni fine ellitiĝis por duŝi nin kaj vestiĝi, ŝi tute senhonte nudigis sin kaj tiris min en la liliputan banĉambron.

"Ni duŝu nin kune por utiligi la varman akvon", ŝi deklaris.

La knabinoj tre fieris pri sia banĉambreto, ĉar laŭdire multaj homoj ĉirkaŭe en la kvartalo disponis nur komunan aŭ eĉ neniun banĉambron. Precipe sur la apuda monteto de Belleville staris duonkadukaj domoj, kie la loĝantoj eĉ ne havis propran necesejon. Ne ĉio estis luksa aŭ eleganta en la franca ĉefurbo.

Jen do en la bankuveto, kie unu persono povus kaŭri kun la genuoj ĉe la brusto, ni staris duope, premitaj unu al la alia. Ŝi sapumis min, kaj mi la permesitajn partojn de ŝi. Mi admiris ŝian belan korpon kaj iom hontis pri la mia. Verŝajne mi estis la pli pruda el ni. Ŝia haŭto surtrunke estis pli blanka ol mi atendis, kaj ŝiaj haroj surkape kaj pube kontrastis kun ĝi preskaŭ nigre. Ankaŭ la cicoj elstaris en bruna reliefo sur la etaj mamoj. Kiam mi kliniĝis por suĉi ilin, ŝi forpuŝetis mian kapon mole, kvazaŭ mi estus tro altrudiĝema ŝafido. Poste, dum ŝi vestis sin, ŝi komencis paroli pri piloloj.

En Francio la aŭtoritatoj ĵus permesis vendadon de kontraŭkoncipaj piloloj, sed laŭdire estis problemo trovi kuraciston, kiu akceptas preskribi ilin.

"Marie-France volis akiri tiajn pilolojn, sed la katolikaj doktoroj tute ne preskribas ilin, kaj la nekatolikaj preskribas nur al edzinoj", diris Dani.

Mi ne povis scii, ĉu ŝi pravas. Ŝi ofte esprimis vinagrajn opiniojn pri la pastroj kaj la katolika eklezio. Ŝi jam antaŭe rakontis al mi ke ŝiaj gepatroj estas konvencie religiemaj, kaj ke ŝi devis pasigi plurajn jarojn en kristana lernejo, "ĉe la monaĥinoj", kiel ŝi diris.

"Kiam mi alvenis tien, mi kredis ĉion, kion ili diris al ni. Post unu-du jaroj mi jam komencis dubi pri unu afero, poste pri dua, kaj kiam mi finis tie, mi plu kredis nenion. Kaj veninte al Parizo mi lernis ke la religio estas opio por la laboristoj."

De temp' al tempo ŝi eldiris tiajn kliŝajn sentencojn, sed la stranga afero estis, ke en ŝia buŝo ili sonis al mi tute nature kiel sinceraj personaj juĝoj. Mi eĉ trovis ilin ĉarme spritaj. Sendube mi vere estis enamiĝinta, aŭ eble envultita de rava sorĉistino.

Kaj ŝi ĉiam nomis sin laboristino, eĉ malriĉulo.

"Vi laboras en banko, Dani", mi milde kontestis. "Ne en fabriko."

Ŝi faris la tipe francan paŭtan elspiron inter la lipoj.

"Tiu laboro estas same rutina kiel fabrika laboro, kaj mi estas la plej suba el la laboristoj tie."

Eble ŝi fakte pravis pri tio.

Ĉapitro 6

Kurioza familio

Mia studado plu daŭris kaj mi pli kaj pli alkutimiĝis. Mi avancis de subjunktivo al gerundio, kaj de Molière al Montesquieu. Dum la prelegoj mi kelkfoje pensis pri la unuaj studentoj de Parizo, kiuj laŭdire devis sidi sur pajlosakoj. Nu, eble tio eĉ estus pli komforta ol la nunaj benkoj. Krom en la prelegejoj de Sorbono, mi plejparte lokis mian studadon al kafejetoj dise en la Latina Kvartalo. Mi ĉiam elektis etajn lokalojn ĉe flankstratoj, ĉefe pro ekonomia motivo, sed krome ĉar tie supozeble estis pli da ŝanco ekhavi kelktempan kontakton kun aliaj gastoj, kio por mi signifis ekzercon pri la lingvo kaj samtempe plaĉan interrompon en la enua legado. La famajn kafejojn ĉe bulvardo Montparnasse, kiel Sélect, Rotonde, Coupole kaj aliajn, mi neniam aŭdacis viziti. Por mi tio estus kiel por Dani eniri bibliotekon aŭ librejon. Do mi eble devus ne miri pri ŝia malemo viziti lokalojn de 'la mondumo'.

Cetere, ĝis nun mi ankaŭ ne vizitis Luvron, nek aliajn artmuzeojn kun famaj artverkoj. Ĉu mi do flegis same misajn sentojn kiel Dani? Mi ja povus demandi Marie-France-on, ĉu ŝi ŝatus akompani min al tia loko. Sed iel mi sentus tion kiel malfidelecon kontraŭ Dani. Stranga ideo!

En la kafejoj la parizanoj ĝenerale ne altrudis sin, do la interrompoj kaŭzitaj de aliaj gastoj ne estis tro oftaj. Dum pliparto de la tempo mi povis studi senĝene, sed kiam mi mem alparolis iun, oni kutime estis preta iom babili, kio estis plaĉa sperto.

Pli malfacile estis alkutimiĝi al mia loĝejo kaj la samĉambrano Algie. Kiam li eksciis ke mi kutimas renkonti du verajn parizaninojn kaj iam eĉ tranoktis ĉe ili, mi tuj rimarkis ke mi gajnas plian prestiĝon en lia menso.

"Ĉu vi pensas ke mi povus foje akompani vin al tiuj inoj?" li sondis.

"Nu, tio ŝajnus al mi sufiĉe vana. Imagu, ili tute ne parolas la anglan."

Mi ne menciis ke Dani ja komprenas la vorton 'love'. Tion li sendube prenus kiel kuraĝigon.

"Tamen mi ja studas la francan", li tiam asertis. "Krome vi povus helpi, ĉu ne? Cetere ne necesus tre multe paroli..."

Mi komprenis proksimume, kiel li imagis miajn vesperojn kun la du francinoj, kaj mi ne sentis neceson elrevigi lin.

"Fakte, ili malamas anglojn", mi fantaziis.

Tio evidente ŝokis kaj konsternis lin eĉ ĝis mutiĝo.

"Kaj cetere ili estas malkleraj laboristinoj", mi aldonis. "Do sendube nenio por vi, Algie."

Li kontemplis tion kaj preskaŭ videble sulkis la cerbon, probable por esprimi ke li fakte tre ŝatas malklerajn Parizajn laboristinojn, eble eĉ pli ol bone edukitajn filinojn de anglaj burĝoj. Mi tamen ne lasis al li parolis plu sed eliris kun bonvola "Ĝis poste, oldulo".

Fakte mia fantazio ne sufiĉis por imagi lin kaj miajn amikinojn en unu sama ĉambro. Temis pri du malaj mondoj, kaj mi bone sciis, kiun el ili mi preferas.

Por iomete orientiĝi, kio okazas en Francio kaj la mondo, mi de temp' al tempo aĉetis gazetojn. Ne tre ofte ĵurnalojn, en kiuj mi malofte trovis ion interesan, sed preskaŭ ĉiusemajne la magazinon *Paris Match*, kiu prezentis aktualaĵojn riĉe ilustritajn per fotoj. Kelkfoje mi alportis ĝin al la knabinoj por diskuti aŭ peti klarigon de aferoj, kiujn mi ne tre bone komprenis. Se temis pri francaj famuloj el la distra vivo, Marie-France ofte povis helpi, ekzemple kiam aperis fotoj de Brigitte Bardot kaj la germana milionulo Gunther Sachs en la kazino de Montekarlo.

"Li estas ŝia tria aŭ kvara edzo", ŝi klarigis.

En la fino de februaro mi duafoje tranoktis ĉe la knabinoj. Post tio Dani matene demandis min, ĉu mi ne ŝatus loĝi tie konstante dum la resto de la semestro.

Mi pripensis ŝian proponon. Estus bone forlasi la domon de britaj studentoj. Sed ĉu mi vere povus loĝi kaj studi ĉi tie? Ne estus tre komforte. La kanapo ja tro mallongis, kaj la kusenoj surplanke facile disglitis, kiam mi turnis min dormante sub la tablo. Sed eble, se mi akirus veran matracon kaj pli bonan kapkusenon. Tiu tablo povus funkcii kiel skribtablo pli oportune ol la nestabile unupiedaj tabletoj de kafejoj, kaj estus bonege ĉiam dormi proksime al Dani, eĉ se la vespera flustrado kaj subridado de la knabinoj enlite verŝajne plu incitus kaj ekscitus min. Tamen, se kompari tion kun la ronkado kaj furzado de Algie, ne estis tro malfacila elekto.

Ankaŭ Marie-France akceptis la proponon, do sen plua hezito mi adiaŭis mian samĉambranon kaj transloĝiĝis kun miaj valizoj sep kilometrojn norden al Belleville. Mi interkonsentis kun la knabinoj pagi al ili cent frankojn monate pro la kunloĝado. Al la britoj mi pagis pli multe, do per tio mi iom ŝparis. Kaj mia lupago signifis kontribuon al la komuna mastruma ekonomio de la knabinoj. Pri tiu ili cetere praktikis la simplan malriĉulan principon ke kiu okaze havas monon, tiu aĉetu manĝaĵon por posta komuna konsumado, kaj al tiu sistemo mi aliĝis sufiĉe facilanime. Fojfoje iu el ni ja plendis ke la aliaj delonge nenion kontribuis, sed kun la paso de tempo sendube la plusoj kaj minusoj proksimume egaliĝis al nulo.

Krome mi aĉetis matracon, kiun mi dumtage konservis malantaŭ la kanapo kaj librokestoj, kaj nokte sternis surplanken. Ankaŭ en Lund mi ja kutimis je tia lito, sed ĉi tie la manko de hejtado kaj la trablovo el fenestrofendoj kaŭzis, ke mi sentis la plankon relative malvarma. Do nokte mi zorge volvis ĉirkaŭ mi la kovrilon, esperante ke la printempo baldaŭ alportos pli agrablan veteron.

La knabinoj havis gasan hejtilon, kiun ili funkciigis en okazo de malvarma vetero. Ĝia kapacito tamen estis limigita, kaj ĉe ekstrema frosto ili kutimis eĉ ekbruligi la bakfornon, lasante ĝin plene malfermita dum kelka tempo. Tio tamen konsumis multe da gaso, kiu estis relative kosta. Cetere ekstra lanpulovero devis kompensi la mankon de hejtado. Kaj nokte ili varmigis unu la alian. Miaflanke mi devis nokte kontentiĝi per ekstra kovrilo, sopirante je la printempo, aŭ je Dani. Eble la manko de centra hejtado estis aldona kialo, ke ili kundividis liton. Sed la ĉefa kaŭzo komprenble estis ke ili luis la loĝejon kun mebloj, kaj en franca dormoĉambro du apartaj litoj sendube estus nenormala perversaĵo.

Mi ĉiam dormis kun la kruroj subtable kaj la kapo meze de la ĉambro. Tio signifis ke la knabinoj, vespere aŭ matene paŝante inter la dormoĉambro kaj la banĉambreto aŭ kuirejo, pli-malpli devis fari paŝegon trans mian kapon.

Komence ili tiam striktigis la noktoĉemizon inter la femurojn por iom bari mian perspektivon supren, duone rondirante ĉirkaŭ mi survoje al la necesejo, kiel *Apollo 5* ĵus orbitis ĉirkaŭ Tero kiel preparo por celi Lunon. Sed baldaŭ ili ambaŭ forgesis tian pudoron kaj paŝis tute normale, precipe ĉar frumatene ili estis duondormantaj antaŭ ol gluti sian laktokafon. Efektive nia triopa kunloĝado tre rapide alprenis formon senĝenan kaj naturan.

En labortagaj matenoj ni ellitiĝis unu post la alia kaj sinsekve alterne vizitis la diversajn ejojn de la apartamento, kun la konsekvenco ke la lasta el nia triopo povis lavi sin nur per malvarma akvo. Dani kaj Marie-France miris pri mia kapablo matene manĝi kelkajn buterpanojn kun ĉiaspecaj surmetaĵoj kiel ŝinko aŭ salamo, kiuj por ili estis neimageblaj je tiel frua horo, kaj same pri mia kutimo trinki kafon malfrue vespere kaj tamen senprobleme endormiĝi, dum al mi iliaj 'matenmanĝoj' el sola taso da laktokafo ŝajnis tro asketaj. Esence tamen ĉiu zorgis pri si mem. Vespermanĝon ni ofte preparis kaj manĝis kune, triope se ĉiuj ĉeestis, aŭ duope se Marie-France forestis kun sia koramiko, aŭ eĉ kvarope se li male venis al ni.

Nur unufoje Henri tranoktis ĉe ni, kaj tiam Dani dormis sur la kanapo ĉe mia flanko.

"Venu malsupren", mi flustris al ŝi de mia surplanka matraco.

"Ne estas sufiĉe da spaco tie."

"Provu. Vi vidos ke eblas."

Sed ŝi restis tie dum la tuta nokto, duonmetron for de mi.

Mi baldaŭ alkutimiĝis al la mizera, senfenestra kuirejeto de la apartamento. Labori tie, kuiri, lavi la vazaron kaj tiel plu tamen estis terure malkomforte pro la malalteco de la stablo kaj fornelo, kiuj ŝajnis adaptitaj al nano. Ankaŭ la lumo tie estis nesufiĉa, kiel multloke en ĉi tiu Urbo de Lumo, sed mi ne kuraĝis ŝanĝi la ampolon, ĉar la venonta elektrofakturo ĉiam ŝvebis kiel minacanta nubo super la knabinoj, eĉ pli ol tiu de gaso.

Komence mi iom timis la gason, ĉar antaŭe mi ĉiam konis nur elektrajn kuirfornojn. Precipe ekbruligi la gasan bakfornon ŝajnis al mi provo je sinmortigo, sed iom post iom mi lernis ankaŭ tion.

La knabinoj ne kutimis ĉiutage kuiri vespermanĝon sed ofte kontentiĝis per pano, fromaĝo, olivoj, sardinoj, freŝaj legomoj kaj fruktoj. Dani ne povis vivi sen tomatoj, kiuj ĉiam kuŝis sur la kuireja stablo, kvankam ĉi-sezone ili estis sufiĉe kostaj, venante el mi-nescias-kiu pli suda loko. Mi tamen preferis varman pladon vespere, precipe nun dum la vintro aŭ frua printempo. Do mi ofte kreis ion eksperimentan, kiu devenis nek el la franca nek el la sveda kuirartoj sed el mia propra fantazio, kaj kiu kelkfoje konsternis la knabinojn. De temp' al tempo ni manĝis ladmanĝaĵojn, alifoje diversajn kolbasojn. Kiam ni aĉetis viandon, kio okazis apenaŭ unufoje semajne, ni ĉiam manĝis ĝin en la sama tago, ĉar ne eblis konservi ĝin, kaj tio validis eĉ pli por fiŝoj, kiujn ni aĉetis tre malofte.

Fridujon ni do ne havis, sed por mi tio ne estis novaĵo. Same estis en mia loĝejo en Lund, kaj mi memoris ke eĉ en unu el la domoj, kie mi loĝis kiel infano, ni ne havis fridujon en la kuirejo. Vintre tio ne estis problemo, sed somere jes, kiam nenio konserviĝis eĉ en sako pendigita ekster fenestro. Cetere eĉ la fridujo de via studenta kuirejo, komuna de dek kvin personoj, ne ĉiam estis sekura loko por konservi frandaĵojn. Kiel vi certe memoras, okazis plurfoje ke io via malaperis senspure el ĝi.

"Kio estas tio?" scivolis Dani kun mieno skeptike amuzata, kiam mi surtabligis unu kreaĵon. "Ĉu sveda specialaĵo?"

"Tute ne. Ne estas laŭ recepto. Mi simple raspis diversajn legomojn kaj miksis kun cepo, ajlo kaj ovoj."

"Kaj fritis en oleo, ĉu?"

"Jes. Espereble ĝi ne tro fiksiĝis sur la pato."

Ni elskrapis ĝin, ĉiuj senproteste manĝis ĝin kun pano, sed neniu el ni alifoje petis pri ripeto de tiu specifa plado. Simile okazis pri aliaj eksperimentoj; tamen ni ne malsatis, kaj tio estis la ĉefa afero.

Enlitiĝinte vespere, la knabinoj kiel antaŭe babilis, flustris kaj ridis en sia lito, dum mi kuŝis sola sur mia matraco. En la unua tempo mi trovis tion iom ĝena, precipe kiam ili evidente tre ĝuis la kunestadon enlite, sed kiam mi ĵaluze demandis, kion ili do faras, ili nur moke ridis.

"Marie-France estas ege tikliĝema", foje diris Dani. "Provu mem, kaj vi rimarkos."

"Ho! Ne aŭdacu proksimiĝi!" protestis Marie-France. "Ĉi tio ne estas por viroj."

En semajnfinoj, se Marie-France laboris, mi plu matene englitis en la dupersonan liton por brakumi kaj karesi Danin, ĝuante la varmon kaj la korpan proksimecon. Kaj ŝi bonvenigis min per karesoj, el kiuj fojfoje rezultis novaj makuloj sur la littuko. Ŝi tamen daŭre rifuzis al mi tuŝi ŝian pubon, sed ĉion ceteran de ŝi mi jam konis kiel hejman pejzaĝon. Mi nur miris ke kvankam ŝi jam kelkfoje mane igis min orgasmi, ŝi ne permesis al mi rekompence karesi ŝian 'bombonon', kiel ŝi nomis la klitoron.

"Mi povus leki ĝin, se vi volus", mi proponis.

"Ne, Urso, nun ne. Atendu."

"Kiam do?"

"Mi ne povas diri. Poste."

Kiam mi alproksimiĝis permane al ŝia subventro, ŝi rigidiĝis, kaj unufoje ŝi akute ekkriis, kiam mi senintence metis la manon sur ŝian venusmonton.

"Pardonu", mi diris. "Sed kio do mankas al vi?"

"Doloras", ŝi ĝemis, protektante sian vulvon permane.

"Sed kial? Kio okazis al vi?"

"Nenio. Jam delonge tre doloras tie. Antaŭe estis tute neelteneble. Nun tio jam iomete pliboniĝis. Do, atendu ankoraŭ iom, mi petas."

Mi vane klopodis ekscii pli multe. Ŝi simple ne volis klarigi.

Baldaŭ mi alkutimiĝis ankaŭ al la strato kaj kvartalo, al la proksimaj butiketoj kaj trinkejetoj, al la loĝantoj, sufiĉe malsamaj ol la homoj en la Latina Kvartalo aŭ la Internacia Universitata Urbo. Mi jam bone konis nian pordiston kaj domzorganton, sinjoron Ramírez, kiu okaze de mia unua vizito malkaŝis al mi la apartamentan numeron de Dani kaj de temp' al tempo liveris al ni maloftajn poŝtaĵojn. Surstrate mi ekkonis ankaŭ la karboliveriston, kiu regule preteriris, portante sakon da karbo al pli bonstata domo trans la strato, kie li ŝutis la enhavon tra luko en la karbokelon, disigante nubon da nigra polvo super la strato Ramponeau.

El la loĝantoj de nia domo mi ekkonis nur kelkajn. En pluraj apartamentoj loĝis nordafrikaj viroj sen familioj, sed la alĝeriaj geedzoj Bendjelloul rekte sub ni havis du gefilojn, kies vigla ludado de temp' al tempo aŭdiĝis tra nia planko. Kiam ili tro bruis, la maljuna sinjorino Lévy en la dua etaĝo malfermis sian pordon por voki "Silenton! Restu trankvilaj!" en la ŝtuparejon, kio nur aldoniĝis al la sonkuliso. Sed plej ofte regis surpriza kvieto en la domo, kaj ĉe pluraj el la pordoj mi neniam ekkonis eĉ la aspekton de la homoj loĝantaj trans ili.

Meze de marto la tagoj jam komencis esti varmetaj, kaj se krome la suno brilis, mi sentis ke la printempo alvenas al Parizo. Semajnfine dumtage, aŭ foje en labortagaj vesperoj, ni promenis en la proksimaj kvartaloj. Ĝis tiam mi fakte ne vidis tre multe el la famaj vidindaĵoj de la urbo. Mi vizitis nek Ejfelturon, nek la Triumfarkon ĉe la avenuo de Champs Élysées, nek Luvron, nek Montmartron kun la baziliko de Sankta Koro. La katedralon de Nia Sinjorino mi tamen ja rigardis; kaj Luksemburgan Ĝardenon, la kajojn de Sejno kaj la bulvardojn de la Latina Kvartalo mi jam sufiĉe bone konis. Kaj Sorbonon, komprenble, kiu estis vidindaĵo en si mem.

Ankaŭ nun mi tamen ne havis okazon admiri la ĉefajn turismajn lokojn. La knabinoj ŝajne ne volonte vizitis la centran kaj okcidentan partojn de la urbo. En varma dimanĉo kun suno nur iomete vualata de brumo ni promenis laŭ la Kanalo de Sankta Marteno, kie barĝoj transportis ĉiaspecajn varojn inter Sejno kaj mi-ne-scias-kiuj akvovojoj pli norde. Ni pluiris ĝis la placo de la Respubliko por admiri la statuon de *Marianne* kaj la triopon *Libereco, Egaleco, Frateco*, kiuj je mia surprizo ankaŭ estis virinoj – kvankam laŭ Dani tiu triopo estas nura blufo.

Alifoje ni metrois al la placo de la Nacio por vidi alian statuon, *La Triumfo de la Respubliko*, ankoraŭ unu virino. De tie ni promenis laŭ la strato Saint-Antoine preter kelkaj luksaj meblofarejoj ĝis la placo de Bastilo kun la Julia kolono kaj la proksima placo de Vogezoj, kvankam sur ĉi-lasta la knabinoj ŝajne sentis sin tro fore de la hejma kvartalo. En kelkaj lokoj mi vidis ke duono de malnova konstruaĵo havas fasadon purigitan kaj flave aŭ okre brilan, dum la alia duono restas preskaŭ nigra pro fulgo kaj malpuraĵo de jardekoj.

"Oni lanĉis kampanjon por purigi Parizon", diris Dani. "Nur la fasadojn, kompreneble. Sed verŝajne la mono malaperis en ies poŝojn, kiam la laboro estis nur duone farita."

En alia direkto ni denove, eĉ kelkfoje, vizitis la parkon sur la monteto Buttes-Chaumont, kie okazis la kiso, kiu komencis ĉion. En tiu kaj aliaj parkoj oni baldaŭ rimarkis rudimentan ekverdiĝon per delikataj ĝermoj de folioj kaj herboj. Kiam ni atingis iom for de la strata trafikbruo, tiu mallaŭtiĝis en fonan sonkulison, kaj eblis aŭdi kantadon de birdoj, plejparte la samaj kiel hejme, do merloj, paruoj, fringoj kaj aliaj, kies nomojn mi ne memoris. Mi ŝatus lerni kelkajn birdonomojn france, sed la knabinoj ne povis helpi min pri tio. Laŭ ili, ĉiuj estis simple 'birdetoj'.

Krom tio ni vagis pli-malpli sencele laŭ bulvardoj kaj stratetoj de la dekunua, deknaŭa kaj dudeka arondismentoj. Survoje ni iufoje haltis en kafejo, trinkejo aŭ simpla restoracio. La knabinoj ŝatis ankaŭ eniri butikojn de ĉiaspeca brikabrako por rigardi, priridi, moki, admiri kaj kelkfoje aĉeti ian malmultekostan kuriozaĵon. Ni ofte haltis surstrate por komenti ion vidindan. La ĉirkaŭaj kvartaloj estis sufiĉe variaj, ekde la forpuŝe kadukaj konstruaĵoj sur la monteto de Belleville, ĝis kelkaj kvietaj stratetoj kun bone flegataj unufamiliaj domoj kaj belaj ĝardenetoj trans barilo. Pli norde krome situis kvartaloj el fabrikoj, staploj kaj ĉiaspecaj laborejoj, kiuj ofte ŝajnis al mi malmodernaj, eĉ fojfoje restantaj el tute alia epoko.

'Ni' – tio estis Dani kaj mi duope, aŭ triope kun Marie-France, aŭ kvarope kun ŝia Henri. Unufoje ni eĉ promenis kvinope, kiam aliĝis Christian. Sed tiu promeno finiĝis per kverelo inter li kaj Henri. Ambaŭ havis tre fortajn opiniojn pri politiko, radikalajn, tamen ne tute samajn. Henri ja aktivis por la interesoj de studentoj en la fakultato de Nanterre, sed tion Chris trovis etburĝaj problemoj, kiuj ne gravis por la laboristoj. Li mem estis ĵurnalisto ĉe negranda maldekstrema gazeto, kaj laŭ li la veraj problemoj de Francio estis la duonmiliono da senlaboruloj, la malkreskanta valoro de la salajroj, la fakto ke laboristoj havas nenian decidpovon super la produktado, kaj la preskaŭ dekjara regado de la generalo de

Gaulle. Pri tio la knabinoj ja konsentis kun li sed ili subtenis ankaŭ la agadon de Henri, el kio rezultis tre vigla palavro en kafejo.

"Tiu studenta bruado signifas nenion por la laboristoj", diris Chris. "Temas pri grupo de situaciistoj, kiuj ne komprenas la bazajn ideojn de marksismo." "Vi ne scias, pri kio vi babilas", kontraŭis Henri. "Nia agado en la univo ne estas situaciista. Ni bazas niajn ideojn sur Fanon, Althusser, Adorno, Sartre, Bourdieu, Marcuse, Mao. Ĉu Althusser ne komprenas Markson? Kia idiotaĵo!"

"Por vi tio restas teoriaĵoj, dum por la laboristoj temas pri ĉiutaga realo sentata sur la propra haŭto. Vi estas provokistoj kaj aventuristoj, kiuj rigardas ĉion kiel nuran spektaklon, kiel ĉe tiu stultulo Debord!"

"Kian salaton vi maĉas? Vi miskomprenis ĉion kaj blagas frenezaĵojn!"

Do, Chris estis instruema kaj Henri spitema, kio faris sufiĉe bruleman miksaĵon. La plej multaj el la nomoj, kiujn ili ĵetis inter si kiel lancojn, estis tute nekonataj al mi. Entute mi ne sciis, kion opinii pri la disputo, kaj mi eĉ timis ke oni ekzilos nin el la lokalo pro la laŭta kriado, sed male la kafejestro kaj du aliaj gastoj enmiksiĝis, kaj mi havis grandan problemon sekvi la argumentadon, kiu parte okazis en lingvaĵo instruata nek en Lund nek en Sorbono. Henri parolis memfide, kaj Chris estis same seke didaktika kiel ĉiam, do ili ne facile akordiĝis dum la vortbatalo. Laŭ mia kompreno la disputo tamen finiĝis nedecidite, kaj fine iu regalis nin ĉiujn per po glaseto da brando por signi konsenton pri la malkonsento, dum Henri kaj la kafejestro plenigis la ejon per fumo de siaj cigaredoj de la markoj *Gitanes* kaj *Gauloises* – senfiltrilaj, kompreneble.

Ĝenerale Henri estis sufiĉe flamiĝema. Mi miris pri lia amrilato al Marie-France, ĉar li ofte kondutis al ŝi superece kaj ne tre respekte. Sed ŝi ŝajne akceptis tion kiel naturan aferon. Ŝi ja eldiris siajn opiniojn, kvankam li malmulte atentis, kion ŝi diras.

Unufoje mi aŭdis ke Dani riproĉas lin pro tio.

"Momenton, Henri", ŝi interrompis lin. "Marie-France ĵus diris la malon. Ĉu vi jam surdiĝas, maljunulo?"

Tamen ankaŭ tion li ne aŭskultis sed forgestis kiel ĝenan muŝon. Fakte mi neniam rimarkis ke li entute parolas kun Dani aŭ atentas ŝin.

Dum alia promeno ni kvarope preterpasis la monteton de Belleville, kaj mi iel komentis, ke mi miras trovi tiom da mizeraj loĝdomoj en la franca ĉefurbo. Tiam Henri rikanis kaj nomis min senscia kaj naiva turisto.

"Ĉu vi nomas ĉi tiujn mizeraj? Merdon! Vi devus iam konatiĝi kun la veraj mizerkvartaloj, la ladurboj, kie vegetas plejparte nordafrikanoj, sen akvotuboj, sen kloakoj, sen fidinda hejtado aŭ elektro. Ĉe ni en Nanterre estas tia ladurbaĉo, kie nestas miloj da homoj en malhomaj kondiĉoj. La burĝa ŝtato kaj la partioj, eĉ la komunista, faras nenion por ili, ĉar ili ne voĉdonas, kaj la sindikatoj nenion, ĉar eĉ se ili laboras, ili ne estas organizitaj. Estas pecoj de Afriko meze de la Pariza regiono. Ankaŭ norde en Saint-Denis kaj aliloke estas tiaj ladurboj."

Ĉar mi fakte sciis nenion pri tiu temo, mi ne povis komenti liajn vortojn, sed mi komprenis ke mi ĝis nun vidis malmulte el la vasta socia gamo de Parizo – aŭ de Panamo, kiel Henri fojfoje slange nomis la urbegon. Mi konis nek tiujn mizerkvartalojn, nek la riĉulan okcidenton, nek eĉ la centron de la dekstra riverbordo, kun ties famaj magazenoj, galerioj, modaj firmaoj, teatroj kaj noktokluboj.

Noktokluboj tamen ekzistis ankaŭ ĉe ni en Belleville, sed eble de pli popola tipo, kaj unufoje mi akompanis la knabinojn al tia ejo. Efektive temis pri trinkejo kun muziko kaj kantoprezentado, kaj eĉ iom da dancado. La publiko estis sufiĉe miksita, sed plejparte mezaĝa, kaj ankaŭ la muziko ŝajnis al mi eksmoda. De la kantotekstoj mi kaptis malmulte, sed la ĉeestantoj videble ĝuis ilin kaj eĉ fojfoje kunkantis, interalie kiam oni prezentis konatajn kantojn de Édith Piaf.

"Piaf naskiĝis ĉi-apude, sur la strato de Belleville", informis Marie-France. "Ŝi mortis antaŭ kelkaj jaroj, kaj ŝia tombo en Père-Lachaise estas la plej vizitata el ĉiuj, ĉiam kun freŝaj floroj."

"Ĉu vi mem vizitis ĝin?"

"Ne, mi trovas tombejojn tro deprimaj, sed onidire statas tiel."

"Mi ne tre ŝatas tiun specon de muziko", diris Dani, "sed la etoso ĉi tie estas simpatia. Kaj oni povas veni en ĉia vesto, kian oni preferas. Tio estas bona."

Efektive, dum Marie-France surhavis jupon, Dani venis en sia kutima ĝinzo. "En mia laborejo mi devas porti jupon kaj bluzon, kvankam necesas surmeti kitelon super ili", ŝi diris. "Kaj tamen mi eĉ ne havas rektan kontakton kun la klientoj. Tial mi preferas ĝinzon, T-ĉemizon kaj puloveron en liberaj horoj."

"Ankaŭ en la butiko estas same", diris Marie-France. "Sed al mi plaĉas surhavi jupon."

"Kompreneble, ĉar vi havas belajn krurojn. La miaj estas nur blankaj bastonoj kun nigraj haroj."

Ili ambaŭ ridis, dum mi trovis plej sekure ne enmiksiĝi en tiun temon.

"Urso", tiam diris Dani. "Ĉu vi ne trovas ke ŝi havas belajn krurojn?"

Mi kapjesis.

"Tre belajn. Vi ambaŭ havas tion."

Dani paŭtis.

"Ŝajne vi ne bone konas la miajn."

Mi ridetis kaj frapetis al ŝi la ĝinzkovritajn genuojn.

"Ne forgesu ke mi konas ilin jam de Svedio somere."

Jam antaŭ ol Henri menciis la ladurbojn kun nordafrikanoj, mi rimarkis ke ankaŭ ĉi tie en Belleville loĝas multaj homoj el norda Afriko – araboj, kabiloj, judoj. Ĝis tiam mi eĉ ne sciis ke vivas tie pluraj diversaj popoloj. Antaŭ la milito kaj sendependiĝo de Alĝerio loĝis inter ili ankaŭ francoj, la tielnomataj nigrapieduloj, kiuj nun plejparte elmigris kaj ekloĝis en suda Francio, tie kontribuante al la politika reakcio kaj malamo al araboj, se kredi la aserton de Dani.

En ĉi tiu kvartalo troviĝis ankaŭ pluraj domoj, kie loĝis plejparte enmigrintoj el Afriko sude de Saharo. Ili do devenis el pli-malpli la samaj landoj ĵus sendependiĝintaj, de kie venis kelkaj el miaj studkolegoj, sed ĉi tien ili migris ne por studi sed por konkuri pri la plej malprestiĝaj labortaskoj, kiujn kutime malestimis la denaskaj francoj.

Sufiĉe multaj loĝantoj tamen estis homoj kiel Dani kaj Marie-France, do francoj enmigrintaj el diversaj regionoj de la lando. Mi jam sciis ke Dani venis el Provenco kaj Marie-France el industria urbeto norde de Diĵono. Mi tamen iom miris ke ili havas malmulte aŭ eĉ neniom da kontakto kun siaj familioj. Dani ja de temp' al tempo ricevadis leterojn de sia panjo, sed Marie-France havis neniun ajn kontakton.

"Ili elĵetis min el la hejmo, kiam mi estis deksepjara, ĉar mi havis koramikon, kiu ne plaĉis al ili. Poste mi loĝis dum kelka tempo ĉe la avino, sed ŝi mortis antaŭ du jaroj. Sed tiam mi jam estis en Parizo. Mia pli aĝa fratino edziniĝis kaj loĝas en Liono, sed ni neniam bone interrilatis, kaj mi havas nevon, kiun mi neniam vidis. Avino iam sendis al mi karton pri lia bapto, sed nun ŝi jam ne povas fari ion. Mi eĉ ne havas la adreson de mia fratino. Eble ŝi jam naskis pli da infanoj, aŭ divorcis, aŭ migris al Ameriko. Mi scias nenion."

Ĉion ĉi ŝi rakontis per voĉo egala, preskaŭ indiferenta, sed ŝiaj okuloj impresis malgaje.

"Ne malĝoju", diris Dani, brakumante ŝin. "Ankaŭ la miaj estas stultaj kamparanoj. Ili ne komprenas la modernan vivon. Ili putras en siaj provincoj."

Supozeble vi same kiel mi ne facile komprenas ĉi tion. Fakte ankaŭ mi havis ne tre oftan kontakton kun mia familio, precipe nun el Parizo, kie telefoni al ili estus komplike kaj multekoste. Sed mi ne havis problemon pri la interrilatoj, kaj miaj gepatroj kompreneble neniam esprimis opinion pri vi aŭ miaj antaŭaj koramikinoj. Jam la penso pri tio estus absurda. Mi ne sciis, kiel spertis tion mia fratino Ulla, kiu ĝuste tiujare estos deksepjara. Eble Panjo ja avertis ŝin pri knaboj, sed elhejmigi ŝin – tio estus neimagebla.

Cetere, ankaŭ por Dani la situacio estis alia. Ŝiaj gepatroj ne elĵetis ŝin, eĉ male, ili volis ke ŝi revenu suden.

"Ili ĉiam petas ke mi revenu 'hejmen' al la vilaĝo", ŝi diris. "Kaj ankaŭ aliaj tion volas. Ili ne povas kompreni ke mi nun jam hejmas ĉi tie."

Dufoje mi vizitis kinejon kun la knabinoj. Unue ni triope spektis la filmon *Semajnfino* de Godard, kaj ni ĉiuj tre miris pri la absurda intrigo. Ankaŭ nia vigla diskuto poste iĝis iom bizara, ĉar ni nur malfacile komprenis unu la alian. Ŝajnis ke ni spektis tri malsamajn filmojn.

"Mi pensas ke ĝi estas fantazia satiro pri burĝa familia vivo", diris Dani, kiu estis la plej pozitiva el ni.

Marie-France male tute malaprobis ĝin, kaj mi trovis ĝin interese surrealisma, sed klarigi ĝian sencon mi ne kapablus.

"Kanibaloj en franca kamparo!" diris Marie-France. "Ne, tio estas tro stulta por mi."

La dua filmo, kiun mi spektis duope kun Dani, estis *La kolektantino* de Rohmer. Ankaŭ tiufoje la spektaklon plej ĝuis ŝi. Precipe plaĉis al ŝi la ĉefa ina rolanto, junulino kiu kolektis virojn, aŭ pli ĝuste seksajn spertojn kun viroj.

"Ŝi estis tre alloga, tiu knabino, ĉu ne?" diris Dani. "Ĉu vi seksardis pri ŝi?"

Mi ekridis embarasite pro ŝia malpruda demando.

"Nu, eble iomete", mi konfesis. "Ĉu gravas?"

"Tute ne. Mi bone komprenas vin", ŝi diris kun mistera mieno.

Fakte mi ja ŝatis tiun junulinon, sed mi ne povus diri, ĉu en la sama maniero kiel Dani, kiu plurfoje laŭte ridis dum la prezentado, ne atentante la spektantojn ĉirkaŭe, kiuj ŝŝ-is por silentigi ŝin. Pri la du viraj protagonistoj ni ĉiuokaze akordiĝis, ke ili estas teduloj.

"La lastan aŭtunon mi spektis *La monaĥino* de Rivette, kiun oni unue malpermesis", ŝi diris. "Eble ni esploru, ĉu oni plu prezentas ĝin ie."

"Nu, monaĥinoj ne tre interesas min."

Ŝi gaje ridis pri mi sed tuj reserioziĝis.

"Se vi spektus ĝin, vi eble ŝanĝus opinion. Sed la realaj bedaŭrinde ne estas tiaj."

En semajnfinoj ni ĉiam ŝatis promeni, se estis bela vetero. Nia plej longa promeno okazis unu dimanĉon, kiam ni de la roko ĉe eksa gipsrompejo en Buttes-Chaumont ekvidis la altaĵon de Montmartro okcidente, kaj mi proponis ke ni piediru tien. Je mia surprizo ambaŭ knabinoj hezite akceptis, kaj ni atingis la faman monton kun la baziliko de Sankta Koro pli rapide ol mi antaŭe supozis, en malpli ol horo da marŝado.

Alveninte ni kunpuŝiĝis kun turistoj kaj bildkartvendistoj, admiris la vidaĵon suden al la urbocentro kaj Ejfelturo kaj iom rondiris sur la stratetoj kaj ŝtuparoj. Ni eĉ malsupreniris por vidi la eksteraĵon de la kabaredejo Moulin-Rouge, sed de tie ni preferis reiri per la metroa linio du, kiu portis nin hejmen en proksimume kvaronhoro.

Dum tiu promeno mi denove konstatis kun miro ke ambaŭ knabinoj preferas moviĝi en sia hejma kvartalo kaj eble eĉ sentas ĝenon aŭ malagrablon en aliaj partoj de la urbego. Tio por mi estis malfacile komprenebla. Se oni estas tiel feliĉa loĝi en Parizo, kial ne ĝui ĝin plene? Mi plurfoje provis ekscii, kial ili sintenas tiel, sed mi neniam ricevis bonan klarigon, aŭ almenaŭ ne klarigon, kiun mi povis kompreni. Eble ili simple trafis Belleville-on hazarde, venante el siaj provincoj, kaj poste ne sentis bezonon vastigi sian horizonton. Mi imagis ke ili tiam alvenis trajne al la stacidomo de Liono kaj volis resti relative proksime de ĝi por senti pluan ligon al la hejmo. Sed tiu ideo verŝajne diris pli multe pri mi mem ol pri ili.

En iu libera mateno mi eniris la liton de la knabinoj, kvankam ili ambaŭ plu kuŝis en ĝi, ĉar Marie-France tiutage ne laboros. Mi sukcesis enŝoviĝi meze, inter ili, kaj kvankam Marie-France ja protestis, ŝi restis almenaŭ dum kelka tempo. Do mi karesetis Danin kaj samtempe provis tikli Marie-France-on, sed tiu reciprokis per genuoj kaj kubutoj, dirante ke ne estas spaco por triopo en la lito. Fakte ŝi ja pravis, kaj tio memorigis al mi la iaman diraĵon de Chris, ke Dani ne povos loĝigi min. Tiam mi trovis la informon ke ŝi dividas liton kun alia knabino iom maltrankviliga, sed nun mi jam alkutimiĝis kaj ne plu tro ŝokiĝis pro tio. Marie-France ŝajnis al mi kvazaŭ nia komuna fratino, dum Dani kaj mi estis preskaŭ-geamantoj kaj certe ne gefratoj. Iom kurioza familio, sendube, sed jen kiel mi sentis.

Post iom da tempo Marie-France tamen ellitiĝis kaj komencis kuiri kafon por ni ĉiuj. Dume ŝi havis la ideon babili pri sia koramiko. Ŝi rakontis ke inter la studentoj jam delonge troviĝas diversaj radikalaj grupoj kontestantaj la sociajn kondiĉojn, la instruadon en la universitato kaj eble plej multe la usonan militadon en Vjetnamio. Mi ne bone komprenis, kiel la universitato kulpas pri tiu lasta, sed mi ja konsentis ke ĝi estas abomena krimo. Aŭdante Marie-France-on paroli pri tio, mi ne povis ne pensi pri vi kaj viaj amikoj en Stokholmo kaj Upsalo, scivolante, kiel nun pasas via vivo.

Marie-France plu klarigis ke en la lastaj jaroj ege kreskis la nombro de studentoj en la francaj universitatoj, kvankam preskaŭ ĉiuj plu devenas el burĝaj aŭ almenaŭ etburĝaj familioj. La universitatoj tamen tute ne ŝanĝiĝis; la instruado, la metodoj, la ejoj restis ege malnovstilaj kaj nesufiĉaj por la kreskanta studentaro.

Jam pli frue en januaro okazis kunpuŝiĝo inter studentoj en Nanterre kaj la polico okaze de manifestacio. Nun en alia manifestacio por Vjetnamio la 20an de marto la polico arestis kelkajn studentojn, kaj pro tio du tagojn poste grupo da studentoj, en kiu partoprenis Henri, proteste okupis ian salonon de la universitato. Laŭ la dato oni eknomis ilin la movado de la 22a de marto. En kunligo kun tio Marie-France unuafoje menciis la nomon de Daniel Cohn-Bendit. Laŭ ŝi Henri tre estimas tiun personon kaj nomis lin talenta gvidanto kaj agitanto.

Por mi estis surprizo, kiom ankoraŭ hodiaŭ signifas la iamaj koloniaj militoj de Francio. Mi kredis scii ke la plej multaj francaj kolonioj sude de Saharo jam sendependiĝis sen bataloj, kaj verŝajne ankaŭ ne okazis tie postaj militoj, kiel antaŭe en la iama Belga Kongo aŭ nun en la eks-brita Niĝerio. Sed la nuna usona militado en Vjetnamio ja estis simple daŭrigo de la franca kolonia milito en Hindoĉinio, kaj eĉ pli ĵusa ol tiu estis la milito en Alĝerio, kiu daŭre ŝajnis kialo de politikaj konfliktoj, akuzoj kaj eble eĉ atencoj ene de Francio.

En Sorbono mi ankoraŭ ne rimarkis studentajn protestojn aŭ agadon. La instruado en mia kurso daŭris laŭ la sama rutino kiel antaŭe; la prelegoj estis same malentuziasmigaj, kaj pri la praktika uzado de la franca lingvo ni eksterlandaj studentoj devis mem okupiĝi. Kaj tion mi ja faris, kvankam en Belleville la franca ne estis tute sama kiel en Sorbono. Ĉi tie mi apenaŭ havis okazon ekzerci min pri la imperfekta subjunktivo, kaj kompreneble ankaŭ la *passé simple* estis paseo, simple. Kaj mi ne tute certis, ĉu la manieroj elipsi aŭ mallongigi frazojn sekvas precize la saman modelon en la du lokoj.

Sur la literatura kampo ni jam avancis tra la 18a jarcento survoje de Voltaire kaj Rousseau al Prévost kaj ties *Manon Lescaut*, kaj la legolisto por la venonta periodo konsistis ekskluzive el Hugo kaj Balzac, sed mi tre dubis, ĉu ni iam atingos la verkistojn preferatajn de Dani.

En la komenco de aprilo ŝokis min la informo pri la murdo de Martin Luther King, la gvidanto de paca movado por civitanaj rajtoj de ĉiuj usonanoj. Jen ankoraŭ io, kio malkonfirmis la ideon ke la mondo prosperas. Mi demandis min, kien iros Usono. La militado en Vjetnamio plu daŭris kaj ŝajnis pli kaj pli brutala. Antaŭ kelka tempo mi vidis foton pri la policestro de Sajgono, kiu triumfe mortpafas kaptiton antaŭ la fotoaparato. Evidente tiu viktimo estis nur unu el miloj da murditoj. Dum mallonga vizito de Henri li parolis pri tio.

"Masakroj okazas ĉiutage, kaj la usona bombado per napalmo kaj senfoliigaj venenoj trafas la loĝantaron sendepende de ties simpatioj aŭ antipatioj."

Aliflanke la radionovaĵoj raportis ankaŭ alian novaĵon, pli ĝojigan. Ĉeĥoslovakio ĵus ekhavis novan gvidanton, kiu promesis demokratajn reformojn kaj 'socialismon kun homa vizaĝo'. Evidente tio ne povis kompensi la militon en Vjetnamio, eble eĉ ne kelkajn murdojn. Tamen tio ŝajnis al mi eta ekbrilo en la mallumo.

Ĉapitro 7

Paska pasiono

Iam mi ekvidis sur la litotablo de Dani libron pri olepentrado. Mi levis ĝin por iom foliumi kaj konstatis ke ĝi apartenas al biblioteko de la urbo Parizo. Videblis stampo kun barko kaj la devizo *Fluctuat nec mergitur*, 'Ĝi balanciĝas sed ne sinkas', kiun mi cetere rekonis el kanto de Brassens.

"Do vi finfine vizitis bibliotekon", mi ekkriis al Dani. "Bonege!"

Ŝi aperis el la kuirejo, rigardis min senvorte kaj forprenis de mi la libron, kiun ŝi remetis sur la tableton sub taŭzita poŝlibro, kvazaŭ ĝi estus hontinda pornaĵo.

"Mi ne iris tien", ŝi diris iel evite. "Kolegino pruntis ĝin al mi."

Mi rigardis ŝin konfuzite.

"Diable! Ĉu vi tiel timas la bibliotekiston ke vi sendis kolegon por akiri ĝin?"

Nun ŝi ekmienis vere ofendite.

"Kiel stulta vi estas! Mi timas neniun kaj sendas neniun ien ajn. Sinjorino Durand mem pruntis ĝin kaj poste transdonis ĝin al mi, ĉar ŝi scias ke mi pentras. Sed ĝi verŝajne ne tre utilos al mi. Mi preferas mem provi kiel fari."

"Bone", mi diris. "Pardonu min. Sed se vi irus tien, vi certe trovus aliajn. Kaj ni povus demandi, ĉu ie eblas prunti hejmen ankaŭ artlibrojn kun reproduktaĵoj de famaj pentraĵoj. De van Gogh, ekzemple."

"En ordo; ni certe povus. Eble mi iam faros."

Mi rigardis ŝin, hezitante, ĉu demandi plu aŭ lasi ŝin en paco kun ŝiaj manioj. Sed mi simple ne povis digesti ŝian pensmanieron.

"Mi ne komprenas, kiel vi povis pentri kiel van Gogh, se vi ne iras al muzeoj, nek al librejo aŭ biblioteko por akiri libron kun liaj bildoj."

"Mi faris ĝin en la vilaĝo. Amiko tie havas plurajn artlibrojn. Cetere mi havas kelkajn bildojn ankaŭ ĉi tie, en iu numero de *Lectures pour tous*."

"Bone. Pardonu min, Dani. Mi ne volas puŝi aŭ vundi vin."
Ŝi ridetis.
"Ne timu, Urso. Vi ne povas vundi min."

Foje, laca de la deviga legado, mi serĉis ion pli leĝeran en la libroskatoloj de Dani. En unu mi trovis ekzempleron de kultura periodaĵo kun la nomo *Sennacieca Revuo*, eble ne tute freŝdatan sed almenaŭ ĉi-jaran. Mi delonge nenion legis en Esperanto sed komence ne havis problemon kompreni la unuajn tekstojn. Post iom da foliumado mi trovis rubrikon *Laŭ mia ... ridpunkto* de iu Raymond Schwartz, kies nomon eble iam menciis mia instruisto Olle Olsson. Mi eklegis kaj tuj devis koncentri la pensojn. Temis pri kroniko pri la pasinta jaro 1967, sed kroniko tre burleska, satira kaj plena de vortludoj. Mi havis senton kompreni nur parton; tamen ĝi estis legaĵo nekutime atentokapta inter la modere interesaj aliaj artikoloj. La aŭtoro komencis per komento pri la skandaleta diraĵo de prezidento de Gaulle dum ties vizito en Montrealo la pasintan someron: 'Vivu la libera Kebekio!' Mi memoris ke la SAT-junuloj en Frostavallen primokis ĝin, sed laŭ Schwartz ĝi estis plaĉa rompo de la tradiciaj diplomatiaj paroladoj 'ĉiam banalaj, neŭtralaj, konsistantaj esence el senenhava zumzum-zum'. Poste li transiris al ia esperantista skandaleto pri Teo Jung kaj la Akademio, kiu por mi estis tute enigma. Sekvis ŝercoj pri la apero en Esperanto de la ruĝa libreto kun *Vortoj de prezidanto Maŭ Zedong*, kaj fine komento pri la Sestaga milito, al kies partoprenintoj li deklaris 'Faru unue kafopaŭzon, vi ne havos ... pafokaŭzon!'

Vespere mi montris la artikolon al Dani, demandante, ĉu ŝi jam legis ĝin.

"Ha, tiun revuon pruntedonis al mi Chris por ke mi plispertiĝu, sed ĝi estas tro malfacila. Sinjoron Schwartz mi tamen ja konas."

"Ĉu vere? Kiel do?"

"Nu, eble ne vere konas, sed mi aŭskultis lin iam en kunveno ĉe SAT. Li estas parizano, vi scias."

Kompreneble mi tute ne sciis tion. Laŭ la nomo mi supozis ke li estas germano, sed fakte lia humuro ŝajnis al mi pli franca.

"Franco, certe ja", diris Dani. "Sed kiam li naskiĝis ie en Loreno, lia regiono estis germana. En ĉiu milito la loĝantoj devis ŝanĝi naciecon. Estis freneze. Kompreneble li estas burĝo, sed simpatia. Tre amuza kaj petola. Mi komprenis nur duonon el lia parolado, sed tio ne gravis. Oni tute ne povis imagi ke li estis direktoro de banko, aŭ eble subdirektoro."

"Do, ĉu li estas via ĉefo?"

Ŝi ekridis.

"Certe ne. Li laboris en alia banko kaj sendube emeritiĝis jam antaŭ ol mi venis en Parizon. Li estas ĉarma maljunulo."

Ni ne plu parolis pri la petola bankdirektoro aŭ lia jarkroniko, kaj post semajno Dani redonis la nelegitan revuon al Christian okaze de la jaŭda kurso. Kaj baldaŭ ni ekhavis aliajn aferojn ol Esperantaj vortludoj por priparoli.

En la mezo de aprilo Marie-France kaj Henri pasigis Paskon en vilaĝo iom ekster Parizo, en domo posedata de konato. Dum kelkaj tagoj Dani kaj mi do estis duope. La vetero jam de semajnoj estis malbela kun pluvo kaj hajlo-skualoj, kaj tial ni restadis dum multe da tempo hejme aŭ en kafejoj. Vespere en la dua festotago de Pasko ni esceptokaze manĝetis kaj trinkis vinon en simpla restoracio ĉe la bulvardo de Belleville. Ni parolis pri hazardoj kaj koincidoj, kaj pri la mirinda ŝanco ke ni renkontiĝis en Malmö antaŭ malpli ol jaro kaj nun kunloĝas ĉi tie.

"Imagu", mi diris. "Se unu el ni ne decidus iri al tiu kongreso, ni tute ne konus unu la alian."

"Jen la vivo", diris Dani kun seriozeco sincera aŭ ŝajnigita.

Mi jam kutimis je tio ke eĉ la plej banala kliŝo sonas prudente, se mi aŭdas ĝin el ŝia buŝo. Cetere, verŝajne mia propra diraĵo estis same banala.

"Kaj ankaŭ Marie-France-on vi ne konus", ŝi aldonis.

"Nu, prave, sed mi trovus pli terure, se vi kaj mi neniam renkontiĝus. Fakte mi ĝojas ke ŝi foriris kun Henri, tiel ke ni povas esti duope."

Dani ridetis.

"Cetere, morgaŭ ŝi revenos", mi aldonis. "Do ĉi tiu estos nia lasta nokto duope, almenaŭ dum kelka tempo."

"Verŝajne jes."

"Mi jam antaŭvidas ke ĝi estos mirinda."

Ŝi ridis. Ĉirkaŭ ni aro da aliaj parizanoj babilis, ridis kaj disputis. Mi eltrinkis mian vinon kaj rigardis Danin. Ŝi aspektis eĉ pli alloga ol kutime, kaj post glaso da vino kaj bona manĝo nia interparolado fluis glate kaj sen stumbloj. Ŝajnis al mi ke iom da vino esencas por bone paroli france. Mi estis tre feliĉa ke mi povas sidi tie kun ŝi, kaj ke baldaŭ ni promenos brako en brako reen al nia komuna hejmo. Tio ja estis mirinda.

"Sed mi ankoraŭ ne volas dormi", diris Dani.

"Ankaŭ mi ne."

Veninte hejmen ni tamen preskaŭ tuj trafis sur la liton kaj tie longe brakumis kaj kisis nin, certigante unu al la alia fojon post fojo, kiom ni amas unu la alian kaj kiel bone ni fartas. Eble vi memoras ke mi nur malfacile povis eldiri la vortojn 'mi amas vin', verŝajne ĉar tio sonis al mi samtempe tro pompe kaj tro kliŝe, aŭ pro ia ĝenerala singeno. Sed kun Dani tiuj vortoj fluis pli glate, kvazaŭ temus pri ludo aŭ amatora teatraĵo, komedio, ŝarado. Evidente, dum la svedaj vortoj kuspis al mi la langon kaj malemis pasi trans la lipojn, la francaj elbuŝiĝis senpene kaj kun ĝuo. Ankaŭ ŝi facile ripetadis tiun frazon, kaj el ŝia buŝo ĝi sonis kiel profunda filozofia vero, kaj samtempe kiel petolaĵo. Ne eblas klarigi tion, krom eble per la ekskuzo ke mi enamiĝis al ŝi. Ŝajnis al mi ke ni ambaŭ preferas restadi en la nuno. Pri la estonteco ni kutime ne parolis. Komprenble ni ambaŭ konsciis ke post kelkaj monatoj mi forlasos Parizon kaj reiros al Svedio, sed ĝuste nun tio tute ne gravis al mi.

"Chris klopodas persvadi min vojaĝi kun li al la SAT-kongreso en Holando", ŝi subite diris. "Fakte mi ŝparis iomete da mono, sed mi ne scias, ĉu sufiĉos. Ĉu vi iros tien?"

Ŝia demando surprizis min. Unue ĉar ŝi ekparolis pri io venonta. Due ĉar temis pri Esperanto. Ni ĉiam parolis france, ankaŭ kiam Marie-France ne ĉeestis, sed Dani ja plu frekventadis la Esperanto-kurson preskaŭ ĉiuĵaŭde. Mi mem tamen neniam revizitis ĝin, kvankam mi nun ja loĝis proksime. Mi simple ne trovis ĝin sufiĉe alloga, kaj Dani ne provis persvadi min.

"Ne, certe ne", mi respondis, sentante ioman ĝenon, ĉar ŝi menciis ion estontan. "Mi skribis al la malsanulejo de Lund por peti laboron kiel purigisto en julio kaj aŭgusto. Mi bezonos iom perlabori."

"Mi komprenas", ŝi diris kaj poste silentis dum kelka tempo.

Ankaŭ mi sciis nenion diri pri tio. 'Bonvolu sendi al mi poŝtkarton de Nederlando' ja sonus tro cinike.

"Nu, la gepatroj sendube volos ke mi pasigu la feriojn ĉe ili en la vilaĝo", ŝi aldonis.

Mi kuŝis silenta ankoraŭ sufiĉe longe, pensante pri ŝiaj vortoj, dum mi iom distrite karesis ŝiajn mamojn sub la T-ĉemizo kaj mamzono, kaj ŝia mano survojis suben en mian pantalonon.

"Se vi volas, ni povus provi", ŝi tiam diris.

Dum momento mi enmense plu restis en la imagata Esperanto-kongreso, sed preskaŭ tuj mi komprenis, kion ŝi celas. Verŝajne ŝi supozis ke mi senĉese pensas pri tio. Nu, tiuokaze ŝi ne cent-procente malpravis.

Do, post pliaj kisoj kaj karesoj, eĉ pli dolĉaj kaj teneraj ol kutime, ni malrapide forigis de ni vestaĵon post vestaĵo.

Dum ŝi tenis la manon protekte super la vulvo ĉe la densa nigra triangulo el haroj, mi surmetis kondomon kaj poste delikate disigis ŝiajn krurojn. Singarde mi malaltiĝis kaj kuŝiĝis sur ŝin. Ŝi gvidis min permane. Finfine okazos. Mi estos ege tenera kaj moviĝos pli senteme ol iam antaŭe. Sed jam sur la sojlo mi devis halti kaj retreti, ĉar ŝi rigidiĝis, ĝemis – sed tute ne pro volupto – kaj ekkriis per akuta voĉo.

"Ne eblas", ŝi plorkrietis. "Tro doloras."

"En ordo, ne timu", mi diris. "Ni atendos. Ne gravas."

Tio ja estis hipokrito. Kompreneble gravis. Sed kion do diri?

Mi kisis ŝin, karesis ŝin, evitis tuŝi la pubon kaj refoje certigis ke ne gravas, ke ni atendu, ke iam estos bone. Kompreneble mi ne diris ke tiu iamo povas esti malproksime estonta kaj ke eble ja estos al ŝi bone, sed ne kun mi.

Ŝi turnis sin flanken kaj ekkuŝis kun la dorso al mi, dum mi brakumis ŝin, glatumante la brakojn, koksojn, postaĵon, kaj kisante ŝian nukon kaj ŝultron. Mi surmetis la litkovrilon sur nin, por ke ŝi ne malvarmiĝu. Poste ni longe kuŝis tiel. Mi kise laŭiris ŝian vertebraron suben de la nuko ĝis la lumbo kaj ree supren.

Ŝia haŭto estis pli glata ol silko, ŝajnis al mi, kvankam verdire mi neniam posedis ion ajn el silko por kompari. Kaj pri via silka bluzo mi tiumomente ne pensis.

Fine mi decidis diri ion. Doni konsilon. Eble tio estis malbona ideo.

"Dani", mi diris. "Vi devus konsulti kuraciston. Verŝajne oni povus iel helpi vin. Almenaŭ diri, ĉu io mankas al vi."

Ŝi ne respondis. La peza silento daŭris sufiĉe longe.

"Ĉu vi ne konsentas?" mi fine insistis.

Ŝi iom tordis sin kaj forigis mian manon de sia femuro.

"Mi jam iris al doktoro", ŝi diris.

"Ĉu vere? Kiam?"

"Antaŭ jaro."

Mi miris. Do de pli ol jaro ŝi suferas pro tia doloro. Ĉu ŝi scias, kio origine kaŭzis ĝin? Mi ne kuraĝis demandi sed plu karesis ŝin.

"Kaj kion li diris?"

Denove silento.

"Tio ne helpis", ŝi poste raŭkis.

Mi atendis. Fine mi ne povis plu silenti.

"Do, kion diris la kuracisto, Dani? Kio mankis al vi?"

Ŝi iom pripensis senparole, sed ĉi-foje ne same longe. Ŝi turnis sin tiel ke ŝi kuŝis surventre, premante la vizaĝon al la kuseno. En tiun ŝi murmuris ion nedistingeblan.

"Kion vi diris?"

Ŝi turnis la kapon flanken, for de mi, tamen tiel ke denove eblis aŭdi ŝiajn vortojn, kiujn ŝi eldiris malrapide kun paŭzetoj.

"Unue li diris ke 'Fraŭlino, kiam vi edziniĝos, ĉi tio solviĝos tute nature' aŭ ion similan."

Mi konsterniĝis; eĉ koleris.

"Diable! Kia damnita idioto!"

"Poste li premis fingron en mian truon. Mi sidis aŭ duonkuŝis sur tia aparato..."

"Ginekologia seĝo, sendube."

"Mi kriis pro doloro kaj volis foriri de tiu seĝo. Tiam li fikstenis min kaj perfortis min."

Mi sentis kvazaŭ oni batus al mi la kapon per maleo. Mi ja aŭdis, kion ŝi diris. Sed ensorbi tion ne estis facile. Tio ne eblas, mi pensis. Verŝajne mi simple miskomprenis. "Dani, kion vi volas diri? Ĉu la kuracisto seksperfortis vin?" Mi ne rimarkis, ĉu ŝi aŭdis min aŭ ne. Ĉiuokaze ŝi plu parolis. "Mi ankoraŭ sentis doloron pro lia tuŝo kaj ne sciis, kiel plu elteni la ekzamenadon. Tiam li malfermis sian blankan kitelon, malzonis la pantalonon kaj tuj, sen ke mi komprenis kiel, li estis ene de mi. Estis kiel tranĉilo, kiu duonigas min. Mi memoras ke mi kriis, provis forpuŝi lin kaj luktis por liberiĝi, sed poste mi svenis. Mi ne scias por kiom da tempo. Mi vekiĝis, kiam li demetis min sur benkon apude. Poste li turnis al mi la dorson, butonis sian veston kaj diris 'Fraŭlino, kiam vi estos edzino, vi alkutimiĝos. Dume, se vi vivos ĉaste kaj evitos fituŝi vin mem, ne estos problemo'. Mi ĝemis kaj spiregis pro la doloro kaj ne kapablis paroli. 'Vi povas vesti vin, fraŭlino', li diris, kaj mi rigardis ĉirkaŭ mi por trovi mian kalsoneton. Poste mi devis pagi lin kaj foriri."

Mi kuŝis kvazaŭ paralizita. Tiu rakonto ja estis absolute monstra! Ĉu ŝi eĉ diris la veron? Eble ŝi miskomprenis, kio okazis al ŝi, ĉar laŭdire ŝi svenis kaj eble ne vere scias, kion li faris dum ŝi estis senkonscia.

Sed poste mi komprenis ke ŝia rakonto fakte prezentis la abomenan veron pri ŝia vizito al ginekologo. Sed kio do sekvis post tio?

"Dani, ĉu vi denuncis lin?" mi demandis kun iom malcerta voĉo.

Ŝi faris la kutiman sonon de aero elblovata inter la lipoj.

"Denuncis? Al kiu?"

"Al la polico, evidente."

"La polico..."

Mi aŭdis ŝin kelkfoje en- kaj elspiri antaŭ ol plu paroli.

"Urso, vi estas... Mi ne scias. Ŝajne kelkfoje vi komprenas malmulte, kvankam vi studas en universitato. Ĉu vi ne scias ke la polico kaj juĝistoj ekzistas por protekti homojn kiel tiu doktoro kontraŭ homoj kiel mi? La polico! Mi estus bonŝanca, se la policistoj ne imitus lin kaj ripetus lian agon."

Mi konsterniĝis. Ĉu ŝi vere pravas? Ĉu mi tiel malmulte komprenas pri la reala vivo? Ĉu tiel malsamas Francio de mia Svedio? Aŭ ĉu ankaŭ ĉe ni la realo de unu homo tiom malproksimas disde tiu de alia? Ĉu viroj kaj virinoj aŭ homoj de diversaj sociaj kondiĉoj ne vivas en unu sama mondo? Kompreneble ŝi almenaŭ parte pravis pri tio, kio estus la plej probabla jura sekvo. Mankis atestanto. Se ŝi denuncus la kuraciston, li certe asertus ke ŝi fantazias, kaj kiun oni do kredus, ĉu la doktoron aŭ la knabinon? Neniu dubo. Sed ĉio ĉi estis nur duarangaj konsideroj. En miaj brakoj kuŝis Dani, mia amata, kiun oni mistraktis en plej terura maniero. Mi karesis ŝian dorson, kisis la kolon, brakumis ŝin kaj flustris al ŝia nuko ke mi amas ŝin, kaj tio jam ne estis ŝarado.

Eble tio estis nur memtrompo, sed ŝajnis al mi ke ŝia korpo nun malpli rigidas.

"Poste", ŝi rekomencis paroli, "mi sentis teruran doloron, eĉ pli trançan ol antaŭe. Dumlonge mi eĉ ne povis tuŝi la bombonon."

Lastatempe ŝi efektive lasis min singarde karesi ŝian klitoron, kvankam ŝi ne atingis orgasmon per tio, eble ĉar ŝi tro streĉiĝis, timante ke mi dolorigos ŝin.

"Kaj dum du-tri monatoj mi ne povis surhavi striktan kalsoneton aŭ ĝinzon. Nun estas iom pli bone. Sed tamponon mi ne povas uzi. Kaj ankoraŭ ne eblas seksumi, evidente."

Ŝi mienis tre malgaje, eĉ deprimite, tamen ŝi ne ploris. Ŝia voĉo sonis sufiĉe forte, ne rompite. Sed ĉio ĉi devis esti terura pezo sur ŝi, ne nur ĉi-momente, sed ĉiutage, senĉese. Mi miris pri ŝia kutima leĝera konduto kaj ofta gaja ridado. Nun mi kredis pli bone kompreni ŝiajn momentojn de malgajo, kiuj antaŭe konsternis min.

"Ĉu vi permesus al mi rigardi, ĉu eblas vidi ion?" mi demandis.

Nun ŝi fakte ekridis. Strange! Ĉu mi sukcesis amuzi ŝin kaj dum momento forgesigi al ŝi la teruran sperton?

"Ĉu mian piĉon?" ŝi ridis.

Mi iomete miris pri ŝia lingvaĵo. Sed eble tio ne sonas krude en la franca. Tion mi ne povus demandi en Sorbono. Ĝis tiam mi plej ofte aŭdis tiun vorton en aliaj sencoj, kiel 'stultulo' aŭ 'fiulo', sed dank' al klarigo de studenta kolego el Gvineo mi konis ankaŭ la laŭliteran signifon.

Kaj denove mirigis min ŝia rido. Se mi ne povas helpi ŝin pri la doloro, nek amori kun ŝi, eble mi tamen povas amuzi ŝin. Ankaŭ tio iom valorus. Kaj ne temus pri amuzo en la vortluda senco, kiun sendube donus al la vorto tiu 'ĉarma burĝo' Raymond Schwartz. Ŝi rekuŝiĝis surdorse, demetis la kovrilon kaj disigis la gambojn. "Do rigardu, se tio interesas vin. Sed ne tuŝu, mi petas."

Mi alproksimigis mian vizaĝon al ŝia subventro. Vere mi ne sciis, kion mi povus vidi tie, aŭ kion mi atendis trovi. Certe ne sangan vundon, sed eble haŭton ruĝan pro irito. Ĝis tiam la sola vulvo, kiun mi iom proksime observis, estis la via, Ingrid. Eĉ tiun mi tamen ne ekzamenis por trovi mankon sed por kisi kaj leki ĝin. Kaj al tiu de Gunnel, kiam mi estis gimnaziano, mi neniam eĉ alproksimiĝis pervide, nur kunkuŝe.

La pudendo de Dani aspektis ne tute identa al la via, sed tute normala laŭ mia kompreno. Ĉio necesa ĉeestis en la ĝustaj lokoj, kaj videblis neniu vundo aŭ irito. Fakte mi ne perfekte konis ĉiujn faldojn, kie mi orientiĝus pli facile palpe ol vide, sed nenio surprizis aŭ mirigis min.

Mi kisis ŝian dekstran femuron proksime al la ingveno, kaj ŝi tuj metis la manon protekte super la senteman parton.

"Ĉio estas belega", mi sciigis. "Nenio mankas."

Ŝia gaja rido je miaj vortoj ja ĝojiĝis min, kvankam mi ne komprenis, kiel eblas ridi.

"Vi estas bonkora urso", ŝi diris inter la ekridoj.

Mi volis demandi, ĉu mi provu leki ŝin. Ĉi tio ja estis la lando de francoj, do de frandzoj, mi pensis. Sed mi certis ke ŝi rifuzus, timante ke eĉ mia lango dolorigus ŝin, eĉ se mi celus nur ŝian 'bombonon'. Kaj mi ne volus denove malĝojigi ŝin. Do, mi kontentiĝis kisi la femuron, kvankam tio ja kontentigis neniun el ni.

Poste mi tamen ne povis lasi la penson ke necesus denunci tiun kuraciston. Eble li kondutis simile ankaŭ al aliaj. Tamen mi ne sciis, kiel mencii tion, ne akuzante Danin.

"Se vi irus al alia ginekologo post tio, eble oni helpus vin denunci la seksperfortulon al la polico. Nu, kompreneble nun tro malfruas."

Ŝi turnis sin por rigardi min esplore, farante mienon, kiun mi ne povis precize interpreti. Iel ĝi similis la mienon de patrino al infano, kiu nenion lernis malgraŭ ripetitaj admonoj.

"Ĉu unu doktoro denuncus alian doktoron pro mia rakonto?" ŝi diris. "Vi devas kompreni, ke tio neniam povus okazi. Sendube ili frate protektus unu la alian. Kaj la polico... Mi ne scias, kia estas la polico en via lando. Ĉe ni ĝi estas... Kiel diri? Ĝi estas kontraŭ la popolo. Imagu, dum la milito, kiam la germanoj okupis Francion, la franca polico fidele servis ilin. Ĝi persekutis la rezistomovadon, ĝi malliberigis eksterlandanojn en koncentrejojn, ĝi kolektis la francajn kaj aliajn judojn kaj transdonis ilin al la SS por esti senditaj al la gaskameroj."

"Sed tio ja estis antaŭ pli ol dudek jaroj. Tiam vivis nek vi nek mi."

Fakte la milito ja finiĝis apenaŭ jaron antaŭ mia naskiĝo, kaj tri jarojn antaŭ la ŝia. Ial mi tamen konceptis ĝin kiel aferon de tute alia epoko, iomete kiel la unuan mondmiliton, aŭ eĉ la tridekjaran militon aŭ aliajn erojn el la lerneja instruado pri historio. Sed kredeble kaŭzis tion la fakto ke la svedoj sukcesis eviti la hororojn de tiu tempo kaj kvazaŭ malfermis la okulojn nur militfine, kaj eĉ tiam eble nur duone. Mi supozis ke por francoj estas alia situacio. Kaj Dani tion konfirmis:

"Miaj gepatroj kaj aliaj homoj senĉese parolas pri tiu tempo kaj pri kiu faris kion al kiu. Kelkfoje ŝajnas ke la milito neniam ĉesis."

Mi diris nenion pri tio. Kiel svedo mi prefere ne komentu la duan mondmiliton, parolante kun aliaj eŭropanoj. Do mi nur silente glatumis al ŝi la brakojn, la talion kaj la koksojn. Poste mi tenere karesis ŝiajn mamojn, sed ŝi ne reagis, kvazaŭ ŝi eĉ ne rimarkus tion.

"Cetere ja sekvis aliaj militoj", ŝi plu parolis. "Dum tiu en Alĝerio kaj ankaŭ poste, ĝis antaŭ nelonge, la francaj polico kaj ĝendarmoj protektis la teroristojn de OAS kaj eĉ partoprenis en iliaj murdoj."

"Ĉu en Alĝerio?"

"Ne nur, ankaŭ en Francio, eĉ en Parizo. Iam okazis granda masakro, kiam la polico atakis manifestacion por sendependa Alĝerio kaj mortigis amason da araboj ĉi tie en Parizo. Mi tiam estis adoleskanto en la hejma vilaĝo, sed Chris poste rakontis al mi pri tio."

Mi miris pri ŝiaj vortoj. Fakte mi sciis nenion pri tiuj aferoj, sed mi supozis ke ili estas ekstremaj okazoj ligitaj al militoj. Mi ne komprenis kiel tio rilatas al ŝia sperto kun la monstra ginekologo. Sed mi ne plu sciis, kion diri pri tio. Ŝi ĉiuokaze trovus min naiva.

Do mi decidis ne plu paroli pri denunco aŭ polico. Sed mi plu pensis ke ŝi devas iel ekscii, kio kaŭzas al ŝi la doloregon. Ĝi ne povas esti normala, mi supozis.

"Ĉu vi tamen ne volas konsulti alian kuraciston?" mi demandis. "Certe ie ekzistas ginekologino, kiun ne necesas timi."

Ŝi paŭtis.

"Ankaŭ Marie-France proponis ke mi iru al doktorino. Sed mi ne volis. Tio ŝajnis al mi sensenca. Kredeble ŝi simple dirus ke mi rezignu seksumadon. Fakte mi fartis tre malbone. Fine Marie-France venigis min al psikologino por ricevi ian helpon. Sed ŝi interesiĝis preskaŭ nur pri mia infanaĝo. Kion faris mia patro kaj tiel plu."

"Ĉu vi rakontis al ŝi pri la ginekologo?"

"Ne."

"Kial ne?"

"Mi ne scias. Mi hontis. Kaj mi pensis ke ŝi ne kredos min. Cetere mi vizitis ŝin nur trifoje. Ĉiuokaze psikologo ne povus helpi min pri la doloro."

"Ĝuste tial vi devus konsulti kuracistinon."

Ŝi pripensis dum kelka tempo.

"Mi preferas atendi. Espereble la doloro malpliiĝos kaj iam ĉesos."

"Nu, mi same esperas."

Sed mi pensis ke tiam mi ne plu restos en Parizo. Tamen diri tion ja sonus tre egoisme, kvazaŭ ŝi devus resaniĝi pro mi, ne pro si mem. Mi do preferis silenti kaj plu karesi ŝian haŭton sur la permesitaj lokoj, evitante nur la pubon. Plenigis min forta sento de senpoveco kaj malkontento pro tio ke ŝi devos plu suferi tiajn turmentojn.

Ĉapitro 8

Ek al barikadoj

Printempo en Parizo estas romantika kliŝo; mi ne scias kial. Ŝajne ĉiuj konsentas ke se oni volas enamiĝi kaj amindumi, oni prefere faru tion printempe en Parizo. Do, por unu fojo mi trovis min en la ĝusta loko kaj tempo. Ĉu kun la ĝusta virino, jen demando pli malfacile respondebla. Ofte mi certis ke jes; alifoje mi eksuspektis ke ĉio estas iluzio.

Ĉiuokaze mia rilato al Dani daŭris kiel antaŭe. Ni restis geamantoj sed ankoraŭ ne amorantoj. Iel tio rekondukis min tra la tempo al miaj jaroj en la gimnazio, kiam unue Ann-Sofie kaj poste Gunnel igis min atendi, ĉar ili laŭdire ankoraŭ ne estis pretaj por la definitiva paŝo. Poste Gunnel klarigis al mi ke ŝi fakte devigis ne nur min, sed nin ambaŭ atendi. Laŭdire ŝi mem same intense kiel mi deziris ke ni kuniĝu.

"Do, kial tiom prokrasti?" mi stulte demandis, dum ŝi ripozis sur mia brako post la finfina cedo.

"Por ne perdi la memrespekton, kompreneble", ŝi respondis. "Knabino simple ne povas tuj enlitiĝi kun ulo, se ŝi volas plu estimi sin kaj eviti malbonan reputacion."

Feliĉe tiaj stultaĵoj malaperis post la abituro, kaj kiam mi renkontis vin, neniu el ni atentis reputaciojn, nek tre longan prokraston pro memrespekto. Aŭ ĉu tiu via unuafoja rifuzo post la tria prononcekzerco iel ŝuldiĝis al tia ideo? Nu, tio ne plu gravas, ĉar kun Dani ja temis pri tute alia afero. Pro la doloro ŝi simple ne kapablus, kiom ajn ŝi dezirus.

Tamen ne estis tiel, kiel Dani eble supozis, ke mi senĉese pensas pri nenio alia. Fakte mi tre ĝuis la kunestadon kun ŝi, ne nur fizike. Ŝia leĝera humoro efikis al mi tre stimule kaj malpezigis mian propran humoron, kiu alie facile iĝus iom melankolia. Same kiel antaŭe ŝi de temp' al tempo falis en momentan deprimiĝon, sed tiu ĉiam daŭris nur tre mallonge, antaŭ ol ŝi revenis al sia normala memo. Kaj tiam ni gaje kaj ŝerce babilis pri ĉiaj aferoj, ekde la romanoj de Colette, el kiuj ŝi igis min fluglegi duopon, tra la kantoj de Gainsbourg, kiujn ŝi preferis, kaj tiuj de Brassens, kiujn mi malkovris antaŭ kelka tempo, ĝis politikaj demandoj, pri kiuj ŝi ĉiam havis fortan kontraŭ-aŭtoritatan opinion. "Kial la burĝoj estu riĉaj? Ili ja faras nenion utilan! La laboristoj, kiuj kreas aferojn kaj konstruas la mondon, devus esti riĉaj, kaj la burĝoj malriĉaj."

Mi ne povis vere kontesti ŝian hejmfaritan varianton de marksismo; tamen mi ne rezignis iom piki ŝin.

"Kion vi do kreas en via banko?"

Ŝi suspiris.

"Urso, ne faru vin pli stulta ol vi estas. Oni kreas ne nur varojn sed ankaŭ servojn, ĉu ne? Mi helpas servi plejparte ordinarajn homojn, ankaŭ laboristojn, kiuj sukcesis ŝpari iomete da mono. Ne estas tre interesa laboro vicigi kvitancojn kaj ĉekojn, sed kion fari? Mi ne trapasis altajn ekzamenojn kiel vi."

Jen kiel ofte finiĝis niaj amikaj dueloj – per tio ke mi estas feliĉulo, kiu ĝuas privilegiojn. Kaj pri tio ŝi kompreneble tute pravis. Mi konsciis tion same kiel ŝi. Precipe mia restado en Parizo estis vera favoro, kiun mi supozeble ne meritis.

La Latina Kvartalo jam estis por mi hejmeca kaj bone konata, kvankam de temp' al tempo mi malkovris novan strateton, kafejon, preĝejon aŭ skvaron, kiun mi antaŭe ne konis. Sur la du ĉefaj bulvardoj, Saint-Michel kaj Saint-Germain, kunpuŝiĝis studentoj, turistoj kaj normalaj parizanoj. Kelkfoje mi vidis kaj aŭdis usonanojn vicatendi ekster famaj kafejoj kiel Flore aŭ Deux Magots, eble scivolante, ĉu aperos tie Sartre kaj Beauvoir, Picasso aŭ alia famulo, pri kiuj ili sendube legis en sia turista gvidlibro. En la flankstratoj oni normale ne renkontis turistojn, sed des pli da denaskaj aŭ enmigrintaj parizanoj, ofte kverelantaj pri parkumejo aŭ ia damaĝo farita al ies eta Renault, Simca aŭ Citroën, kiam oni karambole puŝis ĝin por ebligi parkumon, kie mankis loko.

Unu tagon fine de aprilo, promenante en agrable varma kaj suna posttagmezo laŭ la bulvardo Saint-Germain, mi preterpasis strangan montrofenestron – aŭ pli ĝuste, mi dumlonge ne preterpasis ĝin sed haltis por gapi enen tra la vitro. Tie endome staris maŝino moviĝanta, kies celon mi ne povis diveni. Estis komplika mekanismo, kiu altigis, malaltigis kaj turnis brakon tien-reen, ĵetis pilkon kaj kaptis ĝin fojon post fojo sen videbla utilo. Fine mi komprenis ke temas pri arto. La ejo estis galerio, kiu prezentis artaĵojn de Jean Tinguely. Ni estis aro da homoj spektantaj tiun strangaĵon; jen iu foriris kaj alia aliĝis. Mi trovis la maŝinon fascina sed ne kapablis difini, en kio konsistas la arto, se ne sole en la mekana metia laboro. Mi ekpensis ke eble vi povus klarigi tion, se vi estus tie kun mi. Efektive mi rekonis la nomon de tiu artisto. Ŝajnis al mi ke li estis iel enmiksita en faman artinstalaĵon en Stokholmo, pri kiu vi multe parolis, kiam ni ekkonis unu la alian, ĉu ne? Temis pri enorma bunta skulptaĵo de kuŝanta virino, en kiun la vizitantoj eniris tra la vagina aperturo. Mi tamen certis ke tiun enireblan artverkon kun la nomo *Ŝi* kreis virino, kaj nenio povus pli malsimili ĝin ol ĉi tiu maŝino el nigra fero.

En aliaj lokoj de la bulvardo aperis personoj, kies arto direktiĝis al la turistoj. Ili klopodis dum kelka tempo kapti ies atenton per akrobataĵo, magia truko aŭ simple ŝajnigante esti statuo, ĉiam por gajni kelkajn frankojn. Kial tio ne estis arto, sed la maŝino de Tinguely jes? Mi ne povis diri kial.

Unufoje, kiam kolektiĝis plurobla ringo el spektantoj ĉirkaŭ viro ĵonglanta per brulantaj torĉoj, mi ekvidis malantaŭ ili nealtan junan viron iom post iom alproksimiĝi al la dorso de virino kaj diskrete enŝovi sian manon en ŝian mansakon, kiun ŝi portis surŝultre. Mi eĉ ne vidis, ĉu li sukcesis ion ŝteli aŭ ne, ĉar la posedantino entute ne rimarkis la aferon.

"Atentu! Ŝtelisto!" mi tuj vokis laŭte.

La virino tamen ne reagis, nek ŝiaj apuduloj; supozeble ili estis turistoj ne komprenantaj mian franclingvan averton. Sed la poŝŝtelisto en sekundo malaperis flanken kaj miksis sin kun la promenantoj surstrate, supozeble por rekomenci sian metion aliloke, aliokaze.

Sed en la komenco de majo la stratoj de la Latina Kvartalo ŝanĝis karakteron, tiel ke nek artistoj nek turistoj plu videblis, kaj eble eĉ la poŝŝtelistoj devis serĉi alian laborkampon. Ĉio tamen komenciĝis en ŝajne ordinara ĵaŭdo pli ol dek kilometrojn okcidente, en Nanterre. La duan de majo la studentoj kaj kelkaj instruistoj ĉe la fakultato de Nanterre proklamis antiimperiisman tagon. Precize kion tio signifis, mi neniam komprenis, sed la ĉefaĵo sendube estis manifestacio kontraŭ la usona militado en Vjetnamio. Al tio la rektoro ial respondis fermante la fakultaton. En la sekva tago kelkaj el la studentoj iris al Sorbono por iel mobilizi ties studentojn al komuna agado. Kiel rezulto de tio kvarcent el ili okupis la korton de Sorbono, kie eksplodis iom da batalado inter studentoj maldekstremaj kaj dekstremaj, kaj pro tiu tumulto la rektoro de Sorbono alvokis policon. Tiu alvenis, evakuis Sorbonon, arestis pli ol kvincenton da studentoj, kiuj tute ne pretis libervole forlasi sian universitaton, kaj dispelis la ceterajn per helpo de batiloj kaj larmiga gaso.

Bonŝance mi mem tiun tagon, kiu estis vendredo, ne havis lekciojn sed studis hejme. Do mi normale rimarkus la aferon nur lunde, sed intertempe mi eksciis de Marie-France, kiu siavice aŭdis tion de Henri, ke okazis netolerebla interveno. Evidente la francaj universitatoj, kaj precipe la sepcentjara Sorbono, estis sendependaj institucioj, kien la polico devus ne ŝovi la nazon.

"Sed se okazas krimo, ĉu oni ne alvokas la policon?" mi scivolis.

"Povas esti", diris Marie-France. "Sed mi pensas ke la universitatoj kutimas solvi problemojn per propraj decidoj. Laŭ Henri oni jam vokis kelkajn gvidantojn de la studentoj antaŭ disciplinan juĝantaron de la fakultato. Ankaŭ Cohn-Bendit estas inter ili."

"Pro kio?"

"Mi ne scias detalojn. Sed ĉiuokaze oni ne forpelu studentojn de la universitato per larmiga gaso, mi opinias."

Nu, lunde mi mem povis konstati, kio okazis kaj plu okazas. Sorbono efektive estis fermita. Evidente oni intencis enlasi nek min, nek la tedajn prelegantojn de mia kurso. Antaŭ la enirejo ĉe Rue des Écoles, kaj same sur la placo de Sorbono, antaŭ la impona konstruaĵo de la kapelo kun ties alta kupolo, staris amaso da policistoj en kaskoj kaj pluvmanteloj, kelkaj senstreĉe atendantaj, aliaj jam kun batiloj kaj ŝirmiloj pretaj por agado. Ĉirkaŭe kaj apude sur la placo kolektiĝis ĉiam pli kaj pli da studentoj. La etoso estis ekscita. Mi sentis ke ia dramo facile povos eki. Iom hezite mi atendis por vidi, kio okazos. Se mi vere antaŭvidus la sekvon, mi sendube preferus forŝteliĝi laŭeble rapide.

Aro da studentoj alproksimiĝis laŭ la mallarĝa strato de Sorbono, pluraj kun libroj enmane aŭ sub la brako, kiel signo ke ili survojas al lekcio. Ili komencis voki, klami, unue senorde, tiel ke mi ne povis kapti la vortojn, sed poste pli kaj pli unisone, forte, laŭte: "Liberigu niajn kamaradojn! Malfermu la fakultatojn!" En ĉi tiu momento ĉio tamen ŝajnis sufiĉe paca. La studentoj aperis en sia kutima vesto por ĉeesti lekciojn – pantalono, ĉemizo kaj pulovero aŭ leĝera jako. Neniuj armiloj, nek ŝirmiloj, krom la libroj. Dum kelka tempo okazis nenio. Nur la frapfrazoj de la studentoj sonis pli kaj pli forte, dum kolektiĝis centoj, eble milo da junaj homoj, plejparte viroj, sed jen kaj jen ankaŭ studentinoj en pantalono aŭ jupo. Pro la amasiĝo de studentoj mi ne plu vidis la policistojn, sed iumomente tiuj sendube pretiĝis por agado. Mi tion rimarkis nur ĉar la fluo de studentoj haltis dum kelka tempo. Kaj jen ekĝermis paniko. La klamado de frapfrazoj ŝanĝiĝis en hurladon, iuj studentoj komencis retroiri, unue malrapide kaj nevolonte, poste senbride kaj urĝe. Mi vidis viron fali kaj povis nenion fari krom kuri preter la kuŝanto. La ondego portis min en la bulvardon Saint-Michel. En ties pli vasta spaco la fluo de homoj dum kelka tempo disvastiĝis kaj kvietiĝis, sed jen ekaperis pli fore sur la bulvardo densa muro el policistoj kaj ĝendarmoj. Ili ŝajne avancis kontraŭ ni malrapide sed celkonscie.

Subite mi ekvidis ke kelkaj junaj homoj apud mi komencas disrompi kaj levi metalkradojn, kiuj surtere ĉirkaŭas la arbojn de la bulvardo. Mi demandis min, kiel oni uzos ilin por protekti sin aŭ ataki la policistojn, sed oni simple ĵetis ilin dise sur la stratpavimon, eble por ĝeni la veturadon de aŭtoj. Pli komprenebles sed ankaŭ pli timige estis, ke kelkaj junuloj komencis elrompi pavimŝtonojn de la strato. Verŝajne iu kunportis krom libro ankaŭ ian feran rompilon por eligi la unuan pavimeron. Kiam du-tri ŝtonoj jam estis forigitaj, ŝajnis facile pluki pluajn per nuda mano. Esti io loga en tiu vidaĵo, kaj en mia interno mi dum momento vidis min mem tiel pluki ŝtonojn. Sed komprenebles tio estis nur fantazia impulso, kiun mi neniam reale sekvus, precipe kiam mi ekvidis ke iuj homoj eĉ kolektis aron da pavimeroj apud si. Evidente oni antaŭvidis militon. Je tiu momento mi unuafoje vere ektimis. La policistoj havis kaskojn kaj ŝirmilojn, sed la studentoj havis nenion por protekti sin, krom eble maldika lernolibro, se kilogramojn pezaj ŝtonoj komencus flugi super la strato.

Sed nun mi vidis ion eĉ pli timigan. Kelkaj monstre aspektaj policistoj en la unua linio levis pafilojn kun dikegaj tuboj direktitaj kontraŭ ni. Kaptis min vera mortangoro, kaj baldaŭ efektive sonis la unua pafo. Preskaŭ tuj mi tamen konstatis ke temas ne pri kugloj, sed pri gasgrenadoj, kiuj krevante disigas nubojn el larmiga gaso inter nin. Kaj nun mi vidis ke la policistoj ĉe la fronto surhavas gasmaskojn, kio klarigas ilian monstran aspekton. Sentante larmojn en la okuloj, pikon en la gorĝo kaj malfacilon enspiri, mi retropaŝis laŭeble rapide kaj komencis kuri suden, direkte al la placo Edmond Rostand por eble atingi Luksemburgan Ĝardenon. Mi slalomis inter kriantaj studentoj, kelkaj kun poŝtuko nodita super la buŝo kaj nazo, por iom protekti kontraŭ la larmiga gaso, kaj kun pavimero enmane. Mi preterkuris aŭtobuson de la linio 21, kiun mi antaŭ kelkaj monatoj uzadis por atingi Sorbonon, kaj kiu evidente fiksiĝis en la amaso da protestantaj studentoj. Kaj trans tiu buso mi ekvidis ankoraŭ pli da policistoj. Mi do estis kaptita inter du frontoj.

Nun jam pli da homoj kuris por eskapi el la polica kaptilo, dum aliaj pretiĝis por alfronti ĝin. Butikistoj urĝe fermis siajn ferajn ĵaluziojn. Ekster kafejo oni febre portis tablojn kaj seĝojn endomen, dum kelkaj el la mebloj jam estis kaptitaj de studentoj por provizora barikado.

Kun aro da aliaj kurantoj mi turnis min en la straton Monsieur le Prince, por deflankiĝi kaj eble eskapi nordokcidenten al la bulvardo Saint-Germain. Mi jam ofte promenis tie tute kviete, survoje de Sorbono al la metrostacio Odéon. Sed nun ankaŭ aro da policistoj kun batiloj jam atingis la stratkruciĝon. Kurante mi ĵetis rigardon dorsen kaj vidis ilin furioze bati la homojn, kiujn ili kuratingis. Tri el ili haltis ĉirkaŭ junulo kuŝanta sur la pavimo kaj batadis lin kunlabore. Mi povis nenion fari krom rapidi pluen por eble mem eskapi.

Mi jam preskaŭ atingis la kruciĝon kun la strato Racine, kaj mi memoris la komencan tempon en Sorbono, kiam mi devis studi liajn versajn dramojn, neĝueblajn por mi. Sed jen antaŭ mi kelkaj kurantoj haltis, turnis sin kaj revenis miadirekte. Evidente la polico embuskis ankaŭ ĉe la klasikisma dramisto. Mi ne sciis, kion fari. Ĉu eble halti por klarigi al la avancantaj policistoj ke mi estas neŭtrala svedo, ke mi havas neniun aferon kun ĉi tio, ke mi simple gastas en Parizo por lerni la francajn lingvon kaj kulturon? Tute certe iliaj batiloj emfaze instruus al mi la francan kulturon jam antaŭ ol mi havus tempon prezenti min.

Dum momento flugis tra mia kapo penso pri Dani, kiu ne kuraĝis denunci la seksperfortulon. Kion ŝi diris pri la polico? Ke ĝi servas ne por protekti ŝin, sed male por protekti la doktoron kontraŭ ŝi, aŭ ion tian. Mi memoris ankaŭ ŝiajn vortojn pri iama polica masakro kontraŭ alĝerianoj. Ĝis nun mi ne atendis ke la Pariza polico signifu ion ajn rilate al mi – nek por mi, nek kontraŭ mi. Ĉu nun mi devos sperti, kion ĝi fakte signifas?

Subite mi aŭdis vokadon de flanke. Iu malfermis la stratpordon de ordinara loĝdomego, kaj kelkaj fuĝantoj enŝteliĝis tra ĝi. Ankaŭ mi kuris tien kaj premis min tra la pordo, en la mallumon de la ŝtuparejo. Sekvis min ankoraŭ du-tri personoj, el kiuj unu mezaĝa virino, kiu odoris je ia flora parfumo, eble de jasmeno, starante tuj malantaŭ mi en la grupo el dekduo da rifuĝantoj. Kiam la polico preskaŭ atingis la domon, iu fermis la pordon.

"Rapidu supren laŭ la ŝtuparo, se oni trarompos la pordon", aŭdiĝis voĉo, ŝajne de maljunulino.

Ĉu tio estis tradicia Pariza pordistino, kiu provizore savis nin, malfermante la stratpordon? Mi ne sciis sed obeis la konsilon, sekvante la paŝojn de la aliaj enen kaj supren tra la obskuro.

La pordo tamen restis fermita kaj nerompita. Dum pli ol du horoj ni atendis en tiu ŝtupareja azilo, aŭdante homojn ekstere kuri tienreen, jen per molaj ŝuoj, jen per fortikaj botoj. De temp' al tempo iu malfermetis la pordon por gvati, ĉu la strato ŝajnas sekura, aŭ por enlasi ankoraŭ unu feliĉulon. Post proksimume horo tri aŭ kvar kuraĝis eliri, kaj ili malaperis direkte al la stratkruciĝo por trovi vojon el la batalzono, sed la plimulto plu restis.

Atendante ni interŝanĝis spertojn. Du studentoj tusadis, suferante pro gasatako en Boul'Mich', la bulvardo Saint-Michel. La parfumita sinjorino survojis de butiko al sia hejmo en apuda dombloko; la aĉetsakon ŝi perdis kurante surstrate. Aliaj plejparte sakris kontraŭ la polico kaj kontraŭ la generalo de Gaulle. Ekis eta disputo, ĉar la sinjorino male opiniis ke li estas la sola garantio kontraŭ anarkio.

"Do kiel vi nomas ĉi tion?" refutis voĉo el la mallumo.

"La aŭtoritatoj certe punos la kulpulojn."

"La aŭtoritatoj estas la kulpuloj."

La situacio kaj nia komuna sorto tamen haltigis la estiĝon de vera malamikeco. Kiam oni eksciis ke mi estas eksterlanda gastostudento, iu pardonpetis al mi flanke de la franca nacio.

"Malbonan imagon vi ricevas pri Francio."

"Jen la vera imago, kiun la mondo devus ekkoni", opiniis iu alia.

La maljunulino efektive estis pordistino de la domo. Ŝi alportis akvon kaj botelon da ruĝa vino, kiu poste rondiris inter la rifuĝantoj. Entute la situacio estis plene absurda.

"Mi tre timas ke mia nepino estas ie sur tiuj stratoj", ŝi klarigis, gvatante ĉe la pordofendo, preta denove fermi aŭ malfermi, depende de tio, kiu alproksimiĝos.

Malfrue posttagmeze la restantoj finfine eliris, kaj mi sekvis la grupon norden. La sinjorino sukcesis atingi sian hejmon; la ceteraj pluiris. Sed en la bulvardo Saint-Germain regis minaca etoso kun du kontraŭstarantaj armeoj el studentoj kaj policistoj, gapantaj unu al la alia, kvazaŭ atendante signalon al atako. Ni retretis kaj provis okcidenten. Nur ĉe la bulvardo Raspail ni trovis funkciantan metrostacion plenan de homoj, kaj post longa atendo mi sukcesis eniri trajnon, kiu poste preteriris kelkajn staciojn ne haltante. Temis pri la stacioj sub bulvardo Saint-Germain.

Fine mi tamen atingis Belleville-on kaj iris hejmen, ŝokita kaj mirigita de la travivaĵoj. Mi sentis kvazaŭ mi spertus premsonĝon aŭ tre timigan hororfilmon, sed mia gorĝo ankoraŭ doloris post tiu sonĝo aŭ filmo. En butiketo ĉe la stratangulo mi aĉetis bateriojn por la radioricevilo de Marie-France, timante ke ili denove elĉerpiĝos. Mi ne volis esti sen novaĵelsendoj en ĉi tiu momento. Atendante la hejmvenon de la knabinoj, mi klopodis ripozi, cerbumante pri kio sekvos. Ĉu revolucio? Ĉu interna milito? Ĉu militista puĉo? Ĉu entute eblos al mi reiri al la paca Svedio?

Aŭskultante la radionovaĵojn, mi eksciis ke kelkaj grupetoj da studentoj, kiuj konsistis el manpleno da profesiaj ekstremistoj kaj eksterlandaj elementoj, kaŭzis malordon en la stratoj de la Latina Kvartalo, sed ke la aŭtoritatoj jam reordigis la situacion. Aŭdi tiun unuan oficialan version donis al mi eĉ pli absurdan senton, kaj mi demandis min, ĉu mi jam fariĝis tia eksterlanda elemento, kiu minacas la ordon de Parizo. Se jes, mi devos logike atendi ke la polico klopodos protekti Parizon kontraŭ mi.

Dani revenis hejmen. En ŝia laborejo disvastiĝis onidiroj de klientoj pri policatakoj en la Latina Kvartalo, kaj nun mi povis rakonti al ŝi, kion mi spertis. Mi surpriziĝis ke ŝi, kiu havis okazon nek abituri, nek studi ĉe universitato, sed laŭ siaj propraj vortoj estis malriĉa laboristo, tamen plene solidariĝis kun la studentoj, kvankam mi ne povis diri ion tre precizan pri iliaj celoj. Iel ŝi tamen tuj ligis la aferon al la ŝtatestro.

"Ni devos finfine havi liberecon kaj ĉesigon de la cenzurado kaj subpremado", ŝi diris kun emfazo, kvazaŭ temus pri sturmado de Bastilo. "Dek jaroj sufiĉas!"

Ŝi aludis al la preskaŭa jardeko, dum kiu regis la generalo de Gaulle. Ni plu parolis pri la okazaĵoj, atendante la hejmvenon de Marie-France. Mi precipe volis iel liberigi min de la vidaĵo de surstrata kuŝanto furioze batata de pluraj policistoj, dividante tiun vidaĵon kun Dani. Sed la imago estis kvazaŭ brulfiksita sur la interno de miaj palpebroj. Ankaŭ la angoron, kiun mi sentis pri mia propra vivo, fuĝante de la polica fronto, mi ŝatus iel formeti, parolante pri ĝi. Sed Dani ŝajne ne trovis miajn spertojn tro teruraj.

"Mi ŝatus nun iri tien", ŝi eĉ diris, "por vidi, kio plu okazas. Certe la studentoj ne cedos."

Denove mi miris pri ŝia imago – laŭ mia opinio romantika – pri la protestado de la studentoj. Sed mi insiste malkonsilis al ŝi iri tien, des pli vespere aŭ nokte, kaj ŝi efektive rezignis la ideon. Do ni plu atendis nian kunloĝantinon, kiu tamen ne venis.

"Ĉu vi pensas ke ŝi eble iris al la Latina Kvartalo?" mi demandis.

"Kredeble. Sendube Henri estas tie, kaj ŝi certe volas trovi lin."

"Tio ja estus frenezo! Ne eblas trovi iun en tia pelmelo el batalantoj, kurantoj, fuĝantoj. Eble li eĉ estas arestita aŭ vundita."

"Verŝajne ĝuste tion ŝi timas. Aŭ eble iu jam sciigis al ŝi ke tio okazis, kaj ŝi ekiris por serĉi lin ĉe la polico aŭ en hospitaloj."

Finfine ni povis nenion fari kaj do devis enlitiĝi, kvankam ŝi ne revenis. Ni ambaŭ kuŝiĝis en la lito, sed ni estis tro plenaj de la okazaĵoj por fari ion krom interparoli kaj maltrankvili pri Marie-France.

"Kiam ŝi revenos, mi kompreneble reiros al mia matraco", mi diris antaŭ ol endormiĝi.

Marde matene Dani kiel kutime iris al sia banko, dum mi ne sciis, kion fari. Mi ne povis imagi reiri al la Latina Kvartalo, kie mi hieraŭ tiom timis. Post kelka tempo mi iris al la laborejo de Marie-France ĉe la strato Belgrand, la butiko de porcelanaĵoj kaj ĉiaspecaj kuirejaj vazoj kaj potoj, kie ankaŭ Dani laboris dum sia unua duonjaro en Parizo, kaj kie la du knabinoj ekkonis unu la alian. Sed kiel mi suspektis, Marie-France ne estis tie. La koleginoj jam sciis ke ŝia koramiko estas studento aktiva en ia movado, do ili konsentis kun mi, ke ŝi verŝajne serĉas lin kaj ke li eble estas arestita. La butikestro, viro kvardekjara kun stopla hararo kaj rozkolora haŭto, tamen malbenis la studentojn kaj volis averti Marie-France-on.

"Ŝi devas elekti, ĉu havi honestan laboron kaj zorgi tiun, aŭ restadi kun aro da sentaŭguloj, kiuj kaŭzas malordon sur la stratoj", li minacis, dum liaj rozaj vangoj eĉ pli ekfloris. "Se vi retrovos ŝin, bonvolu diri al ŝi tion!"

Mi reiris hejmen kaj pasigis horojn kun la radio kaj *La Mizeruloj* de Hugo. Nun la radionovaĵoj jam ne parolis pri manpleno da ĝenantoj de la ordo, sed pri milo da studentoj kaj junaj krimuloj, kiuj dumnokte provis transpreni la stratojn, bruligante aŭtojn kaj ĵetante pavimerojn kontraŭ la 'fortoj de la ordo'. Tio tute ne trankviligis min, se temis pri la sorto de Marie-France.

Fakte mi ja havus okazon transdoni la mesaĝon de la butikestro, se mi tion volus, ĉar posttagmeze ŝi finfine revenis hejmen, malpura, taŭzita, malsata kaj lacega. Ŝi rakontis ke ŝi vere serĉadis Henri-on, kompreneble vane, sed ŝi efektive trovis konatojn de li, kiuj supozis ke li estas inter la centoj da arestitoj. Tiam ŝi restis dumnokte en la bulvardo Saint-Germain, batalante kun la studentoj kontraŭ la polico, la ĝendarmoj kaj la sekureckompanioj CRS, konstruante barikadojn.

"Ĉu vi ankaŭ bruligis aŭtojn?" mi demandis, kuirante al ŝi kafon kaj malfermante konservdoson da bovaĵa raguo, kiun mi trovis en la provizo-ŝranko.

"Ne bruligis, sed ni turnis ilin flanken kiel parton de la barikado."

Mi rigardis ŝiajn manojn. Ili restis malpuregaj eĉ post longa lavado, kaj la ungoj aspektis terure.

"Estas pro la kradoj kaj pavimŝtonoj", ŝi klarigis. "Ĉi tiu fingro estas difektita. Estos malfacile manipuli la kasaparaton de la butiko."

Tiam mi rakontis al ŝi ke mi vizitis ŝian laborejon, kaj kion diris la butikestro.

"Nu, li ĉiam estas grumblulo", ŝi seke komentis.

"Sed do vi fakte ĵetis pavimerojn, ĉu?"

"Nur elrompis el la strato kaj portis al la ĉeno de liverantoj. Ili estas tro pezaj. Nur la plej fortaj povas ĵeti ilin sufiĉe foren."

Mi apenaŭ kredis miajn orelojn. Tion ŝi elbuŝigis tute senemocie, trinkante mian kafon! Kaj poste, manĝinte la raguon kaj duŝinte sin ĝis la varma akvo elĉerpiĝis, ŝi falis en la liton kaj ŝajne tuj endormiĝis.

Kiam Dani venis hejmen, ŝi tre kontentis trovi Marie-France-on dormanta en la lito, kaj dum kelka tempo ni nur flustris inter ni por ne veki ŝin. Post kiam ŝi vespere vekiĝis, ni kune aŭskultis la radionovaĵojn, kiuj raportis ke la studenta kontestado disvastiĝis en aliajn urbojn, ke ankaŭ mezlernejanoj kelkloke komencis aranĝi manifestaciojn kaj mitingojn, por kiu celo mi ne sukcesis kompreni, kaj ke spontanaj strikoj de laboristoj okazis en kelkaj fabrikoj. Nek la sindikatestroj nek la komunista partio tamen esprimis simpation al la studentoj.

Ni triope diskutis, kion Marie-France povus fari por ekscii, kie estas ŝia koramiko.

"Ĉiuokaze vi devos iri labori morgaŭ", mi diris. "Ne estus bone nun perdi vian laboron."

"Provu telefoni al la loĝejo de Henri", proponis Dani. "Eble iu tie scias ion."

"Mi jam faris tion plurfoje hieraŭ vespere kaj hodiaŭ matene. Neniu respondas. Sendube ĉiuj estas surstrate aŭ en karcero."

"Tamen provu denove."

Merkrede ambaŭ knabinoj do iris labori, dum mi ne sciis, kion fari. Posttagmeze mi hezite ekiris metroe al la Latina Kvartalo. La polico restis ĉirkaŭ Sorbono, sed la stratoj estis pli normalaj, krom ke kolektiĝis ĉiam pli kaj pli da studentoj, kiuj vigle diskutis en grandaj kaj malgrandaj grupoj. Iuj rondiris vendante simplan gazeton *Action*, 'Agado', en kiu oni raportis pri la okazaĵoj el la vidpunkto de la studentoj. Mi miris ke eblis tiel subite kvazaŭ el nenio krei kaj presi tiun gazeton. Evidente oni ne fidis la raportadon en la ordinaraj amaskomunikiloj, kaj aŭskultinte la radio-novaĵojn, mi bone komprenis tion.

Mi restis en la kvartalo, ne plu same tima kiel lunde, scivolante kio okazos kaj diskutante kun aliaj studentoj surstrate. Regis ia etoso plena de atendo kaj espero. Ankaŭ mi sentis ekscitiĝon kaj fortan sopiron ke okazu io nova, ia decida ŝanĝo, sed mi ne povus facile difini, kion mi esperas.

Mi do restis surstrate, kaj vespere mi povis konstati ke oni komencas organizi manifestacion. Al tiu aliĝis iom post iom enorma nombro da homoj, plejparte studentoj. Ankaŭ mi decidis kuniri en ĝi. Mi sentis pli grandan sekurecon marŝante inter miloj da aliaj ol sola sur la stratoj. Ne nur sekurecon sed internan senton ke mi estas parto de io grava, kio ŝanĝos por ĉiam ne nur Sorbonon, sed Parizon, Francion, eble la mondon. Ni estis homamaso, kiu kvazaŭ sen decido marŝis norden, trans la riveron kaj plu okcidenten laŭ la avenuo Champs Élysées. Iuloke videblis unuopa ruĝa flago, sed cetere mankis afiŝtabuloj, slogantukoj kaj standardoj, kiujn mi atendus vidi en manifestacio. Fakte, kiam mi pensis pri tio, ĉi tiu estis la unua manifestacio, en kiu mi mem partoprenis. Eĉ en la unuaj de majo mi kutimis nur de flanke rigardi la marŝantojn kaj aŭskulti la muzikon.

Jen kaj jen sonis frapfrazoj iom senordaj, 'Liberigu la arestitojn', 'Malfermu Sorbonon' kaj aliaj, ankaŭ 'Vivu la revolucio', sed plejparte ni simple marŝis tra la prestiĝaj kvartaloj de centraokcidenta Parizo, ĝis la Triumfarko kun la tombo de nekonata soldato. Strange, unuafoje mi nun venis tien, sed pro la homamaso eblis vidi malmulton, krom la masiva arkego super niaj kapoj. Estis majesta elmontrado de popola potenco, ŝajnis al mi, kaj mi estis ano de tiu popolo, la Parizaj studentoj. Poste la manifestacio refluis trans Sejnon denove al la maldekstra riverbordo. Marŝante en tiu amaso, mi spertis intensan emocion, preskaŭ eŭforion pro nia kolektiva agado kaj forto. Nenie la polico haltigis nin; oni lasis nin marŝi, kaj tio ŝajnis al mi tre promesplena. Evidente la bataloj de la lundo kaj la barikadoj de la sekva nokto estis escepto kaj pasinta stadio. Malfrue vespere mi do revenis hejmen en bona humoro. Espereble la normaleco baldaŭ revenos kaj mi povos denove frekventi la lekciojn de mia kurso.

En la apartamento Dani estis hejme, sed Marie-France foriris al proksima kafejo por telefoni al homoj, kiuj povus scii ion pri Henri. Ŝi tamen revenis antaŭ noktomezo, sen informoj aŭ spuroj de sia koramiko.

Dum la ĵaŭdo mi restis hejme. Mi aŭskultis radion kaj eliris nur por aĉeti ĵurnalon kaj iom da nutraĵoj. Oni ankoraŭ ne malfermis la fakultatojn. Vespere Marie-France finfine sukcesis paroli kun iu, kiu kredis scii ke Henri estas libera sed tre okupita de organiza laboro en sia Movado de la 22a de marto. Ties gvidanto Cohn-Bendit nun intertraktis kun la plej altaj aŭtoritatoj kune kun aliaj reprezentantoj de la studentoj kaj de tiuj instruistoj, kiuj subtenis ilin. Eksciinte tion, ŝi estis ege pli trankvila kaj eĉ iom fiera ke ŝia Henri fariĝas gravulo.

Dani kiel kutime iris al sia Esperanto-kurso, kvankam ĉi-vespere nur post hezito. Ŝi tamen revenis pli frue ol normale – la kurso transformiĝis en disputon pri la studentaj agadoj. En tiu Christian laŭdire plu asertis ke ili servas nur kiel distraĵo de burĝidoj, kio ege kolerigis Danin.

"Mi fajfas pri tiu stulta kurso", ŝi grumblis revenante. "Nun ne estas tempo por Esperanto. Ni devas batali por nia libereco kaj niaj rajtoj."

Sekvis la vendredo. Kiel mi sukcesu priskribi al vi tiun vendredon, la dekan de majo? Dumtage ankoraŭ estis trankvile, vespere kolektiĝis nova grandega manifestacio en la Latina Kvartalo sur la avenuo Denfert-Rochereau kaj pli norde sur Boul'Mich' kaj la stratoj ĉirkaŭ Sorbono. Mi antaŭvidis novan potencan marŝadon tra la urbocentro. La polico ĉi-foje tamen pretis por haltigi nin. Ĝi gardis en strategiaj lokoj kaj baris al ni la vojon, interalie ĉe la pontoj trans la riveron, sed provizore oni ne atakis nin. La plej granda amaso de la manifestaciantoj okupis la bulvardon Saint-Michel kaj la straton Gay-Lussac, kaj jen oni komencis denove disrompi kaj kolekti arbo-kradojn, stratŝildojn kaj pavimŝtonojn por teni la stratojn okupitaj. Ankaŭ kelkaj trotuaraj kafejoj, kies posedantoj ne sukcesis ĝustatempe savi siajn tablojn kaj seĝojn, devis kontribui per tiuj al la konstruado de barikadoj. Oni laboris sen gvidantoj sed ŝajne celkonscie.

Mi tamen ne volis travivi novan angoron kiel antaŭ kvar tagoj, do mi forlasis la preparlaborojn kaj forŝteliĝis suden kaj okcidenten, trovis metrostacion kaj senprobleme veturis hejmen.

Do mi estis sufiĉe maltrankvila pri tio, kio okazos tiuvespere aŭ nokte, kaj la realo vere konfirmis miajn antaŭtimojn. Kiam mi revenis al la Latina Kvartalo en la sekva tago, ĝi jam estis ŝanĝita en alian mondon. Mi mem preferus ne iri tien, precipe en libera sabato, sed la knabinoj nepre volis vidi la lokojn de la kunpuŝiĝoj, ĉar matene ni aŭskultis per la radio-novaĵoj ankoraŭ raportojn pri tumulto de kontraŭsociaj ekstremistoj.

Alvenante, ni tuj konstatis ke la stratoj videble transformiĝis en batalkampon, de kiu nun en la sabata mateno ambaŭ armeoj retretis, lasante post si nerekoneblan grundon. Sur la strato Gay-Lussac kuŝis dekoj da renversitaj, brulintaj aŭtoj inter amaso da rubo. Kaj meze de tio promenis homoj kiel ni, kaj ankaŭ pli burĝe aspektaj paroj en robo kaj kompleto, gapante al la restaĵoj kvazaŭ al ruinoj de antikva civilizo.

"Mi ne komprenas, kial oni bruligas aŭtojn", mi konsternite komentis.

"Tio estas por protekti sin kontraŭ la atakoj de la polico", diris Marie-France. "Vi mem ja spertis la perforton, ĉu ne?"

"Ĉi tie oni kuniĝis por kontraŭstari anstataŭ forkuri", diris Dani. "Necesas batali. Sen tio la subpremado plu daŭros senfine." Mi komprenis tion kiel kritikon de mia malkuraĝo. Tamen mi preferis ne plu diskuti tiun aferon sed vagadis plu inter la rubamaso, daŭrigante la strangan sabatan ekskurson. Se la manio de studentoj konstrui barikadojn estis malfacile komprenebla, eĉ pli stranga ŝajnis al mi la strategio de la polico ataki la manifestaciantojn kaj bari al ili la vojon sur stratoj kaj pontoj. La granda marŝo de la merkredo ja estis paca, dank' al tio ke la polico tiutage restis pasiva. Ĉu do temis nur pri prestiĝo, pri ia obsedo pruvi, kiu regas la publikan spacon?

Malgraŭ la amaso da rubo sur la strato la domoj ambaŭflanke tamen aperis pli-malpli sendifektaj. Evidente la batalo okazis surstrate kaj ŝajne koncernis nur la straton, ne la konstruaĵojn. La loĝantoj perdis siajn aŭtojn parkumitajn surstrate sed restis sekuraj en siaj loĝejoj. La strato estis samtempe la milit-zono kaj la milit-celo. Kial? Mi ne povis kompreni tion, kaj reveninte hejmen al mia legado de Victor Hugo post kelkaj horoj sur la batalkampo de la pasinta nokto, mi dubis, ĉu la literaturo povos helpi al mi kompreni.

Dimanĉe ni eksciis surprizan novaĵon. Ekde la komenco la sindikatoj ja estis tre suspektemaj pri la agado de la studentoj, sed nun ili ŝanĝis sintenon aŭ eble volis mem uzi la okazon por aŭdigi siajn voĉojn kaj prezenti siajn postulojn al la ŝtato. Oni do proklamis 24-horan ĝeneralan strikon okazontan dum la lundo. Krome la du grandaj ĉefsindikatoj iel sukcesis unuiĝi kun la organizaĵoj de la studentoj kaj mezlernejanoj por aranĝi komunan manifestacion en Parizo.

Sekvis pluaj surprizoj. Vespere Henri aperis ĉe ni en Belleville. Unuafoje en pli ol semajno Marie-France povis brakumi kaj kisi sian koramikon. Poste ni sidis dumlonge interparolante kun li, aŭ se diri pli ĝuste, aŭskultante lian paroladon. Senĉese fumante siajn *Gitanes*, li rakontis pri la intertraktado kun la ĉefuloj de la universitato kaj la ministrejo de edukado, pri iliaj promesoj remalfermi Sorbonon, kiuj poste ne estis plenumitaj, kaj pri la kreskanta movado de protestoj ankaŭ ekster Parizo, en la tuta lando.

Ni proponis al li resti dumnokte. Dani povus dormi kun mi sur mia matraco aŭ sur la kanapo. Sed tiun proponon li rifuzis. Li ne havis tempon dormi sed devis reiri al siaj kamaradoj.

"Vi revidos min en la manifo morgaŭ, ĉu ne?" li diris al Marie-France. "Vi ne rajtas maltrafi ĝin."

Komprenelbe ni ĉiuj promesis partopreni en la manifestacio.

"Sed rendevui kun iu tie sendube estos malfacile", mi diris, malfermante la fenestron por eligi la fumon.

Tio montriĝis vera. La lundo estis varma sed sufiĉe nuba, sen rimarkebla vento. Ni piediris al la Orienta Stacidomo, supozante ke la striko pli-malpli paralizis la metroon. La stratoj estis eĉ pli ŝtopitaj de aŭtoj ol kutime, kaj la aero plenplenis de fetoraj rubgasoj. El ĉiuj flankoj alfluis miloj kaj miloj da homoj diversaĝaj, diversvestaj. Male al la studenta manifestacio merkrede, ĉi tien oni alportis slogantukojn kun plej diversaj mesaĝoj. La plej kutima ŝajnis esti 'Studentoj kaj laboristoj – sama lukto' en diversaj variantoj, plej ofte portataj de junaj viroj. Sed mi vidis ankaŭ frapfrazojn por pli alta salajro, kontraŭ senlaboreco kaj por laborista regado de la kompanioj. Evidente ĉeestis ankaŭ multaj adoleskuloj kun slogantukoj kaj afiŝoj postulantaj reformon de la mezlernejoj.

Pasis horoj antaŭ ol ni povis ekmarŝi, kaj poste tiu marŝo iris suden tra la centro de Parizo ĝis la Latina Kvartalo. Denove mi sentis la jam konatan eŭforion plenigi min kiel ebriiga gaso de la kapo tra la brusto ĝis la subventro. Fakte mi sentis eĉ seksan ekscitiĝon kaj demandis min, ĉu mi estas stranga perversulo, aŭ ĉu ankaŭ la amaso da homoj ĉirkaŭ mi seksardas. Mi volus demandi Danin, ĉu ŝi sentas tion, sed mi hontis kaj eble eĉ timis ŝian reagon.

De temp' al tempo sonis klamataj frapfrazoj, kaj inter ili la homoj vigle babilis, ridis, sakris kaj ŝercis. Estis samtempe popola festo kaj demonstrado de forto kaj unueco.

Dumvoje ni eksciis surprizan novaĵon. La ĉefministro Pompidou, kiu estis eksterlande, ĵus revenis al Parizo kaj sciigis ke oni retiros la policon de Sorbono, remalfermos tiun kaj amnestios la arestitojn. Tiu informo disvastiĝis de buŝo al orelo kaj vekis diversajn reagojn. Multaj jubilis, aliaj deklaris tion stulta onidiro, kiu certe ne pruviĝos vera, kaj ankoraŭ aliaj avertis pri fia trompoprovo. La marŝo pluiris malrapide kun multaj haltoj pro ŝtopiĝo. Tute ne eblis vidi finon de la manifestaciaj vicoj; poste oni diros ke partoprenis inter 500 000 kaj unu miliono da homoj. Dani kaj Marie-France estis ege entuziasmaj.

"Post ĉi tio, nenio estos sama", aŭguris Dani kun brilantaj okuloj. "Ni simple ne plu akceptos reveni al la malnova socio!"

"Do, kio sekvos, laŭ vi?" mi demandis.

"La laboristoj regos la kompaniojn!"

"Bonege. Do vi estos bankdirektoro, kiel sinjoro Schwartz." Ŝi unue paŭtis, sendube pensante ke mi mokas ŝin. Sed poste, vidante mian gajan rideton, ŝi ridis.

"Kompreneble. Fidu min, Urso, se vi bezonos monprunton."

Dume ni eksciis de apude marŝantaj homoj, ke Jean-Paul Sartre kaj Simone de Beauvoir ĵus renkontiĝis kun studentaj gvidantoj kaj esprimis sian subtenon al la movado. Ankaŭ tio kuraĝigis nin. Sartre ja estis mondfama verkisto, kiu antaŭ kvar jaroj rifuzis akcepti la Nobel-premion pri literaturo. Nek Dani nek mi legis ion ajn de li, nek de lia edzino, sed Dani tre estimis ilin ambaŭ, kaj des pli nun, kiam ni sentis ke ili eble marŝas kun ni ie en la amaso.

Kiam ni finfine atingis Sorbonon, ni vidis ke amaso da studentoj kaj aliaj homoj jam eniris ĝian korton kaj la pompajn konstruaĵojn. Policistoj ne plu estis videblaj. Evidente almenaŭ parto de la onidiro do estis vera. Ĉie oni almetis murgazetojn kaj afiŝojn kun la plej diversaj mesaĝoj – politikaj kun bildoj de Marx kaj Mao Zedong, pli poeziaj kun devizoj kiel 'La fantazio kaptas la potencon', 'Sub la pavimo – strando', 'Malpermesite malpermesi', 'Lasu flori cent florojn', 'Barikado fermas la straton sed malfermas la vojon', 'Estu realisto, postulu la maleblon' kaj aliaj.

Do regis amasa sento de ĝojo kaj venko, sed mi demandis min, kion ni efektive atingis. Ke la universitato denove ekfunkcios ja estis bona, sed ĉu oni iel plenumos la postulojn pri modernigo de la instruado kaj pri influo de la studentoj? Nu, ĉiuokaze mi espereble baldaŭ povos denove aŭskulti tedajn prelegojn pri la franca literaturo, eble eĉ pri tiel ĵusaj modoj kiel la realismo kaj la naturalismo de la deknaŭa jarcento.

Ĉapitro 9

Kiel fari anĝelon

Mia supozo, ke ĉio revenos al normaleco post la striko, la grandega manifestacio kaj la remalfermo de Sorbono, tamen tre baldaŭ pruviĝis naiva. Iasence la vortoj de Dani, ke nenio estos sama, montriĝis pli pravaj, tamen eble ne precize tiel, kiel ŝi esperis. Laŭ la sindikatoj la ĝenerala striko daŭros nur dum la lundo. Marde evidentiĝis ke iliaj membroj kaj aliaj strikantoj tute ne konsentas. La striko ne ĉesis, eĉ male, ĝi plu disvastiĝis, kaj en kelkaj lokoj la laboristoj eĉ okupis siajn fabrikojn.

En tiu sama mardo la prezidento, generalo de Gaulle, ekvojaĝis al Rumanio por kelktaga vizito ĉe sia kolego Ceauşescu. Eble li volis montri ke stulta bagatelo kiel ĝenerala striko ne meritas generalan atenton. Aŭ eble li volis lerni, kiel oni regas landon pli efike, evitante ĝenojn kiel strikoj de laboristoj kaj manifestacioj de studentoj.

Mi ĝojis reveni en Sorbonon. Baldaŭ mi tamen povis konstati ke tie ja okazas senĉesaj diskutoj kaj debatoj sed neniu normala instruado. La muroj fariĝis gazetoj kaj ĉiu angulo oratorejo. Oni invitis strikantajn laboristojn en la salonojn, ĉar laŭdire eblis lerni pli multe de ili ol de la profesoroj. Ĉio estis tre entuziasmiga; en ĉiu angulo staris, sidis, eĉ iufoje kuŝis studentoj tute absorbitaj de vigla diskutado pri la estontaj universitato, socio, mondo. Kelkaj eĉ instalis sin por tranokti en Sorbono, timante ke la aŭtoritatoj refoje provos fermi ĝin. Tamen mi komencis iom maltrankvili. Por mia plua studado en Lund dum la venonta aŭtuno – kaj precipe por ricevi pluan ŝtatan monprunton – mi bezonos ateston por montri ke mi sukcesis pri miaj studoj en Francio. La svedaj instancoj verŝajne ne kontentiĝos per tio ke 'la fantazio kaptis la potencon'.

Studentoj, strikantaj laboristoj kaj aliaj invadis kaj okupis ankaŭ la teatron Odéon en la Latina Kvartalo, kelkcent metrojn de Sorbono, kaj tie okazis similaj mitingoj kaj diskutoj kiel en la universitato. Kaj el la arta altlernejo ĉe la strato Bonaparte venis lavangoj da serigrafie presitaj afiŝoj, kiujn oni algluis ĉie en la urbo – afiŝoj kun la plej diversaj kontraŭ-aŭtoritataj bildoj, mesaĝoj kaj instigoj. La krea fantazio vere eksplodis, kaj ĉie regis ia sento de ebrio. En la cetera urbo la efikoj de la striko baldaŭ dominis la ĉiutagan vivon. Estis jam la mezo de majo, kaj en la varmo sur la stratoj fetoris pli kaj pli da forĵetaĵoj, ĉar rubaĵkolektistoj ne laboris. Necesis piediri tra Parizo laŭ la longaj avenuoj, ĉar la publika transportado plejparte haltis. Al aŭtomobilistoj malfacilis akiri benzinon – la benzinejoj estis fermitaj aŭ senbenzinaj pro nelivero. Ĵaŭde vespere mi iris al la kvartala PTT-oficejo, la oficejo de poŝto, telegrafio kaj telefonio, de kie oni normale povus telefoni ankaŭ internacie. Mi volis mallonge paroli kun miaj gepatroj, ĉar mi ne sciis, kion oni en Svedio eble raportas pri la situacio en Francio. Mi ŝatus trankviligi ilin, tutsimple. Nu, la oficejo ja estis malfermita, sed telefoni eksterlanden ne eblis pro strikantaj telefonistoj, kaj eĉ sendi leteron aŭ telegramon estus pli-malpli vane, aŭ almenaŭ ĝia liverado estus tre malcerta.

Strikis ankaŭ la knabinoj, miaj kunloĝantoj, kvankam neniu el ili estis membro de sindikato. Post semajno oni raportis ke en la tuta Francio dek milionoj da dungitoj strikas aŭ ne povas labori, ĉar strikantoj blokas ilian laborejon.

En la dua semajno de striko mi rimarkis ke Marie-France kondutas pli incitiĝeme ol kutime. Unue mi supozis ke kulpas la manko de farendaĵoj, kvankam ŝi neniam montris grandan entuziasmon pri sia butika laboro. Krome ŝi ofte grumblis pri tio ke ne eblas al ŝi renkonti aŭ eĉ kontakti Henri-on. Pro la striko vojaĝado estis malfacila kaj necerta, kaj al Nanterre estis ege tro malproksime por piediri. Mi efektive ja miris pri ilia amrilato kaj iam eĉ demandis, kiel ili ekkonis unu la alian.

"Imagu, mi renkontis lin surstrate la dekkvaran de julio", ŝi tiam klarigis kun larĝa rideto. "Ni babilis kaj li invitis min en kafejon."

Sed nun ŝi malofte ridetis. Kelkfoje mi vidis ŝin babili kaŝe kun Dani, sed kiam mi demandis tiun, kio ĝenas la amikinon, ŝi volis nenion diri.

"Estas privata afero", ŝi misteris. "Tio ne tuŝas vin."

Do mi konkludis ke aperis ia tubero en la amafero. Eble ŝi ĵaluzas pro la multaj studentinoj, kiuj kolektiĝis ĉirkaŭ la gvidantaj aktivuloj de la studenta movado. Povus esti ke Henri jam tediĝis de sia komizino kaj renkontis pli kleran kaj interesan inon, kiu kundividas liajn spertojn kaj ideojn.

Dum la viglaj kaj pelmelaj diskutoj en Sorbono mi ofte rimarkis ke preskaŭ nur viroj aktivas debate kaj retorike. Ili ja estis plimulto de la studentoj; tamen ĉeestis ankaŭ sufiĉe multaj inoj, sed tiuj plejparte kontentiĝis aŭskulti kaj admiri siajn virajn kolegojn, subtenante iliajn agojn kaj parolojn. Mi fakte iom miris pri tio. Kiam nun la parollibereco estas totala, kial preskaŭ nur viroj utiligas ĝin?

Kompreneble, de temp' al tempo iu studentino provis ekparoli sed ne sukcesis gajni la atenton de la aliaj. Por virino evidente necesis forta voĉo kaj eĉ pli forta memfido por havi ŝancon esti aŭskultata. Sed la plej multaj eĉ neniam provis kapti la parolon. Ili ŝajne preferis priservi la virajn oratorojn. Mi demandis min, ĉu miaj svedaj koleginoj en Lund agus same humile en tia situacio, sed mi ne certis pri la respondo. Cetere mi ne povis vere imagi similan situacion en sveda universitato. Tie kutime ĉio funkciis pli modere kaj orde, sen revolucioj.

Ĉu vi, Ingrid, kondutis same pasive en via Upsala kaj Stokholma movado? Verŝajne jes, laŭ tio, kion vi finfine rakontis. Antaŭe mi neniam povus imagi vin tiel submetiĝi al forta gvidanto. Sed malfacilas antaŭvidi, kiel reagos aliaj homoj en ekstremaj kondiĉoj. Mi eĉ ne povus diri ion certan pri mi mem. Laŭ miaj du amikinoj tie en Parizo mi estis tro malkuraĝa, kaj ili supozeble pravis.

En la sekvantaj tagoj okazis novaj manifestacioj de laboristoj kaj de studentoj, kaj denove fariĝis tumultoj kaj aperis barikadoj en la Latina Kvartalo. La plej konata gvidanto de la studentoj, Daniel Cohn-Bendit, vizitis studentojn en Okcidenta Germanio kaj Nederlando, sendube por disvastigi la ribelon, kaj post tio oni ne permesis al li reveni en Francion sed deklaris lin 'nedezirata'. Efektive li estis okcidentgermana civitano, sed tio per si mem ne povis motivi tian malpermeson. En Sorbono tuj aperis afiŝoj kun la teksto 'Ni ĉiuj estas nedeziratoj' kaj 'Ni ĉiuj estas germanaj judoj', kaj la etoso denove fariĝis pli malamika.

Samtempe, vendrede vespere la prezidento de Gaulle faris televidan paroladon al la popolo, kie li anoncis referendumon per kiu oni povos doni al li absolutan potencon. Jen eble io, kion li lernis en Bukareŝto – nu, ne la referendumon, sed la ideon pri absoluta povo. Ĉu pro tiu parolado, ĉu pro aliaj kialoj, la nokto fariĝis nova milito inter la polico kaj la manifestaciantoj. Ĉi-foje la lastaj eĉ faligis arbojn por uzo en la barikadoj, kiuj nun unuafoje aperis ankaŭ sur la dekstra riverbordo. El ĉio ĉi mi mem spertis nenion sed aŭdis multajn atestojn de partoprenintoj, eĉ de vunditoj en la batalo, dum la semajnfino kaj sekva semajno.

La bizaran anoncon de la generalo pri referendumo ŝajne neniu prenis serioze, kaj ĝi efektive ne okazis. Sed anstataŭe la ĉefministro Pompidou ekagis pli decide. Unue li kunvokis sindikatestrojn kaj reprezentantojn de la dungantoj al intertraktadoj, kies rezulto publikiĝis en la sekva lundo. Oni nomis tion la interkonsentoj de Grenelle, laŭ la strato, kie situis la ministrejo de laboro, kie okazis la intertraktadoj. Rezulte oni iom altigis la salajrojn kaj eĉ draste altigis la minimuman salajron. Tio do estis parta venko de la laboristoj, sed malgraŭ tio la striko kaj la okupado de fabrikoj nur iom post iom ĉesis.

Poste oni dissolvis la parlamenton kaj anoncis novajn elektojn post monato. Bone, mi pensis, jen Dani kaj Marie-France havos sian ŝancon ŝanĝi la socion aŭ almenaŭ ekhavi novajn gvidantojn. Sed intertempe mi profunde implikiĝis en pli proksimajn problemojn.

Ekis junio, kaj ĝis nun vera instruado ne rekomenciĝis en mia kurso. Mi jam pli-malpli perdis la esperon pri la eblo akiri ateston aŭ trapasi finan ekzamenon. Mia rilato kun Dani ŝvebis ie inter amo kaj amikeco, eble ĉar ŝi nun dediĉis sian atenton ĉefe al Marie-France, kiu aperis pli kaj pli nervoza, kvankam ŝi jam rekomencis labori, same kiel Dani.

Fine la knabinoj malkovris al mi la privatan aferon, kiu turmentis Marie-France-on. Post longa penado ŝi sukcesis almenaŭ dufoje renkonti sian koramikon, sed evidente ŝi ne estis kontenta pri lia konduto al ŝi.

"Estas grava problemo", diris Dani al mi, dum Marie-France kaŭris en angulo de la kanapo, buliĝante kun la brakoj ĉirkaŭ la kruroj.

"Do bonvolu diri, kio okazis", mi petis.

"Marie-France estas graveda. Kaj Henri ne pretas vere helpi ŝin."

Mi komprenis. Fakte mi miris ke mi antaŭe ne suspektis tion.

"Do, kiel vi faros?" mi demandis.

"Mi absolute ne povos havi infanon", bruskis Marie-France preskaŭ akuze, kvazaŭ kulpus mi pri la afero. "Ankaŭ li diras ke tio maleblas."

"Kaj do... Kion?"

"Unue li donis al mi kvarcent frankojn kaj diris ke mi iru al anĝeligistino."

"Anĝeli... Kio?"

"Anĝeligistino", eĥis Dani. "Tio estas virino, kiu forigas ĝin. Sed tio estas kontraŭleĝa kaj danĝera. Oni povas difektiĝi, eĉ morti. Aŭ veni en malliberejon."

Mi pripensis. Ankaŭ ĉe ni en Svedio oni iam uzis similan esprimon, kvankam tie temis eĉ pri idoj jam naskitaj sed nedezirataj, el kiuj oni faris anĝelojn. Tio tamen estis en la tempo de miaj geavoj aŭ eĉ pli frue, mi supozis.

"Mi komprenas. Ne faru tion, Marie-France. Devas esti alia solvo."

"Por riĉuloj, jes", diris Dani. "Ankaŭ iuj doktoroj sekrete faras tion. Same kontraŭleĝe, kompreneble, sed en ilia okazo la aŭtoritatoj iom fermas la okulojn. Kaj ĉe ili, tio estas pli sekura."

"Bone. Do provu tion, ĉu ne?"

"Necesus mono", diris Marie-France kolertone. "Multe da mono. Kaj kontakto kun ĝusta persono. Mi petis ke Henri demandu konaton, studenton pri medicino, ĉu li povas peri tian kontakton. Kaj mi petis lin iel akiri sufiĉe da mono, ĉar mi mem havas neniom."

Ŝi silentis kaj alprenis eĉ pli mortigan mienon, dum mi atendis la sekvon.

"Li diris ke ne eblas", ŝi daŭrigis. "Li devas okupiĝi pri la politika batalo de la studentoj kaj ne povas fari pli multe por mi.

Kaj de sia konato li ricevis ĉi tion. Laŭ li mi mem povos fari la aferon, se Dani helpos min."

Ŝi fosis en sia sako kaj ĵetis objekton sur la tablon. Ĝi estis maldika fleksebla tubeto el plasto, kelkajn decimetrojn longa.

"Kio estas tio?"

"Ĝi nomiĝas katetero. Laŭ li mi devos meti ĝin en bolantan akvon por mortigi la bakteriojn. Poste mi devos enŝovi ĝin singarde, kaj jen ĉio eliĝos per si mem."

"Ne faru tion, Marie-France", mi ekkriis terurite. "Vi difektus vin."

"Mi scias. Sed kion do fari?"

Mi pripensis. Evidente dum la pasinta Pasko, kiam Dani kaj mi malsukcesis seksumi en la fera lito de la knabinoj, Marie-France kaj Henri ne havis similan problemon en la kampara domo, sed li dume neglektis protekti ŝin. Mi neniam trovis lin tre simpatia, sed nun li aperis kiel aŭtenta fiulo. La politika batalo, ĉu? Kia mizera senkulpigo por fuĝi de sia respondeco! Se li nun ĉeestus, mi estus preta ĵeti min al lia kolo por strangoli lin kaj ĉesigi lian babiladon pri ribelo kaj pli bona socio. Li devus prefere reformi sian sintenon al la koramikino!

"Vi devas paroli kun li denove", mi diris, klopodante bridi mian koleron. "Ĝi estus ankaŭ lia ido, ĉu ne? Ne estas nur via problemo, damne! Li simple devas helpi."

"Mi ne plu volas vidi lin."

"Viroj estas fiuloj!" diris Dani amare, brakumante sian amikinon.

Poste ŝi turnis sin al mi.

"Lastatempe riĉulinoj iras ankaŭ al Anglio, ĉar tie la afero jam estas laŭleĝa. Ankaŭ ĉe vi en Svedio, mi supozas."

Mi ankoraŭ estis plena de indigno pri Henri sed devis akcepti ke mi povas neniel interveni en ilia rilato.

"Ne, tute ne", mi diris. "Ĉe ni tio estas malpermesita, krom en esceptaj kazoj. Oni povas peti permeson, sed la plej multaj ne ricevas tiun permeson. Kelkaj svedinoj vojaĝas al Pollando por abortigi, sed sekrete, ĉar ili povas esti punitaj pro tio reveninte en Svedion."

Ili ambaŭ videble seniluziiĝis.

"Ĉiuokaze ni ne havas la monon", diris Dani. "Mi havas kelkajn centojn, sed tio ne sufiĉus."

"Ĝuste tial Henri devas iel akiri pli multe", mi diris. Marie-France kapneis.

"Li ne faros. Ne indas provi. Jam renkonti lin estas sufiĉe malfacile. Mi eĉ miras ke li ne petis min repagi la kvarcenton, kiam li transdonis al mi tiun tubeton."

Mi pripensis la situacion.

"Bedaŭrinde mi havas nur tiom, kiom mi bezonos dum la restanta tempo en Parizo", mi diris. "Maksimume cent frankojn mi povus alporti. Sed ĉu vi ne povus prunti de iu? Parencoj aŭ amikoj?"

Ŝi denove kapneis.

"Ne eblas. Familion mi ne plu havas, praktike. Kaj mi konas nur malriĉulojn. Krome mi devus rakonti, por kio mi bezonas la monon."

"Diable, vi ĉiuokaze povus inventi iun bezonon! Dani, kio pri viaj gepatroj?"

"Ne. Ili ne donos. Se mi diros ke mi bezonas monon, ili nur petos min reveni al la vilaĝo. Cetere ili fakte ne havas ŝparitan kontantan monon. Ĉion ili investas en la domon kaj vitejon. Ili eĉ havas ŝuldojn."

"Kaj via kolegino, tiu sinjorino...?"

"Durand. Ne eblas. Ŝi estas katolikino."

Tio ŝajne malebligis ĉion.

"Mi pripensis, ĉu preni monon el la butika kaso", diris Marie-France. "Sed oni tuj rimarkus, kiu ŝtelis ĝin, kaj la polico arestus min."

"Pro diablo, ne faru tion", mi diris. "Tio eĉ pli enmerdigus vin."

"Nu, mi eĉ ne konas adreson de tia doktoro. Ne eblas demandi iun ajn. Necesas persona kontakto aŭ peranto. Tion havas ĉefe la mezklasuloj."

Dum kelka tempo ni ĉiuj mutis. Estis vespero, sed ekster la fenestro la korto plu restis sufiĉe luma, kaj la subiranta suno brilis sur la supran parton de la transkorta fasado. Kompare kun la vintra vespero, kiam mi unuafoje eniris ĉi tiun apartamenton, ĝi nun estis ege pli hela, sed la situacio de Marie-France ŝanĝiĝis en tute mala direkto. Kun bebo ŝi ne povus labori, kaj se Henri dizertas de sia devo, do kiel ŝi elturniĝu? Mi klopodis pensi rapide, sed la cerbo ŝajnis bremsata de miro pri la sinteno de tiu koramiko. Ankaŭ la konduto de Marie-France estis neatendita. Kutime ŝi estis tre agema persono, sed evidente la konscio pri ŝia stato paralizis ŝin. Fine mi venis al la konkludo ke necesas agi kaj fari tion rapide.

"Bone, se nenio alia eblos", mi diris, "mi provos kontakti miajn gepatrojn por diri ke oni ŝtelis mian tutan restantan monon. Ili ne havas multe da mono, sed espereble mi povos prunti de ili sufiĉe. Eblas telegrafe sendi monon al banko, ĉu ne, Dani? Espereble la telegrafistoj ne plu strikas. Sed kiom? Se vi ne sukcesos ekhavi adreson de kuracisto, kiu faras abortigojn, ni esploru ĉu eblas en Britio. Sed necesos akiri iom da informoj pri tio."

Marie-France ŝajne cerbumis sed ne videble ŝanĝis mienon.

"Mi ne povas iri al Anglio", ŝi diris malgaje sed hezite. "Mi ne scias paroli la anglan."

Mi suspiris.

"Mi helpos vin telefoni al hospitalo kaj akiri vojaĝbiletojn. Se necese, mi eĉ akompanos vin tien, kvankam tio kostos ankoraŭ pli multe. Sed ĉu vi volas fari ĉi tion, Marie-France?"

Ŝi rigardis min firme per siaj blugrizaj okuloj, apenaŭ iomete humidaj.

"Mi volas. Se vi helpos min, Urso. Kaj mi repagos al vi la monon, tuj kiam mi povos."

Do necesis iom urĝe esplori kelkajn aferojn. Pri la vojaĝo ne estos tro granda malfacilaĵo nun, kiam la trajnoj jam rekomencis iri kaj espereble ne denove ĉesos. Sed la unua kaj ĉefa punkto estis kontroli, ĉu la nova brita leĝo efektive permesas al francino trapasi laŭleĝan abortigon en Britio. Kaj kiamaniere kontroli tion, ne estis tute memkompreneble. Mi decidis iri al la Internacia Universitata Urbo por paroli kun angloj – aŭ pli ĝuste kun anglinoj. Espereble ili scias pli multe.

Mia unua intenco estis retrovi Philippan, la knabinon el Leeds, kun kiu mi iam havis embarasan sperton en necesejo okaze de malseka festo. Kompreneble mi ne sciis, kiel ŝi reagos, se mi denove kontaktos ŝin, kaj precipe kun tia demando. Sed tio estis duaranga problemo. Se ŝi ne povos aŭ volos respondi, mi esperis ke ŝi almenaŭ indikos iun alian personon, kiu povos. Mi kredis scii ke ŝi loĝas en la domo de britaj studentinoj, sed mi ne sciis, en kiu ĉambro tie. Sed kiam mi alvenis tien kaj demandis hazarde trovitan studentinon pri ŝi, tiu rakontis ke Philippa jam ĉesis studi en Parizo kaj reiris al Britio. Jen eta elreviĝo. Mi tamen memoris ke ŝi venis al tiu festo kun sia samĉambranino, do mi demandis pri tiu kaj efektive eksciis ke ŝi restas kaj plu loĝas samloke.

Malgraŭ la studenta ribelado en Parizo, kaj kvankam studentino povis ĵeti pavimerojn el barikado kaj esti mistraktata de policistoj, viro ankoraŭ ne povis viziti la ĉambron de brita studentino, almenaŭ oficiale ne. Mia alparolato tamen konsentis venigi la knabinon, kies nomo estis Barbara, suben al la vestiblo por paroli kun mi.

Ŝi estis alta sveltulino kun sunbrunigita haŭto kaj preskaŭ nigraj haroj en arta aranĝo, do ŝi ne aspektis tre angle, laŭ mi. Mi rekonis ŝin nur tre svage, kaj mi ne sciis, ĉu esperi aŭ timi ke ŝi rekonas min.

"Saluton, Barbara, mi estas Björn el Svedio. Vi certe ne memoras min, sed ni mallonge interparolis okaze de festo antaŭ kelkaj monatoj."

Fakte ni tute ne interparolis, sed tio sonis pli dece ol se mi dirus ke mi malaperis en necesejon kun ŝia amikino.

"Ĉu vere?"

"Jes. Nu, vi estis tie kun Philippa, sed tio ne gravas. La afero estas ke mi havas francan konatinon, kiu trafis en embarason, kaj mi bezonas iom da informoj por helpi ŝin. Estus tre afable, se vi bonvolus respondi al unu-du demandoj."

"Demandoj pri kio?"

Ŝi estis konciza sed relative ĝentila, ne vere malamika. Almenaŭ ne tre. Do, tiusence ŝi tamen ja ŝajnis sufiĉe angla.

"Nu, temas pri iu nova brita leĝo..."

"Ha, mi komprenas. Vi faris al via konatino embarason, ĉu? Eble vi devus esti iom pli singarda kun viaj konatinoj."

Mi devis koncedi ke ŝi havas kleran menson kaj rapidan komprenkapablon.

"Ne, ne estas tiel. Permesu al mi klarigi. Kredu-nekredu, sed mi estas senkulpa pri ĉi tio. Fakte ŝi estas la amikino de mia koramikino, kaj ŝia koramiko, kiu kulpas pri la problemo, ne pretas respondeci pri la afero, bedaŭrinde."

Ŝi rigardis min kun tre ironia mieno, se ne diri sarkasma.

"Bone do", ŝi diris. "Kion vi volas scii?"

"Unue, ĉu efektive francino povas iri al brita hospitalo por abortigi?"

"Mi ne scias. Male al vi, mi ĝis nun neniam bezonis tian informon."

"Komprenen.e ne. Sed ĉu vi nenion aŭdis pri tiu leĝo?"

"Mi ja aŭdis, sed ne ĉu ĝi inkludas alilandanojn. Prefere kontaktu hospitalon por demandi."

"Bone, do jen la dua punkto. Ĉu vi konas hospitalon en Londono, kie oni faras abortigojn?"

"Kial mi sciu tion? Mi ne loĝas en Londono, kaj mi ne bezonas tian helpon. Sed mi supozas ke ekzemple la hospitalo de King's College havas ginekologian klinikon. Provu tie."

"Bone, dankon. Mi supozas ke pri la kosto vi scias nenion?"

"Vi prave supozas", ŝi seke diris.

"Bone. Nu, ĉiuokaze mi dankas pro tio ke vi respondis miajn demandojn. Cetere, ĉu vi scias, kial Philippa ĉesigis sian studadon?"

"Ne estis pro vi, se tion vi pensas. Sed kiel nun statas ĉi tie, ne eblas vere studi."

"Nu, tamen estas interesa tempo, ĉu ne?" mi diris por iom rompi la streĉitan etoson.

"Stultaĵoj. Mi bedaŭras ke mi ne elektis Ĝenevon. Aŭ Bruselon. Aŭ iun ajn lokon, kie studentoj estas studantoj. Sed kompreneble, en la franca oni eĉ ne konas la diferencon."

Eble ŝi pravis. Sendube ŝi estis nekutima brita studentino, kiu efektive regis la francan. Domaĝe, tamen, ke ŝi ne povis doni pli bonajn informojn. Ĉiuokaze mi decidis fari provon ankaŭ ĉe mia iama samĉambrano Algie, antaŭ ol reiri hejmen.

Do mi promenis al la alo de la viraj studentoj. Bonŝance Algie estis surloke en la ĉambro, kiu aspektis tute same, kiel mi memoris ĝin. Sed malbonŝance li havis neniun ajn scion pri la nova brita leĝo.

"Se vi demandas min, via ino devus preni la konsekvencojn de koitado sen uzo de piloloj. Ŝi nasku kaj donu por adopto. Jen mia opinio."

"Bone, mi komprenas."

"Tamen bone ke vi estas ĉi tie, ĉar mi havas leterojn por vi. Ili alvenis antaŭ... nu, iom da tempo. Mi ne volis plusendi al via nuna adreso, ĉar la poŝtistoj ja strikis, do vi probable ne ricevus ilin. Atendu, mi serĉos... Jen! Hm... 'Sverige'? Ĉu el Svedio?"

Mi dankis lin, prenis la du leterojn kun svedaj poŝtmarkoj kaj foriris al la bushaltejo. Mi tuj vidis ke unu letero laŭ miaj manskribitaj nomo kaj adreso sur la koverto estas de vi, Ingrid. La alia estis aerogramo kun tajpita adreso.

Mi klopodis memori, kiam mi lastfoje skribis al vi, kaj sufiĉe hontis ke mi ne sciigis al vi mian novan adreson. Verŝajne mi ne volis malkaŝi al vi ke mi kunloĝas kun Dani.

Sed tiun hontosenton mi forgesis, malfermante vian leteron, dum mi atendis la aŭtobuson. Mi legis kaj komprenis absolute nenion. Devus esti stranga eraro, ia senhumura provo ŝerci, aŭ sensenca deliraĵo. Ĝi estis nur duona A4-folio krajone skribita. La manskribo estis via kaj tamen ne tute via – pli granda, rekta kaj zorga ol kutime. Kaj mi vidis ke vi kelkloke frotgume viŝis kaj ŝanĝis la tekston. Sed plej absurdaj estis la vortoj. Mi legis kaj relegis sed nenion komprenis. La buso alvenis kaj mi eniris. Nur enbuse, leginte la alian leteron, mi ekkomprenis iomete el la via.

La dua letero estis aerogramo de via patro. Esence ĝi konsistis el demando, ĉu mi scias, kie vi troviĝas. Sed en lia tajpita teksto estis ankaŭ rakonto pri vi, priskribo, kiel vi dum la vintro kaj printempo implikiĝis en politikan sekton laŭdire revolucian, kiu tamen ŝajnis okupiĝi ne tiel multe pri socia revolucio, kiel pri interna cerbolavado de la membroj. Via patro tamen unue pensis ke tio estas normala junula stadio, kiu pasos. Eble por aldoni leĝeran tonon, li eĉ citis la konatan kliŝon ke 'kiu junaĝe ne estas radikala, tiu ne havas koron, kaj kiu maljunaĝe ne estas konservativa, tiu ne havas cerbon'. Sed lastatempe vi tute malaperis senspure, kaj nun li kaj via patrino ĵus ricevis leteron de vi, per kiu vi formale rompis la interrilaton kun ili. Li citis viajn vortojn: 'Mi ne plu estas via filino, sed filino de la popolo'. Do, mi deduktis, sendube tute similan leteron, kiel tiu, kiun vi sendis al mi.

Post tio mi relegis vian leteron kaj nun komprenis ke ĝi reale venas de vi kaj absolute ne estas ŝerco. Kvankam mi jam alkutimiĝis al politikaj sloganoj en Sorbono kaj dum manifestacioj, tamen viaj frazoj aperis kvazaŭ el alia dimensio. Ne estis longa teksto. Mi tralegis ĝin kelkfoje kaj baldaŭ sciis la plimulton parkere.

'La klasbatalo intensiĝas', vi komencis, kaj mi demandis min, ĉu vi aludas niajn malsamajn sociajn devenojn, kiujn vi antaŭe ĉiam trovis malgravaj. Poste sekvis io eĉ pli absurda: 'La lasta-tempa ekflorado de la kamparana movado estas grandega evento.' Kiaj kamparanoj? Tio estis plene enigma. Nur longe poste mi eksuspektis ke tio estas malnova citaĵo de Mao Zedong, kiu temas pri iu epoko en Ĉinio, sed kiun viaj kamaradoj uzadis pli-malpli kiel identigan pasvorton. Nu, post tio vi konstatis ke mi 'de ĉiam fiksiĝis en la marĉo de burĝa pensado'; plue sekvis la vortoj 'mi rompas la iaman rilaton kun vi', la ordono neniam plu provi kontakti vin, kaj la fino: 'Ribeli estas juste.'

Kiel eblas rompi iaman rilaton?

Via letero malhavis adreson de sendinto. Sed al tiu de via patro mi komprenebe devus tuj respondi, eĉ se mi povus sciigi al li neniun informon pri vi. Tamen mi prokrastis tion, parte pro embarasiĝo, kion mi skribu pri via letero, kaj parte pro la pli urĝaj aferoj rilate al Marie-France. Cetere ambaŭ leteroj jam kuŝ-adis dum kelka tempo ĉe Algie, do mi persvadis min ke viaj ge-patroj intertempe jam retrovis vin aŭ almenaŭ eksciis ion plian pri via situacio. En nia zorge organizita lando ja ne eblas malaperi senspure, ĉu?

Mi devis pasigi iom da tempo en la PTT-oficejo de Belleville, kiu nun funkciis normale. Per telefonistino de la numerservo mi eksciis la numeron de la hospitalo de King's College. Do mi mendis interparolon kaj atendis ties efektivigon. Fakte mi devis kelkfoje ripeti tiun procedon, antaŭ ol mi finfine trovis la ĝustan personon kaj akiris la informon ke Marie-France ja povos trapasi abortigon tie, kaj fine mi eĉ atingis ke oni rezervu por ŝi tempon lunde la 17an de junio. La kosto estos 150 pundoj, kion mi tuj kalkulis al 1 800 frankoj. Tio efektive estis sufiĉe da mono, kaj al tio ni devos aldoni kostojn por vojaĝo plus du noktoj en Londono.

Restis kontakti miajn gepatrojn. Memorante la poŝŝteliston sur la bulvardo Saint-Germain, mi zorge pripensis, kiel povus okazi la asertata ŝtelo, kaj sendis telegramon, petante urĝan prunton de 1 500 kronoj, kiujn ili sendu telegrame al Société Générale ĉe la bulvardo Saint-Martin, kies adreson mi antaŭe kontrolis. Tio estis multe da mono ankaŭ por ili, kaj mi sciis ke ili miros ke mi bezonos tiom por mia tempo restanta en Parizo kaj la vojaĝo hejmen. Ĝuste tial mi preferis telegramon anstataŭ plia internacia telefonado, sed samtempe mi sendis al ili aerogramon kun detala priskribo de la fia ŝtelo. Ĉiuokaze, kun la mono de Marie-France kaj Dani, tio devos sufiĉi. En plej aĉa okazo mi mem plu havis kelkajn centojn, kvankam ili devos kovri ĉiujn kostojn ĝis mia reveno en Svedion.

Malgraŭ la alta sumo mi estis sufiĉe certa ke miaj gepatroj helpos. Post mia abituro mi neniam petis de ili monon sed ĉiam zorge ekonomiis per la ŝtataj pruntoj kaj mia somera perlaborado. Do ili devus kompreni ke ĉi-foje estas ekstrema okazo. Tamen sekvis kelka tempo, dum kiu ni ĉiuj tri en la eta Belleville-a kolektivo atendis en sufiĉe streĉita stato, sed efektive, post tri tagoj la mono ja alvenis, tiel ke mi povis aĉeti trajnbiletojn. Ĝis nun ĉio pasis senprobleme. Espereble la samo validos ankaŭ plue.

Ĉapitro 10

Pasporta servo

Ĉio do estis preta: la mono, la vojaĝplano, la Londona hospitalo. Dimanĉe ni ekiros; lunde oni akceptos Marie-France-on en la kliniko. Vendrede vespere ŝi revenis hejmen de sia laboro kaj enpaŝis en la apartamenton per pezaj paŝoj, kun mieno kvazaŭ de paralizito.

"Mi ne povos iri", ŝi diris kaj falsidiĝis sur seĝon.

"Kompreneble vi povos", tuj kontraŭis Dani.

"Ĉu vi ŝanĝis vian decidon?" mi surprizite demandis preskaŭ samtempe.

Ŝi ne respondis, nur kapneis indiferente. Vane mi klopodis deĉifri ŝian mienon.

"Kio okazis?"

Ŝi rigardis nin alterne. Ŝi ŝajnis lacega, aŭ eble senespera.

"Mi ne havas pasporton", ŝi fine diris. "Mi ja neniam estis eksterlande. Mi tiom timis ĉion alian ke mi tute forgesis tion."

Pasporton! Mi ne komprenis, kial neniu el ni antaŭe pensis pri tio. Al mi ŝajnis natura afero ke ĉiu homo posedas pasporton, sed la vero estis ke mi eĉ ne atentis tiun detalon. Mi eble eĉ povus ekiri sen kunporti mian propran.

Ni ĉiuj tri rigardis unu la alian alterne, mute, senkonsile. La silento daŭris eble nur dek sekundojn, sed tiuj estis dek pezaj sekundegoj.

"Prenu la mian", tiam diris Dani kun decida tono.

Mi ekridis nervoze.

"Vi ŝercas. Ĉu vi neniam rigardis vin en spegulo?"

"Ne estos problemo", ŝi insistis kaj turnis sin al Marie-France. "Vi tondos kaj kolorigos la harojn. Tio sufiĉos."

"Ne eblas", mi diris pli emfaze. "Kio pri la okuloj? Kaj la alteco?"

"Oni ne rigardas tre zorge. Mi povus facile eniri Svedion lastjare kun pasporto de Marie-France."

"Tion vi ne povas scii. Kaj cetere tio estis Svedio. Nun temos pri Britio."

"Antaŭ du jaroj mi estis ankaŭ tie, en la SAT-kongreso. Imagu, kiam torento da homoj eliras el la pramo, ne eblas rigardi profunde en la okulojn de ĉiu. Ne estos problemo."

Mi skuis la kapon, demandante min, en kio mi implikiĝis. Ĉi tio similis puran frenezon.

"Ĉu ne eblus akiri pasporton morgaŭ?" mi demandis sen vere kredi je tio.

"Certe ne", diris Dani. "Tio postulus monaton, minimume. Precipe nun, kiam la polico estas plene okupata ĉasante junulojn surstrate."

Dum kelka tempo ni sidis silentaj, senkonsilaj. El najbara apartamento aŭdiĝis susurado de akvotubo, kaj eksterdome sonis la ĉiama dampita trafikbruo. Dani stariĝis, paŝis ĝis Marie-France kaj metis brakon ĉirkaŭ ŝiajn ŝultrojn por kuraĝigo.

"Ne hezitu", diris Dani. "Vi vidos ke ĉio pasos senĝene."

"Bone. Mi faros tiel", fine diris Marie-France. "Morgaŭ mi petos de Jacqueline helpi pri la haroj. Ne, mi vizitos ŝin tuj ĉi-vespere, por la okazo ke ŝi morgaŭ forestos."

"Ŝi estas frizistino", klarigis Dani al mi.

Do Marie-France foriris kaj mi ne sciis, kion diri aŭ fari.

"Jen freneza ideo", mi grumblis al Dani. "Ĉu vi eĉ scias, kiu puno sekvus, se oni malkovrus tion?"

"Oni ne malkovros. Cetere, ne indas timi punon. Plej terure estus, se la angloj ne enlasus ŝin. Sed tio ne okazos, kredu min. Vi estas tro timema, Urso!"

Tion ŝi jam diris aliokaze, en tute alia situacio. Sed ĉi-foje mi tute ne povis konsenti. Mi suspektis ke provo transiri landlimon kun falsa pasporto, aŭ pli precize kun aŭtenta pasporto de alia persono, estas grava krimo same en Britio kiel en Francio, kaj kredeble eĉ en Svedio. Kaj sendube ankaŭ kunhelpo al tia krimo estas grava. Tamen mi ne povis rezigni akompani Marie-Franceon. Se mi nun dirus ke ŝi devos vojaĝi sola, sen mia helpo, ne sciante la anglan, mi ne plu povus rigardi min en spegulo. Kaj certe tio estus la fino de mia amikeco kun ambaŭ knabinoj. Mi devus forlasi la apartamenton en Belleville, eble reveni al la ĉambro de Algie, se tiu loko plu estis libera. Ne, kiu sin enjungis devas tiri.

Kiu kaĉon kuiris devas ĝin manĝi, eĉ se lastmomente iu aldonas fortan spicon.

Do, sabate Marie-France iris al frizejo, kie laboris tiu Jacqueline, kun la pasporto de Dani, kaj revenis post du horoj kiel kopio de la nigra-blanka pasporta foto. Eble ne perfekta kopio, sed mi devis koncedi ke je ioma distanco ŝi pli similis tiun foton ol Dani mem, kiu nun jam havis iom pli longajn harojn ol en sia pasporto. Nu, la nazo kaj la mentono restis malpli pintaj ol tiuj de Dani, sed tio apenaŭ videblis sur la foto, kaj la rondajn vangojn devos kaŝi la farbita hararo, se ŝi kombos ĝin ĝuste. Mi ekhavis iom da espero ke la freneza plano efektiviĝos. Tamen restis la pasporta indiko pri okulkoloro bruna, dum Marie-France estis klare bluokula, pli precize blugriza.

"Ĉu mi portu sunokulvitrojn?" ŝi demandis.

"Ne", firme diris Dani. "Tio nur vekus suspektojn. Oni petus vin demeti ilin kaj eble rigardus pli zorge en viajn okulojn. Ni ŝminkos viajn okulharojn; poste vi ridetu sed ne gapu al la kontrolisto. Prefere rigardu suben, kiel deca fraŭlino."

Ili ambaŭ ekridis, kaj la etoso iom malpeziĝis. Fakte Dani sonis tre fidinde, kvazaŭ ŝi de jaroj aktivus kiel kontrabandisto de knabinoj inter ĉiuj landoj de la mondo. Mi ankoraŭ ne estis konvinkita, sed jam tro malfruis por rezigni. Restos sperti, ĉu mi trafos en francan malliberejon, aŭ en britan. Verŝajne oni supozos ke mi estas prostituisto, kiu importas inon por angla bordelo. Kiel mi atingis tien? Eĉ mia panjo, kiu avertis min pri la danĝeroj de urbegoj, ne povus imagi ĉi tiun implikaĵon.

La dimanĉo estis varma jam matene, kiam ni en la Norda Stacidomo eniris vagonon en trajno al Kalezo. Evidente estis plena somero. La trajnvojaĝo daŭris tri horojn kaj duonon tra la verda kamparo de norda Francio. Ni malmulte babilis. Mi estis tro nervoza, kaj verŝajne same Marie-France. Pri la kialo de la vojaĝo ni ne povus paroli, ĉar en la kupeo troviĝis ankaŭ mezaĝa geedza paro kun dekjarulo, kiun la patrino senĉese admonis konduti bone kaj nenion tuŝi. Mi kompatis la knabon sed komprenebe ne povis interveni. Jam eĉ via aserto ke 'ribeli estas juste' ne falus sur bonan teron en tiu familio. Do mi plejparte rigardis la pejzaĝon, kiu estis jen ebena, jen ondumita.

Kelkloke oni okupiĝis pri falĉado de fojno, aliloke bovinoj paŝtiĝis sur herbejoj, kaj sur kelkaj kampoj kreskis milionoj da papavoj, ĉu intence, ĉu kiel trudherboj, mi ne povis determini. En Kalezo ni elvagoniĝis kaj sekvis la homfluon antaŭen direkte al la albordiĝejo de la pramo. Ni havis sufiĉe da tempo kaj devigis nin paŝi nerapide inter la aliaj homoj, kiuj volis transiri Manikon. Kiam ni poste vicatendis por trapasi la francan limkontrolon, mi ŝvitis same multe pro varmo kiel pro nervozeco. La antaŭdiro de Dani tamen montriĝis tute prava. Ni miksiĝis kun aro da turistoj diverslandaj kaj senĝene trapasis. La kontrolisto scivole malfermis mian svedan pasporton kaj ĵetis rigardon en ĝin antaŭ ol redoni ĝin kun ĝentila "Ĝis revido, sinjoro!" La francan pasporton en la mano de Marie-France li eĉ ne malfermis, sed nur malpacience gestis al ŝi pluiri por ne ŝtopi la trapasejon.

Estis bela marvojaĝo. En la komenco videblis nur la senfina akvovasto, kies ondetoj blindige respegulis la sunbrilon. Ni trovis sidlokojn ekstere sed en ombro, profitante de tio ke la plej multaj pasaĝeroj preferas aŭ la restoracian salonon, aŭ la plenan sunlumon. Ni elpakis kaj glutis niajn kunportitajn panon, fromaĝon kaj frukton, dividante boteleton da vino. Maniko etendiĝis kun ondoj, kiuj iom balancetis la pramon, sed ne tiom ke ni eksuferus pro marmalsano. Baldaŭ la blankaj kretaj klifoj de Dover ekaperis el la maro antaŭ ni, kaj mi rekomencis nervoziĝi. Nun sekvos la brita limkontrolo. Mi bedaŭris ke la vinbotelo ne estis pli granda.

Surtere ni kondutis same kiel ĉe la franca flanko, paŝante nerapide, senurĝe, inter densa aro da aliaj pasaĝeroj. Mi portis valizeton; Marie-France nur sian mansakon surŝultre. Jam longe antaŭ la budo de la kontrolisto mi rimarkis ke ĉi tie la trapaso estas pli malrapida. Alproksimiĝante mi vidis lin malfermi pasporton, foliumi ĝin, ekzameni la personon, kiu staris antaŭ li, elekti paĝon konvenan por stampi, kaj fine redoni la pasporton. Mi jam certis ke sekvos katastrofo. Mi iris antaŭ Marie-France, sed kiel mi agu, kiam li malkaŝos la trompon? Ĉu mi plupaŝu trankvile, ŝajnigante ne koni tiun francinon? Tio ja estus hontinda, sed aliflanke, kion mi povus alporti? Mi ne povus persvadi britan ŝtatoficiston ke la foto de Dani fakte estas de Marie-France, nek ke la blugrizaj okuloj de Marie-France fakte estas brunaj. Eĉ mia plej bona rego de la angla lingvo ne sufiĉus por tio.

"Vian pasporton, sinjoro!"

Mi vekiĝis el la cerbumado kaj plumpe etendis al li mian nigran kajereton kun la sveda blazono el tri oraj kronoj. Li malfermis, foliumis, rigardis min, stampis kaj redonis ĝin.

"Bonvenon, sinjoro!"

Mi paŝetis antaŭen kiel somnambulo kaj ne kuraĝis turni min. Sekundoj pasis malrapidege. Kio sekvos? Ĉu li krie alvokos gardistojn? Blovos fajfilon? Mi estis streĉita kiel kordo de violono. Sonis lia stampilo.

"Bonvenon, sinjorino!"

Marie-France puŝetis mian dorson por ke mi plupaŝu. Ŝi trapasis! Aŭ ĉu li intence permesis al ŝi pluiri por poste averti policistojn ke ili arestu ŝin?

Ne, tio ne eblas. Li stampis ŝian pasporton. Nu, tiun de Dani, kompreneble. Ni jam estas en Britio. Ni sukcese trapasis! Per la libera maldekstra mano mi kaptis la brakon de Marie-France, ŝajne por apogi ŝin sed fakte por ne riski mem fali pro la malstreĉiĝo.

Ni pluiris antaŭen, sekvante la aliajn vojaĝantojn, el kiuj kelkaj ŝajne konis sian celon, dum aliaj same kiel mi rigardis ĉirkaŭ si por ekscii, kien iri. Mi trovis indikilojn, kaj baldaŭ ni estis en la stacidomo de Dover. Tie mi elpoŝigis miajn pundojn kaj aĉetis biletojn por regiona trajno al Londono. Post duonhoro ni nerapide veturis tra la ĝardeno de Anglio, tamen sen pacienco por vere ĝui la vidaĵon ekster la vagonfenestroj.

"Mi apenaŭ povas kredi ke ni vere estas ĉi tie", mi diris, sen precizigi kial, por la okazo ke iu apudulo komprenus la francan.

Marie-France kapjesis kaj aspektis iom laca, sed ŝi mienis sufiĉe kontente.

"Mi fakte bezonus ion plian por trinki", mi daŭrigis.

Sed kiam mi demandis sinjoron kun fidinde brita aspekto, ĉu la trajno havas restoracian vagonon, li kapneis.

"Mi timas ke ne en ĉi tia regiona trajno, bedaŭrinde", li afablis.

La trajno el Dover alvenis al la stacio London Bridge iom post la kvina, kaj ni promenis laŭ la stratetoj de la plej proksima kvartalo por trovi malmultekostan hotelon. Post kelka tempo ni decidis provi unu, kiu ŝajnis promesplene triviala. Mi petis ĉambron kaj la griza virino en la akceptejo lace rigardis niajn malsamkolorajn pasportojn. "Ĉu geedzoj?" ŝi diris en nedemanda tono. Mi kredis videti ironian mienon ĉe ŝia buŝo, sed verŝajne tio estis ŝia ĉiama vizaĝesprimo.

"Jes", mi respondis, kaj vidante ŝin ĵeti rigardon en mian svedan pasporton, mi aldonis: "Ni loĝas en Parizo."

Ŝi diris nenion plu sed simple ĵetis ŝlosilon ligitan al pezeta globo el ia metalo sur la tablon inter ni. La ĉambron ni devis mem trovi laŭ la numero.

Mi ne kutimis loĝi en hoteloj sed antaŭe imagis la ĉambron laŭ ia fantazio pri hotelĉambroj en Francio, do kun katolika dupersona lito profunde kava en la mezo, kie neeviteble pli-malpli frue intimiĝas ĉiuj enlitiĝantoj. Sed komprenebla ne. Ĉi tio estis Anglio, do en la ĉambro staris du tre anglikanaj litoj same mallarĝaj kiel malmolaj, kun duonmetra interspaco. Se du plenkreskuloj enlitiĝus en unu saman tian liton, pro manko de spaco unu devus kuŝi sur la alia.

Ni eliris por iom rigardi Londonon kaj sukcesis trovi la proksiman bordon de Tamizo. Dekstre ni vidis la turojn de la ponto Tower Bridge origatajn de la vespera suno, kaj trans la rivero sendube situis ĉiuj aliaj vidindaĵoj, sed Marie-France ne emis plu promeni por turisti. Do ni simple sidis dum kelka tempo sur benko, rigardante la boatojn kaj barĝojn antaŭ ni kaj la londonanojn ĉirkaŭ ni. Ŝi estis tre silentema, se kompari kun ŝia normala konduto. En ordinaraj cirkonstancoj ŝi estis la pli parolema el la du amikinoj. Sed mi komprenis ke nun estas malfacila momento por ŝi. Miaflanke mi ege senpeziĝis pro la sukcesa sed kontraŭleĝa eniro en Brition, kaj mi plu ŝatus ion trinki, ekzemple bieron en tipa angla bierejo. Sed mi ne povis treni ŝin tien kontraŭ ŝia volo.

Enspirinte dum kelka tempo la Londonan aeron, pli humidan kaj malpli varman ol la Pariza, ni decidis ankaŭ ne viziti restoracion sed reiri al nia morna hotelĉambro por elpaki la reston de niaj kunportitaj provizoj. Do ni vespermanĝis panon, fromaĝon, pecon da salamo, kaj trinkis bieron, kiun mi aĉetis de la pordistino. Poste Marie-France kuŝiĝis surliten. Tie ŝi restis dumlonge, pensante en silento, dum mi sur mia lito legis en *Patro Goriot* el *La Homa Komedio* de Balzac. Stranga elekto, eble, sed pro la majaj protestoj kaj la dumlonga fermo de Sorbono, mia literatura kurso ege malfruis. Evidente mi iam pravis, pensante ke ni ne atingos la nuntempajn aŭtorojn. Sed eble oni neniam vere intencis tion. Verŝajne la francaj universitatoj timis la nuntempon, eĉ se temus nur pri sendanĝeraj poetoj kaj romanistoj.

Fine ni malvestis nin kaj enlitiĝis ĉiu en sian liton. Mi estingis mian lampeton, kiu cetere estis tro malforta por ebligi al mi komforte sekvi la agadon de la protagonisto, la Pariza studento Rastignac. Morgaŭ mi akompanos Marie-France-on al la ginekologia kliniko de King's College Hospital. Mi forte esperis ke efektive pravas la magraj informoj, kiujn mi elfosis, kaj ke mi bone komprenis, telefonante tien. Se ne, mi ne scius, kion fari.

Mi tamen ne povis endormiĝi, sed senĉese cerbumis pri ĉio, kio povus morgaŭ fuŝiĝi. Eble oni rifuzos trakti eksterlandanon. Eble la kosto estos pli alta ol ni pensas. Eble Marie-France ŝanĝos sian decidon. Eble la traktado malsukcesos, kaj ŝi... Mi simple ne povis ĉesi antaŭzorgi pri ĉio, kio povus misfunkcii.

Mi aŭdis ke ankaŭ ŝi ne dormas. Ŝi turnadis sin en la mallarĝa kaj malkomforta lito. Post kelka tempo mi kredis aŭdi ke ŝi ploras. Tio estis ŝoka. Unuafoje mi aŭdis ŝin plori. Marie-France kaj ploro – ne, tio ne estis normala.

Fine mi ellitiĝis kaj iris la tri paŝetojn ĝis ŝia lito por provi iel konsoli ŝin. Mi sidiĝis litorande kaj glatumis al ŝi la kapon kun la nekutime brunaj kaj mallongaj haroj, kaj poste la dorson kaj ŝultrojn. El la strato sonis motorbruo de pasantaj aŭtoj, kaj intermite iliaj lumoj penetris enen inter la kurtenoj.

"Ne ploru", mi flustris. "Ĉio estos en ordo."

"Mi ne ploras", ŝi respondis. "Verŝajne mi ekhavis malvarmumon. Estis tro humide apud la rivero."

Poste ŝi ensnufis la nazmukon kaj frotis al si la okulojn.

"Klopodu iom dormi", mi diris. "Morgaŭ vi bezonos vian forton."

Mi povus diri al mi mem la samon; tamen evidente ne estis simile. Morgaŭ mi trapasos praktike nenion ajn krom enua atendado.

Ŝi turnis sin, ekkuŝis surdorse, rigardis min tra la obskuro, ŝajnis al mi. Ŝia spirado estis malprofunda, urĝata aŭ nervoza. Mi glatumis al ŝi la vangon, tuŝis la buŝon perfingre. Poste mi klinis min kaj kisetis ŝian vangon en la mallumo.

"Trankviliĝu", mi diris. "Ĉio estos bona."

Ŝi liberigis manon, tuŝis mian nudan bruston kaj levis la litkovrilon.

"Venu", ŝi flustris.

Mi provis kuŝiĝi apud ŝi. Sed mi pravis pri la lito. Ĝi efektive ne estis sufiĉe larĝa por permesi al du plenkreskuloj kuŝi flanko ĉe flanko.

Matene ni ne multe parolis sed iris unu post la alia al la banĉambro kaj necesejo, situantaj ĉe la fino de la koridoro.

"Malbona ejo", murmuris Marie-France revenante. "Neniu bideo."

"Ankaŭ mialande oni ne trovas tion."

"Ĉu vere? Do, kiel vi lavas vin sube?"

"Per duŝilo, aŭ mane ĉe lavabo."

Tion ŝi evidente trovis sufiĉe barbara.

Ni piediris ĝis la plej proksima metrostacio, kie mi devis studi mapon pri la linioj por trovi ke ni ŝanĝu al aŭtobuso jam en la tuj sekva stacio kun la stranga nomo *Elephant & Castle*. La posta veturado daŭris entute iom pli ol kvaronhoron, kaj ni sukcese elbusiĝis ĉe la ĝusta haltejo.

La hospitalo estis granda kun multaj konstruaĵoj sur vasta areo, kaj ankaŭ tie necesis iom da serĉado por trovi la ginekologian klinikon. Ni tamen fruis kaj tial sidis dum kelka tempo sur benko en parketo apud la kliniko.

"Ni diru nenion al Dani, ĉu ne?" mi diris embarasite. "Pri... hieraŭ en la hotelo."

Ŝi iom konfuze kapjesis kaj poste kapneis.

"Kompreneble ni diru nenion", ŝi konsentis.

Post kelka tempo da silento ŝi denove ekparolis.

"Urso, vi devas esti tre bona al ŝi, kaj singarda. Ŝi havas problemon."

"Mi scias."

"Ŝi impresas gaje, sed ene ŝi ofte malfeliĉas."

Mi kapjesis.

"Do ne traktu ŝin krude", ŝi plu insistis. "Tion ŝi ne meritas."

Mi ne vere komprenis, de kie ŝi ekhavis la ideon ke mi povus trakti Danin krude. Eble ŝi simple juĝis laŭ siaj propraj spertoj.

Fine estis tempo eniri en la klinikon.

Mi prezentis min kaj Marie-France-on per ŝia vera nomo, ĉar tiun mi donis, rezervante la tempon de konsulto. Oni petis ŝin identigi sin, kaj mia koro ekbatis, kiam ŝi montris sian francan identigan karton. Kio okazos, se oni ne akceptos tiun sed postulos pasporton? Sed evidente la virino malantaŭ la skribtablo rigardis la karton ĉefe por trovi, kiel la nomo de la paciento estas skribata. Do, ĉio en ordo. Cetere, ĉi-momente ambaŭ niaj pasportoj kuŝis sekure en la akceptejo de la hotelo.

Post iom da dokumenta umado mi devis pagi por la traktado, kaj poste ni sidiĝis por atendi. Post dudek minutoj aperis mezaĝa flegistino, kiu vokis ke Marie-France Deschamps venu kun ŝi.

"Vi povas hejmeniri kaj reveni morgaŭ, sinjoro", ŝi diris, vidante ke ankaŭ mi stariĝas.

"Mi prefere akompanu. Mia fianĉino scias eĉ ne unu vorton de la angla."

Fakte ŝi supozeble ja konis almenaŭ la signifon de 'love', same kiel Dani, sed nun ne estis taŭga momento, nek taŭga loko por tiu vorto.

Kun videbla malŝato la flegistino permesis al mi akompani. Evidente viroj ĉi tie ne estis tre bonvenaj. Verŝajne oni rigardis nin ĉefe kiel kaŭzantojn de problemoj. Ni promenis tra koridoro, tra alia koridoro, supren laŭ ŝtuparo, reen laŭ tria koridoro. Fine ni venis en esplorĉambron kaj povis sidiĝi, mi sur seĝo, Marie-France sur la flanko de esplorbenko.

"Oni ekzamenos vin, donos al vi hormonan pilolon kaj razos vin, poste vi atendos du horojn, kaj post tio vi venos en operaciejon, kie oni aplikos vakusuĉan metodon por evakui vian uteron. Kiam tio estos preta, vi restos ĉe ni dumnokte. Se ĉio estos en ordo, vi reiros hejmen morgaŭ matene aŭ tagmeze. Vi metu duoblan menstrusorbilon aŭ vindaĵon, ĉar vi plu sangos dum kelkaj tagoj. Se vi sangos tre multe, aŭ dum pli ol du semajnoj, vi devos reveni ĉi tien por kontrolo."

Mi klopodis laŭeble enŝovi francan interpreton inter la frazoj de la flegistino, sed evidente ŝi ne vere kredis je interpretado, ĉar ŝi lasis malmulte da tempo por ĝi. Anstataŭe ŝi preferis paroli pli laŭte kaj energie ol antaŭe. Do, partojn mi devis memorfiksi kaj resumi post la fino.

"Reveni ĉi tien?" diris Marie-France. "Tio ja ne eblos."

Mi klarigis al la flegistino ke ni devos tuj reiri al Parizo.

"Bone, do al franca hospitalo, se necesos."

"Kaj se jes, ĉu oni tie vidos ke ŝi trapasis abortigon?"

La flegistino rigardis min eĉ pli malŝate ol antaŭe.

"Oni vidos ke okazis aborto, sed ĉu spontana aŭ induktita, ne facilos konstati, almenaŭ ne kun certeco."

Post tio mi devis forlasi la lokon, dum Marie-France restos tie sola ĝis morgaŭ, sen kapablo komuniki, krom se aperus kulture klera kuracisto, kiu ŝatus praktiki sian lernejan aŭ turistan francan lingvon. Mi lasis al la flegistino mian hotelaĉan adreson, por la okazo de ia krizo. Kaj el tio sekvis ke mi posttagmeze kuraĝis nur mallonge forlasi la hotelon por manĝi frititajn fiŝon kaj terpomfritojn surstrate kaj trinki tason da teo en kafejo. Vespere mi finfine faris rapidan viziton en bierejo. Sed la pliparton de la tago mi pasigis en la hotelĉambro, en akompano de Rastignac, la idealisma studento, kiu fariĝas socia strebulo en la Pariza mondo de Balzac. Ankaŭ li tie rilatas al du pimpaj parizaninoj, sed ili estas riĉaj kaj senkoraj anoj de la mondumo, do ĉiel rekta malo de miaj du amikinoj.

Mi pasigis duan nokton kun malmulte da dormo en la hotellito, ĉi-foje sola. Tra mia cerbo rondiradis ĉiaspecaj fantazioj pri kio povus fuŝiĝi. Fakte mi ne sciis, kio povus malsukcesi pri la traktado de Marie-France, sed mi antaŭvidis en mi ke ŝi devos iri al hospitalo en Parizo kaj estos denuncita pro kontraŭleĝa abortigo, kaj eble mi estos akuzita pro helpo al tiu krimo, kaj eble ankaŭ Dani, se oni malkovros la uzon de ŝia pasporto por veni en Brition. Kaj se tiu malkovro okazos dum la reveturo, ĉu ni entute povos reeniri Francion? Mi imagis nin kondamnitaj eterne navedi tienreen per Manika pramo, povante eniri nek Francion nek Brition, kiel fluganta holandano. Fine mi estis tute konfuzita kaj nur sentis kirladon de vanaj pensoj en la krania bovlo.

Vekiĝante matene mi tamen komprenis ke mi sukcesis almenaŭ iomete dormi. Mi kolektis ĉiujn niajn aferojn, kio cetere estis malmulte, kaj forlasis la hotelon. Post simpla matenmanĝo en kafejo mi ekiris al la hospitalo, devis atendi tie dum pli ol horo sed finfine povis renkonti Marie-France-on. Mi antaŭvidis ricevi raporton de flegistino pri tio, ĉu ĉio pasis sukcese, sed neniu plu volis paroli kun mi; oni simple lasis min akompani ŝin for de la kliniko. Malrapide ni do promenis al la bushaltejo.

"Ĉu vi renkontis iun en la hospitalo, kun kiu vi povis paroli?" mi scivolis.

Ŝi kapneis.

"Kaj ĉu vi dormis ĉi-nokte?"

"Jes. Mi pensas ke oni donis al mi dormigilon."

Mi klopodis imagi, kiel estus se mi devus kuŝi en hospitalo de fremda lando, ne komprenante, kion oni diras kaj faras al mi.

"Kiel vi nun sentas vin?"

"En ordo, sed sufiĉe laca. Mi sentas preskaŭ nenion de la operacio. Nur obtuzan doloron, kiel... nu, proksimume kiel ĉiumonate."

"Do, certe ĉio estas en ordo. Se ne, oni ne lasus vin foriri."

Enbuse ni sidiĝis en la suba etaĝo, same kiel venante ĉi tien. Hieraŭ reirante mi tamen elektis sidi supre, ĉar mi esceptokaze en la vivo havis okazon iri per duetaĝa buso, eĉ se tio ja estis iom infaneca. Sed kiam ni iris al la hospitalo, mi timis ne sufiĉe rapide elbusiĝi ĉe la ĝusta haltejo, kaj tial ni restis sube. Kaj nun reirante, mi ne povis devigi Marie-France-on supreniri laŭ la kruta ŝtuparo post ŝia hospitala restado. Anstataŭe mi klopodis igi ŝin rakonti pri la traktado en la kliniko.

"Ne zorgu pri tio", ŝi diris. "Ĝoju ke tio ne estas via afero."

"Ĉu oni anestezis vin?"

"Mi pensas ke ne."

"Ĉu doloris?"

"Iomete, sed pli multe poste, kiam mi eksangis. Sed lasu tion, Urso. Mi ne plu volas pensi pri tio." Do ni silentis kaj rigardis la londonanojn enbuse kaj ekstere surstrate. Ili aspektis urĝataj sed normalaj, ne tre laŭmode vestitaj, laŭ mia kompreno. Neniu similis al Twiggy; male pluraj estis sufiĉe dikaj, tamen apenaŭ pli multaj ol en Parizo.

Metroe ni revenis al la stacidomo de London Bridge, kie mi matene lasis la valizon, kaj post nelonge ni sidis en trajno al Dover. Baldaŭ ni povis denove eniri pramon, trapasinte la britan limkontrolon senprobleme. Estis eĉ pli varma vetero ol antaŭhieraŭ, kiam ni vojaĝis al Anglio; sekve ni evitis la sunon kaj la vidaĵon al la maro kaj restis en salono dum la tuta transiro de Maniko, sentante la ondojn mole luli nin. Mi devis preskaŭ senĉese lukti por ne endormiĝi. Marie-France volis nenion manĝi en la pramo, do mi aĉetis por ni nur trinkaĵojn kaj sandviĉon por mi mem, dum ŝi vizitis necesejon por ŝanĝi menstrusorbilojn. Baldaŭ ni estis denove sur franca tero, kaj nur tiam mi memoris ke mi devus esti nervoza pro la pruntita pasporto. Sed refoje la kontrolisto nur gestis al ŝi preterpasi, vidante la malhelbluan kajeron en ŝia mano. Kaj vespere post plua trajnvojaĝo, ĉi-foje en vagono preskaŭ senhoma, ni retrovis nin en la hejma apartamento en Belleville.

Dani akceptis nin ambaŭ tre ame kaj regalis nin per freŝa salato kaj raguo, kiun ŝi kuiris jam hieraŭ vespere kaj nun revarmigis.

"Vi devos resti hejme por ripozi enlite dum kelkaj tagoj", ŝi diris al Marie-France. "Urso flegos vin, ĉu ne?"

"Mi ne povos", replikis Marie-France. "Necesos labori, kvankam nun mi preskaŭ vomemas pro laceco. Sed vi ja diris al la butikestro ke mi suferas de stomakmalsano, ĉu ne? Ĝi ne povos daŭri tre longe."

"Nu, morgaŭ mi denove telefonos al la butiko por anonci ke vi ne resaniĝis kaj tute ne povos labori ĉi-semajne."

"Bone, morgaŭ mi ripozos. Poste ni vidu. Dependos de la sangado."

Dani aĉetis ankaŭ vinon, kaj post kelka tempo Marie-France iom vigliĝis. Ili ambaŭ babilis kaj ridis preskaŭ same gaje kiel kutime, dum mi male iĝis ege dormema pro la vino kaj baldaŭ sternis mian matracon surplanke kaj min mem surmatrace, pelinte la knabinojn en la dormoĉambron. Kaj lulata de ilia plua babilado kaj de la vagona ritmo ankoraŭ sentata en mia korpo, mi sinkis en dormon kaj sonĝis pri trajnvojaĝo, nekomprenebla babilado kaj diverskoloraj pasportoj.

Ĉapitro II

Treti vinberojn

Dum mi okupiĝis pri preparoj por la vojaĝo al Londono, denove okazis tumultoj kaj provoj starigi barikadojn en la Latina Kvartalo. Tiufoje tamen la gvidantoj de la studentoj klopodis instigi al trankvilo kaj ordo. Ili opiniis ke la franca popolo jam laciĝis de la malordo. Malgraŭ tio, kiam Marie-France kaj mi sidis en la trajnoj kaj pramo survoje al Londono, la polico duafoje eniris Sorbonon kaj evakuis ĝin, same kiel la teatron Odéon. La homoj tranoktantaj en la universitato evidente povis nenion fari kontraŭ la polico. Ŝajne oni revenis al la komenca situacio kaj la studentoj sume atingis nenion.

Nun, reveninte en Parizon, mi atendis ke almenaŭ la fino de mia kurso okazos en pli-malpli organizita formo kun ekzamenoj, sed tiu supozo ne plenumiĝis. Dank' al la knabinoj mia rego de la franca jam estis bona, kvankam eble ne en la plej alta Sorbona stilo. Sed la literaturaj studoj ne atingis preter Hugo kaj Balzac. Verŝajne oni povus rigardi tion kiel simbolan esprimon de la eksmoda franca instrusistemo. Ĉi-okaze tamen ja kulpis ne nur la konservemo de la profesoroj, sed krome la ribelemo de la studentoj.

La organizita instruado kaj ekzamenado do ankoraŭ ne funkciis. Tamen mi klopodis plu legi gravajn literaturaĵojn el la mezo de la deknaŭa jarcento, sed malfacilis al mi motivigi min koncerne kelkajn verkistojn. Unue mi ne sukcesis interesiĝi pri Flaubert, trovante ke li senteble malestimas siajn protagonistojn. Verŝajne mi estis naivulo, pensante ke aŭtoro ŝuldas respekton al siaj kreitoj. Poste kaŭzis al mi problemon Baudelaire, simple ĉar mi tute ne kutimis legi poezion, kaj lia *Floroj de l' malbono* ŝajnis al mi tro multvorta, kvankam kelkloke ja bela. Plej interese estis konstati, kion li tiuepoke ne rajtis diri senpune, ekzemple ke la amata nuda

kuŝis do kaj lasis sin ami sen avaro,
Kaj de l' divana supro ridete ŝi konsentis
Al mia am' profunda kaj milda kiel maro

Legante tion mi kompreneble ne povis ne pensi pri Dani, al kiu mia amo evidente ne estis sufiĉe milda. Iutage mi montris al ŝi la poemaron de Baudelaire, kaj ŝi vere legis ie-tie en ĝi, kelkfoje eĉ ridante en sia kutima maniero, tamen sen komenti la poemojn al mi.

"Ŝajne ĝi plaĉas al vi", mi diris.

"Li estas tro pompa", ŝi deklaris. "Tamen kelkloke estas amuze."

Mia iama interkonsento kun ŝi ke ni kune vizitos bibliotekon neniam realiĝis. Sed nun mi finfine sukcesis venigi ŝin en grandan librejon ĉe la bulvardo de Magenta. Mi devis konfesi ke la etoso tie estis iom tro solena ankaŭ por mia gusto. Kiam mi demandis mezaĝan komizinon pri verkoj de Simone de Beauvoir, ŝi proponis al mi *La dua sekso*. Kvankam ĝi ŝajnis al mi tro teoria, mi aĉetis ĝin por tuj donaci al Dani.

"Dankon, Urso! Mi pensos pri vi, dum mi legos ĝin", ŝi diris kun rideto ne tute natura.

Ni iom supraĵe rigardis aliajn eksponatajn librojn, sed ŝi mem ne volis aĉeti ion, nek demandi pri iu verko. Do el ŝia vidpunkto la vizito sendube okazis ĉefe por komplezi al mi.

Post la lastaj tumultoj jam retrankviliĝis la stratoj de Parizo. Multaj studentoj jam komencis reiri al siaj hejmoj en la provincoj. Mi memoris unu el amaso da afiŝoj, kiun mi vidis en Sorbono dum la tagoj de studenta regado tie: 'Ĉi-somere ne iru en Grekion – Grekio estas ĉi tie!' Verŝajne oni volis diri ke la franca reĝimo egalas faŝisman diktaturon. Sed nun en la socio ĝenerale dominis kampanjoj de la partioj antaŭ la parlamentaj elektoj.

Antaŭ monato, en majo, la maljuna generalo de Gaulle faris sufiĉe konfuzan impreson. Jen li vortatakis la studentojn, dirante ke ili "fekas enlite", jen li minacis rezigni sian postenon, jen li vojaĝis eksterlanden aŭ malaperis por konspiri kun la gvidantoj de la armeo. En la fino de majo ĵurnaloj eĉ raportis ke oni vidis tankojn kolektiĝi ĉirkaŭ Parizo. Kvankam la parlamentaj elektoj ne tuŝos lian rolon de prezidento, tamen ekzistis espero rompi la potencon de lia partio.

Dani estis tro juna por voĉdoni, sed Marie-France samaĝis kun mi kaj nun rajtis unuafoje partopreni en la parlamenta elekto. Je mia surprizo ŝi tamen ne iris al la balotejo. Kaj tamen ili ambaŭ ĉiam ripetadis ke "dek jaroj sufiĉas", aludante al la regado de la generalo. "La politikistoj faras nenion por ni", diris Marie-France. "Ili nur babilas kaj grasigas sin mem kaj siajn amikojn. Kial do voĉdoni?" "Eble ĝuste tial", mi diris. "Vi ja volis forigi la gaŭlistojn. Do vi devus subteni la kandidatojn de la opozicio, ĉu ne?" "Ne indas. Ili agus same, se ili gajnus la elekton." Dani konsentis kun ŝi, aldonante plian argumenton. "Tiuj elektoj ne estas vera demokratio. Eĉ se mi havus la aĝon, mi tamen bojkotus ilin."

Kaj kiam publikiĝis la kalkulo de voĉoj en la du sinsekvaj elektookazoj, aperis konsterna rezulto. La maldekstro ŝrumpis – cetere jam antaŭ la elektoj oni malpermesis kelkajn etajn organizaĵojn de la ekstrema maldekstro. La gaŭlista partio kreskis kaj atingis propran plimulton en la parlamento. Ĝi ne plu bezonos koalicion kun aliaj konservativuloj por formi registaron.

Reveninte el Londono, Marie-France estadis laca kaj malgaja. Post kelkaj tagoj ŝi rekomencis labori, sed supozeble ŝi plu malfortis. Kiam mi la kvinan aŭ sesan fojon demandis, ĉu ŝi plu sangas, kaj kiom, ŝi paŭtis. "Ne zorgu pri tio, Urso. Tio estas virina afero. Ni kutimas je ĝi." "Jes, sed la flegistino diris ke..." "Ne zorgu."

Do, mi lasis tion. Cetere mi devis prepari min por la tago, kiam mi forlasos ilin ambaŭ kaj revojaĝos de Parizo en Svedion. Mi komencis ordigi miajn posedaĵojn por decidi, kiom el ili mi povos kunporti hejmen. La francan literaturon mi specigis; kelkajn verkojn mi kunportos, la ceterajn mi donacos al Dani. Verŝajne ankaŭ ŝi ne tre aprezos ĉion, sed ŝi almenaŭ havos ŝancon vastigi sian guston, se ŝi volos. Kiel mi antaŭe supozis, la kurso neniam atingis ŝian tipon de literaturo, kvankam mi neniam povus antaŭvidi ke oni starigos stratajn barikadojn, blokante la aliron al ĝi.

Post mia reveno el Londono mi neniam vere reintimiĝis kun Dani. Kompreneble mi sentis iom da honto pro mia senintenca konsolado de Marie-France en la unua hotela nokto. Dani certe nenion povus suspekti, sed ŝajne ni ambaŭ iĝis iom sinĝenaj unu antaŭ la alia. Ni ja kelkfoje denove kuŝis kisante kaj karesante nin, sed iel plumpe, mallerte aŭ eble malaŭdace. Mi ne certis, ĉu ĉefe ŝi aŭ mi baris la intimaĵojn. Eble ni ambaŭ samgrade. Iel mi sopiris je ŝi, eĉ kiam mi kuŝis tenante ŝin en miaj brakoj, kvazaŭ mi sopirus ne al la reala ŝi, sed al iu iama, aŭ al mia revo kaj espero pri ŝi. Ĉu vi komprenas min? Verŝajne ne. Fakte mi eĉ mem apenaŭ komprenas tiun senton.

La Esperanto-kurso de Dani jam ĉesis por la somero, sed unu vesperon Christian aperis ĉe ni por provi persvadi ŝin aliĝi al la SAT-kongreso en Utreĥto.

"Mi ne povas. Mi ne havas monon", ŝi diris.

Nature ŝi ne menciis, ke ŝia ŝparaĵo foruziĝis por la vojaĝo de Marie-France en Londonon.

"Se vi vere volus, verŝajne eblus iel aranĝi pri mono", li diris.

"Vi devus uzi ĉiun okazon por ekzerci vin, kaj ne tuj ŝanĝi al la franca, kiam tio eblas."

Dirante tion al ŝi, li rigardis min kviete sed malaprobe. Evidente mi tre elrevigis lin en mia rolo de esperantisto. Ial li akuze nomis min aligatoro – jen stranga insulto, kiun mi tamen ne prenis tre serioze.

"Sed mi fakte ne povas vojaĝi al Holando", respondis Dani. "Mi ferios nur meze de aŭgusto, kaj tiam mi iros al la gepatroj por helpi pri la vinberoj."

"Nu, pripensu ankoraŭ kaj sciigu al mi, se vi volos kuniri."

Pli malfrue vespere, kiam Chris delonge foriris, mi petole ĉasetis ŝin tra la ĉambroj por elpeti kison. Fine ŝi sidiĝis sur la litorandon kun la kruroj kaj brakoj krucitaj, montrante al mi petole spitan mienon. Mi kaptis ŝian piedon kaj detiris la ŝueton.

"Gardu vin; mi estas aligatoro!" mi grakis, mordetante ŝiajn piedfingrojn.

"Ĉesu tikli min!" ŝi petis, milde puŝante min perpiede.

"Do, ĉu vere eblas treti vinberojn per tia piedeto?" mi kaĵolis. Ŝi ekridis, mi provis kisi ŝian piedon, ŝi kontraŭbaraktis kaj ni falis pelmele sur la liton, kie jam kuŝis Marie-France.

"Ĉesu pri tio", diris tiu, penante puŝi nin for el la lito. "Se vi volas kunkuŝi, iru al la matraco."

"Bona ideo", mi diris kaj tiris Danin denove supren. Sed ŝi eskapis el miaj manoj.

"Oni ne plu tretas ilin piede", ŝi diris. "Ekzistas maŝino. Do eĉ viaj piedegoj ne utilus."

"Sed mi aŭdis studentojn diri ke ili planas iri suden en la ferioj por treti vinberojn."

"Stultaĵo. Nu, povas esti ke en iu forgesita paroĥo pli fore. Aŭ en Italio kaj Hispanio, eble."

Miaj lastaj tagoj en Parizo fine de junio pasis rapide. Mi tre malĝojis forlasi Danin, sed samtempe mi nun unuafoje komencis sopiri je Lund, miaj konatoj tie kaj mia ĉambreto. Supozeble ankaŭ Dani bedaŭris nian baldaŭan disiĝon. Ni ne multe parolis, kaj ŝiaj ridoj aŭdiĝis malpli ofte ol kutime. Estis kelkaj malgajaj tagoj. En la urbego regis terure sufoka varmego, kaj surstrate, kaj en nia apartamento. La parizanoj ŝvitis, grumblis kaj kverelis. Ankaŭ pro tio mi eksopiris je pli norda klimato.

Marie-France tamen resaniĝis kaj denove iĝis pli parolema, preskaŭ kiel antaŭe.

"Ne forgesu nin, Urso", ŝi admonis. "Vi devos skribi leterojn, ĉu ne? Kaj se vi revenos por nova studado aŭ por ferii, promesu veni ĉe nin. Ni konservos vian matracon por la estonteco."

Ŝi krome ripetis la promeson ŝpari monon por iam repagi al mi la prunton. Denove ŝi nomis min tre bonkora urso. Nek dum nia Londona vojaĝo, nek iam poste ŝi eĉ unufoje menciis la nomon de Henri. Tamen ŝi sendube ja pensis pri li, kaj mi tute ne certis ke ŝi neniam rekontaktos lin. Malgraŭ lia fia konduto al ŝi, kaj malgraŭ sia granda elreviĝo, ŝi verŝajne plu sentis ian strangan estimon aŭ eble amon al li. Tiel mi supozis, sed eble mi nur fantaziis.

Pakante miajn aferojn, mi foje turnis min al Dani.

"Mi bedaŭras ke vi neniam pentris portreton de mi, kiel vi iam anoncis. Nun vi eble baldaŭ forgesos min."

"Ne timu, mi ne forgesos. Nek vian vizaĝon, nek ion ajn alian. Sed se vi timas ke ni forgesos nin, ni povos fari fotojn en la Norda stacidomo, antaŭ ol vi foriros. Tie ekzistas budo, kiu fotografas aŭtomate."

"Bone, ni faru tion."

"Kaj se vi volas, vi povas preni ĉi tion."

Ŝi demetis sian malgrandan memportreton de la muro kaj metis ĝin en miajn manojn.

"Ĝi aspektas terure, sed jen eble mia vera animo", ŝi aldonis. La portreto efektive ne tre similis ŝin. Precipe pri la buŝo ŝi malsukcesis. Ŝia vera buŝo estis ĉarma, kisinda, sed tiu sur la bildo impresis iel malice kaj estis oblikva. La tuta esprimo de la portreto ŝajnis al mi spita, defia.

"Ĉu vi serioze volas donaci ĝin?"

"Certe. Prenu ĝin por timigi viajn ontajn amikinojn."

Feliĉe ĝi mezuris nur proksimume 25 oble 35 centimetrojn, do ĝi estis sufiĉe malgranda por eniri valizon, kie mi envolvis ĝin en mian vintran puloveron, por ke ĝi eltenu la transporton tra Eŭropo. Mi bedaŭris nur ke mi havas nenion de simile persona valoro, per kio rekompenci ŝin. La volumoj kun verkoj de Corneille kaj Racine, kiujn mi lasis al ŝi, valoris nenion kompare, kaj pri *La dua sekso* ŝi ankoraŭ ne montris grandan intereson. Eble tamen Rabelezo povos amuzi ŝin.

Vespere la dudekokan de junio mi ekiris de la Norda Stacidomo per nokta trajno al Kopenhago. Dum Marie-France restis hejme, Dani akompanis min tien por adiaŭi.

"Urso, mi tre ĝojas ke vi loĝis ĉe ni dum ĉi tiu tempo", ŝi diris ridetante. "Mi neniam forgesos tion. Ĉu vi pensas ke ankaŭ vi memoros nin?"

Mi klopodis rideti, kvankam mi volus plori.

"Mi memoros ĉion. Sed ĉu vi do ne volos renkonti min denove?"

"Komprenele mi ŝatus tion", diris Dani. "Sed mi ne certas, ĉu tio eblos."

"Eble en iu estonta Esperanto-kongreso?"

"Nu, povos esti."

"Aŭ vi venos viziti min?"

"Aŭ vi min."

"Venontfoje estos via vico viziti!" mi diris en ŝajnigite infaneca tono.

Ŝi ridis.

"Sed pli malfacilas por mi. Mi ne estas studento." Tio estis eta komedio, kompreneble, kiu povus titoliĝi *La geamantoj pro imago* de Molière. Mi demandis min, ĉu ŝi jam scias ke ni ne revidos unu la alian. Kaj ĉu mi mem certas pri tio. Ni povus daŭrigi tiun petoladon senfine, sed la internacia fervoja horaro ne permesis tion. Mi devis kiseti ŝin trifoje ĉe la vangoj, kaj poste kisegi ŝin unu lastan fojon sur la buŝo. Ŝi ne forturnis la kapon sed apenaŭ reciprokis la kison. Nur tre etan movon de ŝia lango mi perceptis, kvazaŭ pli pro ĝentileco ol pro pasio.

Cetere mi mem ja ne estis vera pasiulo. Ne kun ŝi, kaj eble ankaŭ ne kun vi. Kion fari? Iuj ŝajne naskiĝas pasiuloj; aliaj estas kiel mi.

"Feliĉan vojaĝon!" ŝi diris.

"Dankon. Ĉion bonan al vi, Dani! Kaj donu mian saluton al Marie-France!"

"Fartu bone kaj ne maltrankvilu pri mi, Urso. Miaflanke mi estas optimisto. Mi certas ke la vivo estos bona por ni ambaŭ, mi ĉi tie kaj vi en via bela Svedio. Ĝis!"

Mi envagoniĝis. Oni blovis fajfilon kaj frapfermis la pordojn. La trajno ekruliĝis. Mi rigardis eksteren tra fenestro kaj vidis ŝin foriri sur la kajo, ne turnante la kapon en mia direkto. Dum la trajno ruliĝis tra la nordorientaj kvartaloj kaj antaŭurboj, mi elpoŝigis la du nigra-blankajn fotetojn faritajn per aŭtomato survoje al la trajno. Ni ambaŭ eniris, ŝtopante la budeton, celante fari du fotojn, kie ni ambaŭ aperu de antaŭe, unu apud la alia, kaj du profilajn, kisante unu la alian. La rezulto ne estis tre sukcesa, kaj Dani ege ridis, kiam la aŭtomato post kelkaj minutoj liveris al ni bendon kun kvar kaosaj bildoj de duonaj vizaĝoj. Mi nun studis la duopon, kiun mi ricevis, kiam ni dividis la bendon. Nu, sendube ili estos ia memoraĵo. Tiu provo interkisi fakte fariĝis same malsukcesa kiel la unua, kaj tio eble estis trafa bildo de nia rilato.

Reveninte al Lund, mi tuj komencis labori en purigista skipo de la hospitalo, laŭ interkonsento farita perletere jam en aprilo. Mi revenis al mia malnova loĝejo, kiun mi subluigis dum la printempa semestro. Malgraŭ la konataj medioj kaj la konata laboro, la vivo dum la unuaj semajnoj ŝajnis al mi iel nereala. La urbo estis ne nur malgrandega kompare kun Parizo, sed nun somere, kiam forestis la plej multaj studentoj, ĝi ŝajnis ege kvieta, dormanta aŭ eĉ efektive mortinta.

Vi certe scivolas, kial mi ne tuj pensis pri vi, reveninte al niaj kutimaj lokoj. Kial mi ne klopodis ekscii, kie vi estas kaj kion vi faras? Kial mi eĉ ne kontaktis viajn gepatrojn, malgraŭ la letera demando de via patro?

Sincere, Ingrid, mi ne scias kial. Mia menso estis tiel plena de la granda ŝanĝo kaj de la aferoj okazintaj en Parizo. Mi laboris kvazaŭ en anestezo kaj vivis kvazaŭ en sonĝo, aŭ eble pli ĝuste en la stranga sento de malrealeco, kiun oni foje spertas vekiĝinte el intensa sonĝo.

Krome mi kompreneble devis okupiĝi pri aro da praktikaj detaloj rilate al la hejmenveno, pri mono, pri mia loĝejo, pri la venonta aŭtuna studado, pri la mensogo al miaj gepatroj. Entute mi bezonis iom da tempo por fariĝi eksparizano.

Dum ĉi tiu somero la artmuzeo de Lund prezentis unikan grandan ekspozicion de erotika arto, kiu vekis multe da atento kaj komentoj. Normale mi ne vizitus la muzeon, krom se vi venigus min tien, sed ĉi tiu temo ja allogis min. Ne nur min, cetere, ĉar oni raportis pri rekorda nombro da vizitantoj. Mi trairis la halojn, rigardante ĉiujn pentraĵojn, desegnojn kaj skulptaĵojn, sed ju pli mi rigardis ilin, des malpli erotikaj mi trovis multajn el la artaĵoj. Verŝajne mi havis tro romantikan vidpunkton pri seksaj aferoj, ĉar ĉi tiuj vulvoj kaj penisoj efikis al mi preskaŭ malekscite, eble kun escepto de kelkaj verkoj el ekstereŭropaj kulturoj, kie oni ŝajne ne forgesis ke erotiko povas esti ankaŭ ludo kaj amuziĝo, ne nur tekniko kaj atletiko. Nu, eble mi tutsimple estis en vivsituacio maltaŭga por tiu ekspozicio, ĉar mi vivis en nevola celibato. Se mi povus spekti ĝin kun vi, mi sendube havus pli da ĝuo. Aŭ eĉ pli volonte kun Dani. Mi povis imagi ŝian elkore gajan ridon eĥiĝi inter la seriozaj artamantoj en la muzeo, se ŝi havus okazon vidi ĉi tion. Dum kelka tempo mi sukcesis ĝui la artaĵojn iomete pli, imagante amuzajn komentojn, kiujn ŝi povus fari pri ili. Sed tiu plezuro ne daŭris tre longe.

Kaj cetere, tio estis plene nerealigebla fantazio; Dani ja neniam vizitus artmuzeon, kiu servas nur la mondumon, kaj kie ŝi ne sentus sin bonvena.

En la komenco de aŭgusto telefonis via patro. Tuj aŭdante lian voĉon kun la leĝera skania akĉento, kiu sendube paliĝis dum liaj multaj jaroj en Stokholmo, mi eksentis konsciencriproĉon. Sed li ne donis al mi tempon pardonpeti pro tio ke mi ne respondis al lia letero.

"Ingrid nun estas ĉe ni", li diris. "Ni ĝojas pro tio, kompreneble. Tamen ŝi ne fartas bone."

"Ĉu?" mi diris. "Kio do mankas al ŝi? Kio okazis?"

"Ni ne scias detalojn. Ŝi rifuzas paroli."

"Ĉu vere? Strange. Sed kiel okazis tio ke ŝi venis al vi?"

"Tio estas longa historio, kaj mi ne scias tre multe. Ŝi rakontis praktike nenion. Sed ni pensas ke la sekto, en kiu ŝi kaŝiĝis, simple krevis aŭ implodis."

Mi ne sciis, kion diri pri tio.

"Ĉu mi povas paroli kun ŝi?" mi tamen demandis post kelktempa pensado.

"Ŝi ne volas. Mi ne sukcesos venigi ŝin al la telefono. Sed mi ekhavis la ideon ke se vi venus ĉi tien, eble ŝi akceptus diri ion al vi. Ĉu vi povus tion? Ni estas en la somerdomo, en la insularo."

Jen sufiĉe stranga peto, mi pensis. Aŭ almenaŭ neatendita. Sed iel mi sentis ekĝermi en mi ian deziron revidi vin. Kompreneble tio estus embarasa revido, des pli se vi krome ĉesis paroli. Vi tamen ja ne povos muti por ĉiam, ĉu?

"Nu, mi ja volus", mi diris, "sed mi plu laboros ankoraŭ du semajnojn. Kaj verŝajne semajnfino iom mallongas por iri tien-reen al via somerdomo."

"Eble vi pravas. Do, ĉu vi povus veni post tio? Ni pagus la vojaĝon, kompreneble, kaj vi povus resti ĉi tie tiel longe, kiel vi volas."

Mi iom hezitis, sed mi sentis ke mi iel ŝuldas al vi fari provon, malgraŭ la stranga letero, kie vi rompis la kontakton.

"Bone, mi do venos al vi. Sabate la dudekkvaran, se tio konvenos al vi."

"Dankon. Bonege. Espereble vi povos malŝlosi ŝin. Mi ĉiam konsideris vin stabiliga faktoro en ŝia vivo."

Tiel diris via patro, kaj jen kial mi akceptis veni al vi en la fino de aŭgusto. Kiom mi sukcesis pri tiu malŝlosado kaj stabiligo, vi scias pli bone ol mi.

Do mi plulaboris, tamen ne kun la sama entuziasmo kiel la antaŭan jaron, kvankam mi jam de tiam konis kelkajn el la kolegoj. Eble kulpis mi mem, ĉar mia menso estis plenplena de pensoj pri vi, kiun mi jam perdis, kaj pri Dani, kiun mi sendube ankaŭ perdos. Kaj la necesan viziton ĉe miaj gepatroj mi ankoraŭ prokrastis. Mi tamen ne povis eviti la devon telefone rakonti pri la monatoj en Parizo, inkluzive de la terura incidento, kiam lerta poŝŝtelisto kaptis mian tutan restantan monon, kiun mi ĵus elprenis el la banko. Mi devis do agnoski ke Panjo iam tute pravis, avertante min pri la danĝeroj de la urbego.

"Nu, plej gravas ke vi jam estas sekure en Svedio", ŝi nun diris telefone. "Ĉu vi estas kontenta pri la studado?"

"Nu, pli-malpli. Almenaŭ la lingvon mi sufiĉe alproprigis."

"Verŝajne vi jam fariĝis duone franca, ĉu ne?"

Mi bonvole ekridis, pensante ke mi tamen ne franciĝis, sed eble mi ja spirite duoniĝis, postlasante unu duonon ĉe la strato Ramponeau en Belleville. Al Panjo mi tamen ne povis mencii tiel stultan penson.

Merkrede en la lasta semajno de mia purigista laboro, unu el la koleginoj, kiu cetere estis filino de profesoro pri historio, direktis sin al mi kaj kelkaj aliaj super sia sitelo da lavakvo.

"Ĉu vi aŭdis? Nun la rusoj eniris Ĉeĥoslovakion!"

"Ĉu vere?" diris mi.

"Jes, per tankoj kaj armeo. Ili finis la Pragan printempon. Dubček estas kaptita kaj transportita al Moskvo."

Tio ŝokis min. Mi memoris, kiam mi en Parizo aŭdis pri la promesplenaj decidoj permesi liberan debaton kaj nuligi la cenzuron. Ĉu nun tio finiĝos per brutala perforto? La ideo ke la mondo plejparte evoluas en pozitiva direkto ŝajnis pli dubinda ol iam ajn.

Ĉapitro 12

Ruĝa gardisto

Certe vi memoras ke mi jam unufoje vizitis kun vi la somerdomon de via familio en la Stokholma insularo. Tiufoje, je Pentekosto en la mezo de majo 1967, kiam ni estis koramikoj de nur tri monatoj, ni venis tien per la aŭto de viaj gepatroj. Nun, trajninte al Stokholmo, mi iris aŭtobuse de Jarlaplan al Åsättra sur la insulo Ljusterö. De tie via patro veturigis min la lastajn kilometrojn al la flava duetaĝa lignodomo situanta en eta ĝardeno kreita iam en pli frua epoko meze de la roka marborda pejzaĝo. Mi alvenis sabate posttagmeze. La suno brilis de helblua ĉielo kun iom da kumulusoj, kaj el la maro blovetis brizo. Via patrino preparis manĝon el moruo kun spinaco, pizoj kaj terpomoj, kaj via patro iris en la kelon por alporti botelon da vino. "Ion similan vi sendube trinkis ĉiutage en Parizo, ĉu ne?" li diris bonhumore, montrante al mi la botelon.

"Chablis? Eĉ ne unufoje."

Li ridis, ĉu pro mia respondo, ĉu pro nervozeco. Mi okulserĉis vin, sed vi nenie videblis.

La manĝotablo staris en la verando kun vidaĵo al la ĝardenaj pomarboj kaj hortensio inter pinoj, betuloj, sovaĝaj rozarbustoj kaj granitaj rokoj. Kiam ĉio jam pretis surtable, via patro supreniris en la duan etaĝon por venigi vin malsupren, kaj post iom da tempo vi vere aperis kaj tuj sidiĝis. Unue mi apenaŭ rekonis vin pro via magreco kaj la stoplaj haroj. Vi iel ŝrumpis; eĉ la mamoj ŝajnis pli malgrandaj, kredeble ĉar vi ne plu uzis mamzonon. Mi iris al vi por saluti kaj meti brakon ĉirkaŭ viajn ŝultrojn kun la intenco brakumi vin. Ĉu vi memoras, kiel vi reagis? Neniel. Vi diris nenion, faris nenion, eĉ ne turnis al mi la kapon, nek levis la rigardon for de via malplena telero, kies randon via dekstra mano fingrumis kvazaŭ maŝine.

Do ni manĝis. Ankaŭ vi, sed malmulte. Viaj gepatroj konversaciis en afekte leĝera tono, kelkfoje direktante al vi komenton aŭ demandon, al kiuj vi ne reagis. Mi klopodis fari same kiel ili sed verŝajne malsukcesis. Al mi la tuta situacio ŝajnis absurda teatraĵo. Postmanĝe vi reiris al via ĉambro kaj fermis la pordon. Kvankam ĝi eble ne estis ŝlosita, mi ne kuraĝis malfermi ĝin kaj eniri. Ne en tiu unua tago. Vespere via patro rakontis, kion li sciis pri via vivo en la lastaj monatoj. Kiel li skribis en la letero, vi lasis vin kapti de politika sekto.

Laŭ lia kompreno la sektanoj okupiĝis plejparte pri legado kaj parkerigado de la verkoj de Mao Zedong, kiujn ili poste uzis por akuzi ĉiujn aliajn pri burĝeco. Dum vi loĝis kun tiuj personoj, vi nek studis, nek laboris, nek renkontis aliajn homojn. Fine tamen okazis ia krizo, la sekto ŝajne krevis kaj vi subite trovis vin sola kaj konfuzita. Post kelka tempo vi sukcesis kontakti vian pli aĝan fraton, kiu venigis vin ĉi tien. Sed kial vi ne volas paroli, li ne sciis. Li supozis ke temas pri iaspeca ŝoko aŭ psika traŭmato. Viaj gepatroj volis venigi vin al kuracisto aŭ psikologo por esti ekzamenata, sed tion vi rifuzis.

Nu, poste la tagoj pasis sur la insulo. La familio dormis en la supra etaĝo, kaj min oni loĝigis en teretaĝa gastoĉambro. Ankaŭ dum la antaŭa vizito mi dormis tie, kaj vi nokte ŝteliris al mi sed matene reiris supren pro ia familia pudoro. Nun mi kompreneble kuŝis tie sola. Via patrino kuiris, ni manĝis, viaj gepatroj babilis kaj mi klopodis partopreni en la ŝarado. Iam, eble lunde vespere, vi sola ekiris en promeno, aŭ eble mi diru vagado. Mi postsekvis vin kaj post iom ekvagis ĉe via flanko. Kiam vi haltis por sidiĝi sur roko, mi sidiĝis apude. Post kelktempa silento mi ekparolis pri miaj spertoj en Parizo. Tion mi jam faris kun viaj gepatroj, ankaŭ en via ĉeesto dum la manĝoj, sed nun mi unuafoje havis la senton ke vi aŭskultas.

Mi parolis unue pri mia kurso, pri la tedaj prelegoj kaj la malnova franca literaturo. Poste mi menciis la studentajn agadon kaj kontestadon, la manifestaciojn, la barikadojn.

"Tio estas malŝparita peno", vi subite eldiris.

Mi surpriziĝis sed samtempe ĝojis ke vi ekparolis.

"Eble vi pravas. Fakte nun ŝajnas ke la konservativuloj plifortigis sian potencon. Tamen estis provo rompi ĝin, ĉu ne?"

Sed tiufoje vi ne volis diri pli multe. Mi ne povis imagi ke vi tiel transformiĝis nur pro politikaj agado, legado kaj diskutoj. Io kroma sendube okazis al vi. Mi pensis pri la spertoj de Marie-France, kaj poste pri tio, kion la kuracisto faris al Dani. Ĉu ion similan vi travivis? Miaj francaj amikinoj ja tute ne reagis kiel vi, sed homoj havas malsaman naturon kaj reagas diversmaniere al ŝoka travivaĵo, mi pensis.

Marde via patro veturis al Stokholmo por iaj negocoj en sia firmao, sed li planis reveni jam posttagmeze. Post la lunĉo mi petis vin akompani min en promeno al la butiketo de Åsättra por aĉeti kelkajn aferojn. La distanco tien estis pli ol tri kilometroj, sed mi sciis ke ni povos reveturi kun via patro, kiam li revenos de la urbo. Tiufoje mi decidis rakonti pri miaj Parizaj amikinoj kaj mencii ke mi kunloĝis kun ili. Mi ne precizigis niajn interrilatojn, kaj vi ankaŭ ne demandis pri tio. Tamen ŝajnis al mi ke vi aŭskultas sufiĉe atente.

Tiam mi ekhavis ideon, kiu kredeble ne estis tre bona.

"Ingrid, ĉu vi havis amrilaton dum la pasinta printempo?"

Vi rigardis min, kvazaŭ vi apenaŭ scius, pri kio mi parolas.

"Ne", vi diris kaj samtempe kapneis.

"Nu, mi simple scivolas. Tio ja ne koncernas min. Vi tre malĝojas pro io, ĉu ne?"

Vi plu kapneis.

"Necesis pli bone uzi la tempon", vi diris.

Mi ekridis sed tuj glutis la ridon.

"Ĉu eblas? Kio do estas pli bona uzo?"

Sed al tio vi ne respondis.

Ni plu sidis dumlonge unu apud la alia sur roka deklivo apud la vojo, atendante ke la aŭto de via patro ekvidiĝos. Jen kaj jen mi diris ion pri tio, kion mi sentis, revenante al Lund, sed vi ne komentis tion, kaj plejparte ni simple silentis kune. Mi apenaŭ plu povis imagi ke vi kaj mi iam estis intimaj kunuloj, koramikoj, geamantoj.

Merkrede la matenmanĝo okazis en alia etoso. Via patrino kutimis aŭskulti radion, dum ŝi preparis ĝin, kaj kiam ni alvenis por sidiĝi ĉetable, ŝi tuj diris per bedaŭra voĉo:

"Ŝajnas ke la rusoj nun definitive regas ĉion en Ĉeĥoslovakio. Dubček revenis al Prago, kaj la homoj plu protestas surstrate, sed ili povas nenion fari. Kaj en Afriko la ofensivo de Niĝerio intensiĝas. Biafro jam estas tute izolita, kaj la popolo terure malsatas." Tio estis deprimaj novaĵoj, kaj eble pro tio vi decidis laŭtigi vian voĉon.

"Ĉu do estas milito?" vi demandis.

"En Biafro oni ja militas jam delonge", diris via patro.

"Biafro?" vi ripetis, ŝajne ne sciante, pri kio temas. "Sed en Prago?"

"Ne, la ĉeĥoj ne defendas sin per armiloj kontraŭ la invado", respondis via patrino. "Ili nur pasive rezistas."

Ni plu parolis pri tiuj malesperigaj novaĵoj kaj preskaŭ forgesis manĝi, sed tiufoje vi diris nenion plu krom tiu demando. Mi miris ke vi ŝajne eĉ ne memoras, kio estas Biafro, kvankam la milito komenciĝis jam antaŭ jaro. Sendube vi kaj mi iam aŭtune parolis pri ĝi, ĉu ne?

En la sama tago postlunĉe vi kiel kutime supreniris en vian ĉambron. Mi pripensis dum kelkaj minutoj kaj poste sekvis vin. Via pordo estis fermita, sed mi frapetis kaj tuj malfermis ĝin, ne atendante vian respondon. Vi sidis surlite, farante nenion.

"Mi pensis ke vi eble ŝatus fari kun mi promenon ankaŭ hodiaŭ. Eble laŭ la strando, aŭ kie ajn vi volas."

Vi nenion respondis sed stariĝis kaj preterpasis min, forlasante la ĉambron. Mi ne certis, ĉu vi akceptis aŭ rifuzis mian proponon, sed ĉiuokaze mi malsupreniris laŭ la ŝtuparo post vi, kaj tiel ni ambaŭ ekiris de la domo unu post la alia. Ni promenis laŭ la marbordo, preter kelkaj boatremizoj ĝis roka terpinto, kie eblus plonĝi en la maron, sed neniu el ni nun emis naĝi. Estis suna tago kun vento iom pli ol modera, sed tiu vento estis varmeta. Ni sidiĝis sur seka arbotrunko.

"Ĉi tiu dika trunko estas iom surpriza, ĉu ne?" mi diris. "Ja tute mankas grandaj arboj proksime."

"Ĝi drivis ĉi tien antaŭlonge en aŭtuna ŝtormo", vi diris.

Mi tre ĝojis ke vi diris ion ajn, eĉ se temis nur pri trunko kaj ŝtormo.

"Espereble vi baldaǔ estos sufiĉe forta por rekomenci vian studadon en Upsalo aǔ Lund", mi diris. "Aǔ eble en Stokholmo." Vi rigardis min serioze. La silento daǔris eble minuton. Mi estis preskaǔ preta ripeti mian komenton aǔ rekte demandi, kiam vi rekomencos studi. Sed tiam vi fine malfermis la buŝon.

"Mi neniam plu studos en universitato", vi diris.

"Do, kion vi faros?"

"Mi ne scias."

"Vi jam studis dum du jaroj, pli-malpli", mi diris. "Estus granda malŝparo, se vi ne daǔrigus ĝis ekzameno."

Vi rigardis foren al la insuletoj trans la akvovasto, aǔ eble al du ŝternoj, kiuj flugis tien-reen super la akvo, gvatante pri fiŝoj.

"Ne indas", vi flustris kvazaǔ al vi mem kaj poste ripetis tion plenvoĉe al mi: "Ne indas."

Denove sekvis paǔzo, sed jen vi finfine komencis rakonti.

"Mi jam de kelka tempo komprenis ke universitata studado estas burĝa vantaĵo", vi diris. "Kaj kiam mi ekloĝis kun kelkaj aliaj kamaradoj en Upsala loĝkomunumo, mi ekhavis forton ĉesi pri ĝi."

Mi ne volis protesti por ne riski haltigi vian rakonton, do mi faris nur ian krompreneman murmuron. Post paǔzo vi daǔrigis.

"Unue mi planis serĉi ian laboron, kvankam mi ne sciis kian. Sed miaj kunloĝantoj konvinkis min ke tio estus vana. Ili nomis sin ribelantoj, kaj baldaǔ ankaǔ mi konsciiĝis pri la ĝusta vojo. Ni ĉiuj konsentis ke studi en universitato estus malŝparo de tempo, kaj same labori kiel dungito ie. Do ni ĉesis pri tiaj aferoj. Ĉiuj necesaj scioj jam troviĝis en la verkaro de prezidanto Mao Zedong. Nia tasko estis kiel ruĝaj gardistoj disvastigi la Grandan Kulturan Revolucion. Unue ni iris al la kunvenoj de tielnomataj maldekstraj organizaĵoj por konvinki la ĉeestantojn pri tio. Sed ili ne volis aǔskulti; ili jam estis tro influitaj de burĝa pensado. En unu loko oni eĉ perforte elĵetis nin. Tiam ni komencis praktiki profundan kritikon kaj memkritikon por plipurigi nian pensadon kaj eltrovi, kial ni ne sukcesis konvinki la aliajn. Ni komprenis ke ni mem ne povas fari revolucion, ĉar ni estas anoj de la mezaj tavoloj. Nur la laborista klaso povas fari proletan revolucion, evidente. Nia tasko estis veki la laboristojn. Do ni iris al fabrikoj por alglui dazibaŭojn kaj disdoni flugfoliojn antaŭ la kradpordoj, pledante pri la neceso ribeli."

"Pardonu. Por alglui da-kion?" mi interrompis.

"Dazibaŭojn. Murgazetojn."

Vi denove silentiĝis, dum en mia memoro nebule reaperis ke mi eble jam aŭdis tiun vorton ankaŭ en Sorbono, kie ja murgazetoj dum kelka tempo abundis.

"Bone", mi diris. "Kiel ili reagis al tio?"

Sed vi ŝajne ne aŭdis min. Eble la vento forblovis mian voĉon. Post kelka tempo vi tamen plu ekparolis.

"Pli ĝuste, ni provis disdoni la foliojn. Nur malmultaj akceptis ilin, kaj ekleginte, ili tuj ĵetis ilin surteren. Sed ni ne rezignis. Ni pensis ke guto malgranda traboros la graniton. Ni ripetis al ni la instruon de prezidanto Mao pri la malsaĝa maljunulo kiu forigis monton."

Mi ridetis pri viaj vortoj. Svage mi memoris ion similan el iu el la viglaj diskutkunvenoj en la Latina Kvartalo de Parizo, eble en la teatro Odéon.

Vi stariĝis de la trunko kaj komencis kiki ŝtonetojn de la strando, daŭre rigardante foren al la akvo.

"Unue ni pensis ke la laboristoj estas tro paralizitaj de burĝa pensado", vi daŭrigis. "Sed poste pruviĝis al ni ke ni malpravas. Male, ni mem estis saturitaj de burĝaj ideoj, kaj pro tio ni ne-eviteble malsukcesis. Por konvinki la laboristojn ni devis unue elpurigi tiun balaston el ni mem. Do, ni intensigis la internan kritikon kaj memkritikon kaj ideologian purigadon. Ni malkaŝis burĝajn tendencojn en preskaŭ ĉiuj el ni. Ni trovis librojn kaj gramofondiskojn kun burĝa kulturo, kaj tiujn ni bruligis kaj frakasis. Same pri burĝaj mebloj, vestaĵoj, arto kaj ornamaĵoj. Elsarki kaj detrui tiajn aferojn estis facile. Pli malfacile estis pri la pensoj kaj ideoj."

Vi jam raŭkiĝis pro la longa parolado, kaj mi estis tute kon-sternita. Kiel vi povis kaptiĝi de tia frenezo?

"En la fino de majo ni transiris en subgrundan fazon kaj fondis kelkajn revoluciajn ĉelojn", vi diris. "Samtempe pluraj renegatoj, kiuj perfidis la revolucion, dizertis de ni. Tiam mi venis al ĉelo en Stokholmo, en apartamento ĉe Ringvägen. Principe la anoj de ĉiu ĉelo devis koni nur la anojn de la sama ĉelo kaj scii nenion pri la aliaj. Kaj pro sekureco ĉiu devis uzi kaŝnomon. Sed tio ne ĉiam funkciis perfekte."

Mi scivolis, kian kaŝnomon vi elektis, se vi rajtis tion mem decidi. Sed mi ne volis demandi pri tio. Mi timis bremsi vian rakontadon. Kaj tiu nomo ja ne plu gravis.

"Sed kiu donis al vi tiujn ideojn? Kiu decidis pri tiuj ĉeloj kaj tiu detruado?"

"Ni senĉese diskutis kaj praktikis kritikon kaj memkritikon", vi ripetis. "Ni diskutis ĝis ni atingis plenan konkordon. Kelkfoje necesis tagoj kaj noktoj. Krome venis instrukcioj de la Centra Komitato."

"La Centra Komitato? Kiuj estis en tiu komitato?"

"Mi ne scias. Tio estis sekreta. Sed estis unu kamarado, kiun mi dufoje renkontis kaj aŭdis paroli. Li estis mirinda agitanto kaj sciis klarigi ĉion tre bone. Li vivis dum kelkaj jaroj en Ĉinio, kaj eble tial li estis nia plej grava gvidanto, kiu neniam eraris. Lia kaŝnomo estis Fredrik, sed li parolis la svedan kun forta hispana akĉento. Unufoje mi alparolis lin hispane, petante precizigon de iu diraĵo, kiun mi ne bone komprenis. Tiam li simple okulfiksis min per la plej intensa rigardo, kiun mi iam ajn spertis, kaj diris ke mi ne pavu per miaj burĝaj studoj. Post tio mi devis fari profundan memkritikon dum kelkaj horoj antaŭ la aliaj ribelantoj."

Vi jam ĉesis piedbati ŝtonetojn sed plu staris surstrande, rigardante foren, parolante kvazaŭ al la vento, kiu portis al mi viajn vortojn kun iom varia laŭteco. Jen kaj jen unuopa vorto eĉ perdiĝis, sed mi ne volis tro multe demandi. Mi ĝojis ke vi finfine decidis rakonti, kvankam viaj vortoj ja konsternis min. Mi demandis min, ĉu vi ankoraŭ konsideras tiun hispanon papo ne erarpova.

"Kial vi sendis tiujn leterojn, en kiuj vi rompis la rilatojn al mi kaj viaj gepatroj?" mi demandis.

"Tio estis parto de la subgrunda fazo. Ĉiuj devis fari tion letere aŭ telefone, dum la kamaradoj ĉeestis por doni ideologian subtenon. Neniu devis havi rilaton kun la ekstera mondo, ankaŭ ne legi ĵurnalojn kaj tiel plu. Ni volis vivi kiel ĉinaj kamparanoj por alproprigi al ni ilian revolucian konscion. En ĉiu ĉelo estis gvidanta kamarado, kiu peris la kontakton kun la Centra Komitato."

"Ĉu vi do eĉ ne rajtis eliri el la domo?"

"Jes, sed nur kune kaj por utilaj celoj. Ekzemple ĉiumatene ni iris en apudan parkon por kune studi, laŭtlegante vortojn de prezidanto Mao, kaj ekzerci nin pri uzado de armiloj."

"Armiloj? Ĉu vi havis armilojn?" mi ekkriis terurite.

"Nur postiĉojn el lignaj bastonoj. Tio estis preparo por la revolucio kaj popola milito. Kaj kiam unu el ni estis akuzata de popola tribunalo, li ne rajtis eliri. Ni enfermis lin en vestoĉambreto, kiun eblis ŝlosi, dum ni diskutis, ĉu li devos morti aŭ rajtos plu vivi."

Mi rigardis vin. Vi diris tion sen eĉ grajno da tremo en via voĉo. Ĉu vi eĉ sciis, kion vi diras? Ĉu vi do planis mortigi homon? La tuta rakonto ŝajnis kvazaŭ koŝmara deliro.

"Kion li faris por meriti tion?"

"Li seksumis kun unu el la kamaradinoj de la ĉelo. Ŝi poste faris memkritikon, sed li rifuzis tion. Li plu insistis ke tio estas privata afero. Eĉ post horoj da kritiko ni ne povis konvinki lin ke nenio estas privata."

Mi rigardis vin konsternite.

"Ingrid, ĉu vi ankoraŭ ne komprenas ke tio estis absoluta frenezo?"

Vi ne renkontis mian rigardon, nek respondis. Anstataŭe vi ekiris for de mi laŭ la akvorando. Mi postsekvis vin. Post kelka tempo mi rapidigis la paŝojn, kaj kiam mi atingis vin, mi metis manon sur vian ŝultron. Vi forigis ĝin kaj bruske puŝis min flanken. Do mi plu sekvis vin.

Ni paŝis dum kelka tempo, nenion dirante.

"Ingrid", mi poste provis. "Pardonu, sed ĉu vi ne volas rakonti plu?"

Vi ne respondis.

"Kiel ĉio finiĝis? Via patro diris ke vi kontaktis vian fraton."

Nun vi iom malrapidigis la paŝadon.

"Tio okazis longe poste", vi murmuris.

Sed nenio sekvis.

"Sed iel vi sukcesis forlasi tiujn homojn, ĉu ne?"

"Mi ne forlasis ilin. Ili forlasis min. Ili ĉiuj malaperis."

"Ĉu malaperis? Kien do?"

Vi nur skuis la kapon, kvazaŭ por forigi ĝenan malpuraĵon. Jen vi staris en la beleco de la sveda marborda pejzaĝo, inter kelkaj juniperoj, kies freŝa odoro miksiĝis kun tiu el la Balta Maro. Tamen vi ŝajne ne ĉeestis. Mi dubis, ĉu vi rimarkas ion ajn el la naturo ĉirkaŭ ni. Via rigardo direktiĝis internen. Mi komprenis ke viaj travivaĵoj plu tenas vin en firma kateno, el kiu vi ne povas liberiĝi. "Tiu malliberulo, pri kiu mi parolis, sukcesis forkuri. Li petis permeson viziti la necesejon, kaj en momento de nesufiĉa gardado li forkuris nudpiede sur la straton kaj malaperis inter la homoj tie. Kaj poste oni reorganizis la ĉelojn. Mia ĝistiama ĉelo estis en la suda kvartalo de Stokholmo. Nun oni destinis al mi lokon en la infana ĉelo."

"Infana?"

"Ĉiuj infanoj de la ribelantoj estis lokitaj en unu ĉelo, kiu estis apartamento en la kvartalo Vasastan, kaj tie ni estis tri kamaradoj por varti kaj eduki ilin. La gepatroj ne rajtis renkonti ilin, ĉar tio signifus burĝan influon al la idoj. La infanoj estis la estonteco de la revolucio; necesis protekti ilin de kontraŭrevolucia malpuraĵo."

"Ĉu mi bone komprenas, ke oni do forŝtelis la infanojn de iliaj gepatroj?"

"Tio estis kolektiva decido por la bono de la infanoj. Ili apartenis ne al la gepatroj, sed al la popolo."

"Sed ĉu la gepatroj ne denuncis vin al la polico?"

Vi elsnufis kaj ĵetis al mi malestiman rigardon.

"Kompreneble ne. Ni estis ribelantoj; ni ne fidis la burĝan ŝtaton, precipe ne ties perfortan aparaton."

Jen io frapis mian menson. Viaj vortoj pri la perforta aparato memorigis al mi la diraĵojn de Dani pri la polico. Ke ĝi estas kontraŭ la popolo kaj neniam helpus ŝin kontraŭ la kuracisto. Do, diraĵo en tute alia stilo, pri tute alia krimo, sed ĉu ne kun la sama senco, nome ke ne indas atendi helpon de la polico?

Samtempe mi miris pri la diferencoj inter la manieroj, kiel homoj povas reagi. Dum la studentoj kaj laboristoj en Francio ribelis kontraŭ la malnova socio per strikoj, okupado de fabrikoj, manifestacioj kaj barikadoj, vi kaj viaj svedaj ribelantoj turnis vin tute internen kaj kvazaŭ faris revolucion kontraŭ vi mem, en la propra menso.

Mi absolute ne povis imagi la parizanojn, kiujn mi renkontis, tiel introverte kaj sinturmente praktiki 'kritikon kaj memkritikon', nek frakasi kaj bruligi siajn posedaĵojn, ĉar tiuj estas burĝaj, nek malpermesi amoradon. Sed por ambaŭ sintenoj oni uzis frapfrazojn de Mao Zedong, kiel 'Ribeli estas juste' aŭ la fabelon pri forigado de monto. Tio ŝajnis al mi miriga.

Miaj pensoj returniĝis al via restado en la tielnomata ĉelo kun la kidnapitaj infanoj. Mi daŭre ne povis imagi la vivon tie.

"Kiom da infanoj do estis tie?" mi demandis. "Kaj en kiuj aĝoj?"

"Komence ok infanoj, poste sep. Kaj fine kvin. Ili aĝis de du ĝis ok jarojn, mi pensas. Kaj mi tre ĝuis tiun taskon. Ĝi vere havis sencon. La infanoj havis ege purajn kaj sincerajn mensojn."

"Ĉu ili ne ploris kaj volis reveni al siaj gepatroj?"

"Iomete, sed ne tre. Ili jam de kelka tempo kutimiĝis loĝi kun aliaj plenkreskaj ribelantoj kaj fidi tiujn."

"Cetere, jen alia afero, kiun mi ne komprenas. Se neniu plu laboris aŭ studis, de kie vi ekhavis monon?"

"Ni ne bezonis multe. Nur iomete por manĝaĵoj. Kaj ni manĝis plejparte rizon, kiel la ĉinaj kamparanoj."

Mi memoris ke vi skribis ion pri kamparanoj en via letero al mi, sed mi ne komprenis, kial eksaj studentoj en Stokholmo volis imiti ilin.

"Sed kio pri la lupago de la loĝejoj?" mi demandis.

Vi ŝajne pripensis iom.

"Mi ne scias. Mi supozas ke iu pagis tion. Aŭ eble ne. La domposedantoj ja estis kapitalistoj kaj ŝtelistoj, ĉar ni estis konvinkitaj ke la domoj kaj entute ĉio efektive apartenas al la popolo. Cetere, kiam ni vere bezonis monon por io, ni ricevis de la Centra Komitato. Jam kiam fondiĝis la ĉeloj ni ĉiuj transdonis nian tutan monon al ĝi."

Ni ambaŭ haltis kaj sidiĝis sur boatvarfo kun vidaĵo orienten, al akvovasto. Varmeta vento krispigis la surfacon de la maro kaj susurigis la foliojn de apudaj tremoloj. Mi sentis ke la aŭtuno survojas sed ankoraŭ ne tute atingis ĉi tien.

"Al mi tio sonas kiel ia monaĥejo", mi diris. "Kun obeo, malriĉeco kaj ĉasteco."

Tion vi ne komentis, kaj eble ĝi estis stulta komparo. Sed mi memoris vian respondon, kiam mi demandis pri amrilato. Necesis pli bone uzi la tempon. Ĉu do ankaŭ amo estis burĝa? Kaj amoro? Mi tamen ne volis demandi pri tio; mi ne certis kial. Eble tio tuŝus min tro proksime.

"Nu, kiel ĉio do finiĝis?" mi demandis.

Vi atendis dum kelka tempo, eble klopodante revoki tion en via memoro. Poste vi daŭrigis la rakonton.

"Iutage en la infana ĉelo oni sonorigis ĉe la pordo kaj vokis tra la leterfendo, kaj unu el la plej aĝaj infanoj tuj kuris malfermi, antaŭ ol mi povis haltigi lin. Envenis lia patrino, kiun mi konis de antaŭe, kvankam ŝi nun estis ano de alia ĉelo, kun viro nekonata al mi. Ili prenis la knabon kaj lian fratineton kaj foriris kun ili. Ĝuste tiam mi estis sola plenkreskulo kaj povis nenion fari. Mi provis defendi la infanojn, sed la viro fortenis min per forto. Poste la aliaj ribelantoj akuzis min, ĉar mi permesis al la patrino forrabi la infanojn. Mi ne plu rajtis resti en la infana ĉelo sed estis malliberigita en alia."

Vi ĉesis por iom pripensi sed baldaŭ daŭrigis.

"Mi provis fari memkritikon, sed la aliaj ne akceptis ĝin. Ili kriis kaj kraĉis al mi, dirante ke mi ne meritas vivi. Post mi ne scias kiom da tagoj, oni vokis ĉiujn ribelantojn al granda kunveno en Upsalo, sed mi restis enfermita en ĉambreto. Mi atendis tie sola ĝis la sekva tago sen manĝo kaj akvo, supozante ke tio estas mia puno. Tiam reaperis kamarado el tiu ĉelo por liberigi min. 'Ĉio jam finiĝis', li diris. 'Ni eraris. Ĉi tio ne estas la ĝusta vojo.' Li tamen ne sciis, kion fari anstataŭe. Li simple ellasis min sur la straton. Mi vagadis tien-reen tra Stokholmo dum du tagoj kaj unu nokto, sen mono, sen posedaĵoj. Mi iris piede al tiuj kvar adresoj, kie troviĝis ĉeloj laŭ mia scio, sed neniu ribelanto plu restis tie. Ĉiuj dizertis. Ankaŭ en la infana ĉelo restis neniu, nek infano nek plenkreskulo. De aliaj ĉeloj mi ne konis la adresojn, ĉar ili devis esti sekretaj. Dume mi trovis nenion por manĝi sed trinkis akvon el fontanoj. Fine en malfrua vespero mi petis nekonaton pri dudek oeroj por monera telefono kaj diskis la numeron de Erik, mia frato."

Mi rigardis ŝternon, kiu senmovis enaere, flirtante per la flugiloj. Post la ŝvebado ĝi plonĝis suben en la akvon kaj tuj reflugis supren kun fiŝeto enbeke. Mi sentis min malplena, kvazaŭ la longan rakontadon farus mi.

"Ĉu vi scias, kio okazis al viaj kamaradoj?" mi demandis post kelka tempo.

"Ne. Tiu, kiu ellasis min, diris ke al la kunveno en Upsalo venis ankaŭ kvar ribelantoj, kiuj neniam estis anoj de la ĉeloj. Mi eĉ ne sciis ke ekzistas tiaj. Sed ŝajne ili konvinkis la plej multajn aliajn ke ni eraris kaj ke ĉio, kion ni faris, estas vana. Laŭ li nur kvin personoj restis kun la gvidanto Fredrik, la hispano. Poste ĉiuj disiĝis, mi ne scias kien."

Vi silentiĝis. Mi rigardis vin. Ĉu vi nun fartis pli bone, rakontinte al mi ĉion ĉi? Tio ne videblis. Via mieno restis same neŭtrale indiferenta kiel antaŭe. Vi daŭre ne rigardis en miajn okulojn.

Mi levis la manon kaj tre delikate tuŝetis viajn mallongegajn harojn. Vi ektremis sed ne forkuris.

"Kaj la haroj?" mi diris. "Ĉu ankaŭ ili estis burĝaj?"

"Estas malŝparo de tempo okupiĝi pri hararanĝoj, ŝminko kaj modaj vestaĵoj. Tio estas vantaĵoj, kiuj utilas al nenio."

Mi pensis pri via aperaĵo, kiam mi unue vidis vin antaŭ preskaŭ du jaroj. Tiam vi estis tre ŝike laŭmoda rilate al tiaj aferoj. Jam aŭtune vi komencis iom ŝanĝi stilon, kaj evidente poste eĉ pli, sed la eksteraj ŝanĝoj certe ne estis la plej grandaj.

"Bone. Ne gravas; mi ŝatas ilin ankaŭ mallongaj", mi diris.

Vi nek respondis, nek montris ke vi aŭdis min. Ni restis sidantaj sur la varfo ankoraŭ sufiĉe longe, nenion dirante. De temp' al tempo nubo kaŝis la sunon, sed la mara brizo plu estis plaĉe varmeta. La marborda naturo de la insularo estis miranda. Motorboato preterzumis, lasante post si V-forman strion sur la mara surfaco, kaj fore oni vidis velojn moviĝi super la akvovasto. Sendube la tago konvenis por velado, mi pensis. Se ne estus pro via koŝmara rakonto, ĉi tio ŝajnus al mi eĉ paradiza tago. Eble la lasta vere bela tago de la somero 1968.

Ĉapitro 13

Mi amas vin – nek mi

Komenciĝis la aŭtuna semestro kaj mia studado de la angla ĉe la universitato de Lund. Vi restis ĉe viaj gepatroj, ne plu en la insularo sed en ilia familia domo norde de Stokholmo. Kiam mi forlasis vin en la somerdomo, vi iomete pli reagis kaj respondis, se viaj gepatroj alparolis vin kaj faris demandojn. Ili ŝajnis pli trankvilaj ol kiam mi alvenis tien. Mi nur tre resume raportis al ili, kion vi diris al mi, ĉar mi pensis ke estas via afero decidi, kiom rakonti. Mi ne scias, ĉu vi klarigis al ili same multe kiel al mi, sed evidente almenaŭ iom.

Sed poste mi nenion plu aŭdis de vi. Unufoje mi telefonis kaj parolis kun via patrino, sed tiam vi ne volis veni al la telefono.

"Ĉu ŝi denove fartas malpli bone?" mi demandis vian patrinon.

"Mi ne vere scias. Ŝi ja parolas, sed ne tre multe, kaj ŝi ŝajnas interesiĝi pri nenio. Ni tamen volas doni al ŝi la ŝancon ripozi kaj retrovi la kuraĝon kaj energion."

"Do ŝi ne rekomencis studi, mi supozas?"

"Ne, tio ankoraŭ ne eblas."

Post tio mi ne faris pluan provon kontakti vin dum la aŭtuno. Mi ne komprenis vin. Kial vi denove kaŝiĝis en via silentado? Mi ja faris la penon vojaĝi al via insulo por ekscii, kio okazis al vi, kaj vi efektive rakontis pri via tempo en tiu sekto de ribelantoj. Kial do vi damne refalis en mutan paralizon? Tio ne estis normala konduto, laŭ mi.

En la mezo de septembro okazis parlamenta elekto. Mi nun estis dudekdujara kaj unuafoje rajtis voĉdoni, sed mi tre hezitis, al kiu partio mi donu mian voĉon. Tute rezigni la aferon, kiel faris Marie-France, mi tamen ne povis. Finfine mi trovis plej sekure voĉdoni por la regantaj socialdemokratoj, la partio de miaj gepatroj, eĉ se tio ŝajnis iom defensiva. Sed kredeble ankaŭ aliaj homoj pensis simile, ĉar tiu partio ege kreskis kaj atingis propran plimulton en la dua ĉambro de la parlamento. La komunista partio, kiu ĉiam estis malgranda, nun preskaŭ neniiĝis, eble pro la Sovetunia invado de Ĉeĥoslovakio. Mi pensis pri la francaj elektoj en junio, en kiuj la gaŭlistoj gajnis propran plimulton. Tie same kiel ĉe ni la popolo preferis subteni la regantojn, kvankam temis pri du partioj sufiĉe malsamaj. Kaj ankaŭ mi mem do faris tion. Pri de Gaulle oni diradis ke dek jaroj sufiĉas. Sed ĉi tie la ĉefministro estis Erlander jam pli ol dudek jarojn, fakte dum mia tuta vivo. Kaj nun pli ol duono de la popolo preferis plu resti kun li dum tria jardeko. Ĉu do ribeli estas juste, sed malribeli estas pli sekure? Mi trovis tiun penson sufiĉe seniluziiga, sed mi ne sciis, kion fari pri tio.

En septembro mi sendis leteron al Dani sed ne ricevis respondon. Dum kelka tempo mi pripensis, ĉu skribi ankaŭ al Marie-France, sed la emo malkreskis, dum la semajnoj pasis kaj fariĝis monatoj. Fakte estis ŝia tasko kontakti min pri la repago de la pruntita mono. Ŝajnis al mi ke neniu ino volas havi daŭran kontakton kun mi. Kial? Verŝajne ili elreviĝis, rimarkante post kelka tempo ke io esenca mankas al mi. Sed kio? Mi tute ne komprenis tion. Kaj eĉ se mi scius, kio mankas, ĉu mi sukcesus iel akiri tion? Aŭ ĉu mi ĉiam restos tia, kia mi estas? Jen la speco de demandoj, per kiuj mi turmentadis min, dum la aŭtuno unue eksplodis en koloroj kaj poste griziĝis, mallumiĝis kaj dronis en pluvoj.

La memportreton de Dani mi pendigis de najlo sur la muro super mia matraco. Ĝi estis la unua kaj sola vera olepentraĵo, kiun mi iam posedis. Ne eblis diri ke ĝi tre similas ŝin, sed ĝia ekzisto ja memorigis al mi la monatojn, kiujn mi pasigis kun ŝi kaj Marie-France. Kelkfoje, kuŝante surdorse sub la pentraĵo, mi memoris kiam mi kuŝis sur la fera lito kun Dani, karesante kiom mi rajtis karesi. La penso ke tio estas pasinta sperto, kiu ne ripetiĝos, donis al mi sufiĉe melankolian senton.

Mi havis dokumentitajn rezultojn de almenaŭ duonsemestra studado en Parizo, kaj ĉar antaŭe en la Latinida instituto mi ĉiam sukcesis en la ekzamenadoj, tio sufiĉis por ke la ŝtata aŭtoritato konsentu al mi pluan monprunton. Per tio malaperis grava kialo de maltrankvilo, kaj mi povis koncentriĝi pri la Ŝekspira lingvo, lasante la Molieran al la historio.

De temp' al tempo mi rimarkis ke ankaŭ en la eta Lund kelkaj studentoj volas kontesti diversajn aferojn.

Kiel malforta eĥo de Parizo oni protestis kontraŭ la instrusistemo de la universitato, la kapitalismo de la sveda socio kaj la usona imperiismo en Vjetnamio. Sed ĉe ni en la instituto de la angla regis relativa trankvilo. Kelkfoje eĉ troa trankvilo, laŭ mia gusto. Mi mem tamen faris nenion por vigligi la etoson. Verŝajne mi jam ricevis sufiĉan dozon da studentaj tumultoj dum la printempo en Parizo.

Kelkfoje okazis ke oni petis min rakonti pri la 'maja ribelo' de Parizo en diversaj diskutrondoj, kaj mi akceptis fari tion. Sed mi rimarkis ke oni plejparte ne tre aprezas mian manieron prezenti la temon. Evidente mi ne estis sufiĉe entuziasma. Tamen mi ja klopodis priskribi la intensan senton de potenco, forto kaj eŭforio, kiu plenigis min, kiam mi marŝis en la grandaj manifestacioj sur la bulvardoj de ambaŭ riverbordoj. Sed mi evidente ne havis la kapablon sukcese pludoni tiun senton. Kaj ĉi tie oni cetere interesiĝis ne tiom pri sentoj, kiom pri konkretaj postuloj kaj sloganoj. Kaj oni ne volis aŭdi pri la fino de la 'ribelo' kun la parlamentaj elektoj kaj la plifortiĝo de la gaŭlista reĝimo.

En novembro mi ekkonis Monikan en unu el tiuj diskutrondoj, kaj dum mallonga tempo ni havis amrilaton. Ŝi estis dudekjara knabino el Borås, kiu studis sociologion kaj ŝatis diskuti sociajn kaj internaciajn problemojn, same kiel vi, kiam mi ekkonis vin. Do laŭ mia opinio ni bone interrilatis. La sociologia instituto laŭdire jam printempe konatiĝis kiel unu el la ĉefaj centroj de studenta kontestado en Lund, kaj tiu famo ĉi-aŭtune logis al ĝi amason da novaj studentoj, eĉ tiagrade ke oni devis lui la plej grandan kinejon de la urbo por uzi kiel prelegejon de la komenca kurso.

Same kiel en Francio la nombro de studentoj ĉe svedaj universitatoj ege kreskis dum la lastaj jaroj. Sed la provo de la ŝtato reformi la instrusistemon vekis indignon kaj oponon ĉe multaj studentoj, kiuj timis ke la libereco kaj sendependeco de la universitatoj riskas malaperi. Granda parto de la studenta kontestado celis ĝuste malebligi tiun reformon.

La kunestado kun Monika nature igis min pensi malpli multe pri Dani kaj vi. Tio ne signifas ke mi forgesis ion, sed mia menso ne same ofte okupiĝis pri sencela gurdado de la pasintaĵoj. Sendube tio estis sana evoluo. Kiam Monika demandis pri la portreto sur mia muro, mi simple klarigis ke mi ricevis ĝin de amatora pentristino, kiun mi iam konis. Tio ne estis stranga, kaj ŝi sen pluaj demandoj akceptis la klarigon.

Mi do sentis ke mia rilato kun Monika helpas min pluiri en la vivo. Tuj antaŭ Kristnasko ŝi tamen sciigis al mi ke ŝi ne volas daŭrigi nian rilaton.

"Mi rimarkas ke mi ne povas ardigi vin", ŝi diris. "Vi estas ege inerta. Mi pensas ke vi bezonas iun alian, pli trankvilan."

Mi pripensis tion. Fakte mi tute ne konsentis. Prefere mi dirus ke mi bezonas iun pli viglan kaj rideman. Kaj eĉ se ŝi trovis min tro inerta, malfacilis al mi ŝanĝi tion. En momento mi ekkoleris kaj sentis deziron protesti kaj lukti por protekti nian amrilaton.

"Prefere diru, kion bezonas vi mem", mi bruske respondis.

"Mi ne certas. Eble mi simple ne estis preta por nova rilato."

Tio ŝajnis al mi iom stranga diro al nova koramiko. Nu, verŝajne mi povus diri la samon, sed tion mi ne faris. Anstataŭe mi vortatakis ŝin.

"Kia stulta kliŝo!"

Ŝi iom timeme retretis.

"Ĉu? Mi ne scias, sed... ĉu vi ne sentas ke mankas io en nia rilato?"

"Kio do mankas, laŭ vi?"

"Mi jam provis diri. Ia ardo, ŝajne."

Mi rigardis ŝin dum momento. Sendube ŝi pravis. Mi apenaŭ plu sciis, kion mi volas kun ŝi. Malgraŭ tio mi plu koleris.

"Prefere diru la veron", mi elsputis. "Iam vi pensis ke vi amas min, sed vi eraris. Ĉu ne?"

Ŝi restis silenta dum kelkaj sekundoj, ne plu kun mieno tima sed pli serioza kaj decidema.

"Kio pri vi, Björn? Ĉu ne ankaŭ vi eraris?"

Jen mia kolero tamen komencis elĉerpiĝi. Post pripenso mi trovis ke Monika ne vere meritas ĝin. Do ni disiĝis. Mi ja bedaŭris tion, sed mi eble ne nomus tion vera amĉagreno miaflanke. Kaj poste sekvis la Kristnaskaj ferioj.

Ekis nova jaro, la sesdeknaŭa. Tio devus aŭguri se ne erotikajn akrobataĵojn, almenaŭ ian stimulan ŝanĝon en mia vivo, ŝajnis al mi. Kaj kiam mi revenis al Lund post la festado de Kristnasko kaj Novjaro ĉe la familio en Alvesta, atendis min letero kun franca poŝtmarko. Ties konata bildeto de Marianne, personigo de la franca nacio, memorigis al mi la bronzan statuon de ŝi sur la placo de la Respubliko, kiun mi vizitis kun miaj Parizaj amikinoj. Mia pulso ekbatis pli forte, kaj mi devigis min malfermi la koverton trankvile kaj nete per letertranĉilo.

Mi kompreneble devus kompreni jam vidante miajn manskribitajn nomon kaj adreson sur la koverto, ke ĝi ne venas de Dani. Anstataŭe skribis al mi Marie-France per literoj pli malregulaj kaj senordaj ol tiuj de Dani, kaj ankaŭ kun pli da ortografiaj eraroj. Efektive ŝi skribis tre amike, kun varma tono, ke ŝi nun laboras en alia butiko de kuirejaj iloj, pli malproksima sed kun pli bonaj kondiĉoj kaj etoso. Ŝi jam ekhavis novan koramikon, kiu respektas ŝin, kaj ŝi eĉ trovis kuraciston, kiu akceptis preskribi al ŝi la gravajn pilolojn. Kiel videblis laŭ la adreso de sendinto dorsflanke de la koverto, ŝi plu loĝas en la sama apartamento, tamen sen Dani, ŝi rakontis.

Veninte tien, mi denove sentis la pulson bati. Dani! Kie do estas Dani? Pro nervozeco mi devis stariĝi kaj plu legi starante. Kia stultaĵo! Ĉu mi estas seksarda adoleskulo?

Dani, skribis Marie-France, revenis al sia vilaĝo en Provenco, en la departemento Vaucluse. Sed ne nur tio. Dani edziniĝis al junulo el la sama vilaĝo, kiun ŝi konas jam delonge, kaj ekloĝis kun li en la bieno de lia familio, kie ili kultivas vinberojn. En junio ŝi kaj ŝia edzo havos bebon.

Mi legis la vorton 'bebon' kaj relegis ĝin. Ĝi kvazaŭ eniris mian menson sed tuj resaltis elen. Mi tamen relegis ĝin triafoje, kaj tiam ĝi restis.

Dani estos patrino!

Jen mi komencis nervoze ridi en mia soleco. Mi ne povis kredi, kion mi ĵus legis kaj nun ankoraŭfoje relegas. Marie-France ja estas ŝerculino. Ŝi kompreneble blagas. Ŝi volas moketi min, fidante ke mi bone komprenos ke ĉio estas granda ŝerco, kiu certe amuzos min.

Sed mi plulegis, kaj la sekvo ne plu sonis kiel amuza ŝerco. Post mia reiro al Svedio, Dani spertis malfacilan travivaĵon. Marie-France ne rajtis klarigi detale pro respekto al sia amikino, sed iu persono traktis ŝin fie kaj perfidis ŝin. Ŝi devis konvaleski dum iom da tempo en ripozdomo, sed nun ŝi jam denove estas tute sana kaj feliĉa, skribis Marie-France. Kaj la malbona sperto tute ne rilatas al mi. Male, Dani memoras min kun granda ĝojo kaj amikeco. Mi estas tre bonkora persono, opinias Dani, kaj kun tio plene konsentas Marie-France mem.

Nu, ke mi estas bonkora urso ŝi jam antaŭe diris kaj eĉ ripetis al mi. Nenio nova. Sed vi certe povas imagi ke trafis min tre miksitaj sentoj pri ĉio ĉi. Evidente mi estas ia sanktulo, sed kun sanktulo neniu ja povas havi intiman kaj daŭran interrilaton. Aŭ ĉu temis nur pri ĝentilaj vortoj por pansi miajn eventualajn mensajn vundojn?

En la letero Marie-France menciis ankaŭ kelkajn novaĵojn el Francio, kiujn mi fluglegis sen multe cerbumi pri ili. La konservativa registaro decidis dividi Sorbonon en plurajn etajn universitatojn, kaj kelkaj sociaj reformoj estis faritaj por kvietigi la laboristojn. Sed la francoj plu devas atendi la finon de la epoko de prezidento de Gaulle, kvankam li de temp' al tempo minacis aŭ promesis demisii. Fakte ŝajnas ke li restos por ĉiam.

Fine Marie-France bedaŭris ke ŝi ankoraŭ ne povas repagi al mi sian ŝuldon. Ĉi-momente tio tute ne eblas, ĉar ŝi nun devas sola pagi la luon de sia apartamento. Cetere ŝi deziras al mi ĉion bonan en la plua vivo, kaj ĉi-kune ŝi almetas mesaĝon de Dani mem. Tiel ŝi skribis, sed kie trovi tiun mesaĝon? Mi turnis la foliojn, poste skuis la koverton, kaj elfalis slipo plena de vortoj skribitaj per la viola inko kaj la ĉarma manskribo, kiujn mi bone rekonis, kompreneble en la franca lingvo, kiel ĉiam:

'Kara Urso, mi esperas ke vi estas sana kaj en bona humoro. Mi revenis al mia vilaĝo en la sudo. Mi nun estas edzino, kaj mi estas kontenta pri tio. Ankaŭ al vi mi deziras bonan vivon. Mi gardas en mi tre belajn memorojn pri vi. Tri kisojn de via Dani.'

Jen ĉio. Neniu adreso. La gravedecon ŝi ne menciis. Eble pro embarasiĝo ŝi lasis al Marie-France rakonti pri ĝi. Do, tri kisojn kaj jen la fino.

Mi estis konsternita, sed eĉ pli malĝoja. Tamen, ĉu mi rajtis malĝoji? Tio ja estis ege egoisma reago. Kaj stulta, sendube. Kiel mi povus iam imagi aŭ atendi ke nia interrilato plu daŭru trans pli ol mil kilometroj, por ne paroli pri aliaj obstakloj fizikaj kaj sociaj? Ŝi estis plumamikino, kiun mi hazarde ekkonis en Esperantokongreso. La fakto ke ni pasigis kvar monatojn kunloĝante en ŝia Pariza apartamento ja estis mirinda, sed ĝi ne ŝanĝis la bazajn cirkonstancojn.

Poste mi ekpensis pri la vortoj de Marie-France, laŭ kiuj io malbona okazis al Dani post mia foriro. Mi retrovis la lokon en la letero. Ŝi spertis malfacilan travivaĵon. Oni traktis ŝin fie kaj perfidis ŝin. La vortoj povus temi pri tio, kio printempe okazis al Marie-France mem. Ĉu do io simila okazis ankaŭ al Dani?

Ne, tio tamen ne estis imagebla. Ŝi ja ne povas seksumi, laŭ siaj propraj vortoj al mi. Do ĉu iu tamen faris tion al ŝi? Denove? Ĉiuokaze mi pli-malpli certis ke kulpis viro. Viroj estas fiuloj, iam diris Dani. Temis pri Henri, kaj eble pri la ginekologo; tamen ŝi diris tion al mi, aŭ almenaŭ en mia ĉeesto. Tio kompreneble signifis ke mi aŭ estas fiulo aŭ ne estas viro. Tamen mi tiam ne ofendiĝis. Jen la parolstilo de Dani, tutsimple. Kaj mi devis koncedi ke ŝi havis kialon diri tion.

Sed kiel ŝi povis preskaŭ tuj poste edziniĝi al iu Provenca kampulo, najbara vitisto? Kaj eĉ gravediĝi; do temis ne pri blanka geedziĝo. Ŝi ja ne povas seksumi! Se la bebo naskiĝos en junio, ĝi estis koncipita en septembro, laŭ mia matematiko. Do sendube dum la vinberrikolto. Mi memoris ŝiajn vortojn pri tiu. Oni ne plu tretas la vinberojn per nudaj piedoj sed uzas maŝinon. Dum funkcias tiu maŝino, oni evidente povas nudigi pli ol la piedojn.

Stultaĵo! Ŝi ja ne povas seksumi!

Nu, ŝi ne povis seksumi kun mi en aprilo kaj majo. Nek en junio, kvankam ni ne faris novan provon. Ŝi ne povis, aŭ pli kredinde, ŝi ne volis. Jen la sola ebla konkludo. Kun la vitisto ŝi ne sentis la doloron. Aŭ ŝi toleris ĝin, ĉar... Ĉar kio? Ĉu ĉar ŝi finfine enamiĝis?

Do, same kiel al ĉiu ĵaluza stultulo en la mondo, tra mia kapo zigzage flugadis pensoj, duboj, demandoj, akuzoj, maltrankviloj, elreviĝoj. Kaj nun mi ne sukcesis kvietigi la nigrajn rankorojn, kiuj mordis mian koron. Oni perfidis ŝin, ĉu? Nu, kion ŝi do faris al mi? Ŝi lasis min stulte kredi ke ni estas geamantoj, dum ŝi pro nevidebla sufero evitis koitadon kun mi. Kaj tuj, kiam mi foriris, ŝi ĵetis sin en la brakojn de kampara bruto kaj kompreneble tuj gravediĝis. Kia diabla logbirdo! Kaj kian stulte naivan svedon ŝi trovis por trompi kaj priridi! Damne! Se mi nur havus ŝin ĉi tie, mi... Stultaĵo! Stultaĵo de stultaĵoj! Jes, prave, mi vere estas naivulo, se mi prenas miajn venĝajn pensojn serioze. Eĉ ne naivulo, sed idioto. Tiuj pensoj ja devas resti enkape. Mi rigardis la portreton de Dani surmure kaj hontis.

Kion mi do faru pri miaj elreviĝo, ĉagreno, kolero kaj venĝemo? Nenion, evidente. Mi lasu ilin iom post iom malvarmiĝi, kiel tro varmegan pladon sur la kuirforno. Mi devos lasi ilin turmenti min ĝis ili finfine kvietiĝos kaj forgesiĝos. Kiel plirapidigi tion, mi ne sciis. Mi ne povis kontakti Danin, kaj tio sendube estis bona. La sola afero farebla estis plu peni pri mia angla studado kun plej granda energio, esperante ke ĝi iom post iom forgesigos al mi la francan eksamikinon. Mi devos fari kiel vi, Ingrid – fini la iaman amrilaton, tamen ne per krajona letero sed per mia propra pensado.

Tiu strategio tamen ne estis tre sukcesa. Konscie aŭ ne, mia menso ŝajne ne povis lasi la aferon. De temp' al tempo, ofte en tute nekonvenaj momentoj, aperis en mia kapo la imago de Dani, la miro pri ŝia vivo, kiu evidente draste ŝanĝiĝis post mia reiro en Svedion, kaj la kolero pro tio, kion mi sentis kiel trompon. Kion ŝi efektive volis kun mi? Ĉu ŝi simple volis havi kelktempan amrilaton kun studento, same kiel Marie-France? Ĉu mi estis nura rimedo de prestiĝo en ilia amika rivaleco? Aĥ, kia kretena ideo! Dani ja ne zorgas pri tiaj aferoj.

Je tiu penso subite frapis min la demando, kion mi mem do volis kun ŝi. Kion mi efektive intencis pri nia rilato? Dum la tuta tempo ni ambaŭ ja konsciis ke mi restos en Parizo ne pli ol dum semestro. Ĉu mi do deziris nur kelktempan anstataŭanton de vi?

Ne, tiel mi kompreneble ne pensis. Mia rilato kun vi jam pli-malpli ĉesis, kaj mi tute ne povis antaŭvidi rekomencon, precipe ĉar vi transloĝiĝis al Upsalo. Kaj kun Dani mi vere nenion planis aŭ intencis. Mi simple kaptiĝis kaj lasis ĉion evolui kvazaŭ per si mem. Tre malmulte mi iniciatis. Nur poste mi pli aktive klopodis por intimiĝi kun ŝi, sed planon mi certe ne havis. Eble mi do kondutis malbone kaj senrespondece, al ŝi same kiel al vi. Ŝendube mi ne rajtis poste atendi ion ajn de ŝia flanko. Nek de la via. Kion ŝi ŝuldis al mi? Nenion. Ne pli multe ol vi.

Mi bone memoris ke Dani kutimis plendi pri siaj gepatroj, kiuj volis ke ŝi revenu en la hejman vilaĝon. Kaj ne nur pri la gepatroj, sed entute pri la medio, la vilaĝanoj, la kamparo, la provinco, kiuj ŝajnis al ŝi stagnaj, malallogaj, forpuŝaj. Jam delonge ŝi fariĝis parizanino; la laboron en banko ŝi eble ne ĝuis, tamen ŝi trovis ĝin utila kaj grava, kvankam ŝi estis tie "la plej suba el la laboristoj", laŭ siaj propraj vortoj. En tiu esprimo mi perceptis ironion sed ankaŭ grajnon da fiero. Neniam mi supozus ke ŝi tre baldaŭ volos forlasi la bankon, la apartamenton, Marie-France-on kaj entute Parizon por remigri en provincan vilaĝon kun vinberproduktanta bieno, ĉu tiu de siaj gepatroj, ĉu tiu de najbaro. Do, reveni al tiuj homoj, pri kiuj ŝi iam diris ke ili "putras en siaj provincoj".

La kialo de tiu surpriza ŝanĝo de vivo komprenebla estis tio, kion iu faris al ŝi iam post mia foriro. Ĉu en Parizo, ĉu en la vilaĝo, ĉu aliloke, iu mistraktis ŝin. Kiu kaj kiel, mi neniam ekscios. Tio ne estas mia afero. Mi tamen ne povis eviti la penson ke tio devas rilati al ŝia fizika problemo, la dolorego, la nekapablo seksumi, kiu komprenebla ne estis ŝajnigita, kiel mi imagis dum momento, sed tre reala. Ŝi renkontis iun, kiun ŝi fidis, al kiu ŝi eble enamiĝis. Tiu fiulo tamen ne respektis ŝin sed altrudis sin sen atento al ŝia problemo. Do, nova seksperforto, efektive.

Stultaĵo! Mi fantaziis tute sen ajna bazo de miaj supozoj. Se okazus io tia, ŝia tuj posta edziniĝo kaj gravediĝo, en ajna vicordo, estus eĉ pli konsterna. Krom se ambaŭ aferoj estus unu sama, se temus pri la mezepoka kutimo, laŭ kiu seksperfortulo povis eviti punon, se li akceptis edzinigi la viktimon. Sed Dani ne estis mezepoka fraŭlino. La aferoj okazis lastjare, en 1968, ne en 1368. Pri ŝia hejma vilaĝo mi sciis nenion, sed tre kredeble ĝi estas tute moderna loko kun telefono kaj televido, kie oni ne plu tretas vinberojn nudpiede sed uzas elektran maŝinon el rustimuna ŝtalo kaj post la fermentado transportas la produktitan vinon per cisterna kamiono al la klientoj. Kial do la homaj interrilatoj postrestus? Tre kredeble ŝia edzo estas diplomita agronomo aŭ ekonomo aŭ kemia inĝeniero aŭ kion ajn oni bezonas en la nuntempa vinindustrio. Kaj se Dani elektis edziniĝi al li, sendube li estas bona homo. Pli bona ol mi, supozeble. Viro, al kiu mankas nenio. Ĉu Marie-France ne skribis ke ŝi konas lin jam delonge? Do, eble amiko el la infanaĝo, aŭ admiranto el ŝia adolesko, kiu finfine sukcesis logi ŝin reveni en la vilaĝon. Kaj se ŝi akceptis gravediĝi per li, sendube li estas pli tenera amanto ol mi, kun *am' profunda kaj milda kiel maro.* Ĉio alia estas nur stultaj fantazioj.

Do la malbona ago, kiun iu faris al ŝi, sendube temis pri io tute alia. Ŝi devis pasigi tempon en ripozdomo. Mi apenaŭ sciis, kion tio signifas. Eble bankrabisto atakis ŝin en la laborejo, pafante al ŝi. Ne, tion Marie-France ne prisilentus. Ĉu Dani defraŭdis monon kaj estis malkaŝita? Ne, el tio sekvus ne ripozdomo sed malliberejo, kaj certe pli longe ol nur dum monato.

Diable, mi devus iel fini ĉi tiun vanan spekulativadon. Se ĝi plu daŭrus, mi freneziĝus!

Fakte, iel mi vere sukcesis iom post iom ĉesigi la altrudajn pensojn. Mi tre bone konsciis ke mi neniam eksciis la respondon de ĉiuj demandoj. Eĉ se mi iam denove renkontus Danin, ne eblus demandi ŝin pri tiaj aferoj, kaj proprainiciate ŝi certe nenion malkaŝus. 'Jen la vivo', kiel ŝi iam diris al mi – kliŝe sed absolute vere. Tre ofte en la vivo ne eblas ekscii ĉion, kaj tion mi devos finfine akcepti.

Post la reveno el Parizo mi ne plu frekventis esperantokurson kaj mem ne kontaktis la lokajn esperantistojn de Lund. Mia iama instruisto Olle Olsson kelkfoje invitis min al kunvenoj, sed mi senkulpigis min per mia studado kaj ne iris tien. Ial mi perdis la intereson. Tamen mi ja plu estis membro de la loka klubo kaj ricevis gazetojn, *La Esperon* kaj *Kvinpinton.* Tie mi vidis ke la neŭtrala movado en la venonta somero aranĝos UK-on en Finnlando kaj junularan kongreson apud Stokholmo. Povus esti bona okazo por partopreni en tiuj, se ne pro alia kialo, do almenaŭ por kompari kun la kongreso de sennaciuloj. Tamen mi sentis neniun veran entuziasmon pri tio. Danin mi ne renkontos tie. Kun bebo ŝi apenaŭ povus iri eĉ al SAT-kongreso, kaj mi cetere ne sciis, kie okazos tiu. En februaro oni vaste ekparolis pri nova kanto de la franca kanzonisto Serge Gainsbourg. Normale mi tute ne atentus ĝin, sed nun tio memorigis al mi ke li estas unu el la favoratoj de Dani. Krome la kanto onidire estis nekutime tikla, eĉ tiom ke la Sveda Radio markis ĝin per 'neludenda sen antaŭa averto' – kio praktike signifis ke oni neniam ludis ĝin. Tamen mi baldaŭ havis okazon aŭskulti ĝin en festa aranĝo de mia studenta korporacio, en ties *Domo de Dacke*. En la kanto la artisto mem kaj la angla aktorino Jane Birkin imitis amorajn sonojn, kantante sufiĉe strangan tekston, kie ripetiĝis 'mi amas vin' sekvata de la respondo 'nek mi'. Fakte la impreso iĝis eĉ pli bizara pro la angla akĉento de Birkin, kie 'tu' sonis kiel 'tout', tiel ke ŝi kvazaŭ alparolis sian amanton ne per 'vi' sed per 'ĉio', kio ŝajnis al mi iom troa.

Kiom mi bedaŭris ke mi ne povas aŭskulti tiun kanton kun Dani! Mi certis ke ŝi trovus ĝin ege komika. Sed tio ja ne plu eblis. Eĉ se ni povus renkontiĝi, ŝi nun estis graveda edzino, kiu verŝajne ne plu permesas al si amuziĝi pri tiaj petolaĵoj.

'Mi amas vin – nek mi'. Tio povus esti titolo de miaj amaferoj, tiu kun vi kaj tiu kun Dani. Pri Monika mi eĉ ne plu pensis. Sed koitaj ĝemoj ne estus taŭga akompano, almenaŭ ne al la dua.

Ĉapitro 14

Rakonti ĉion

Proksimume samtempe kun tiu kanto de Gainsbourg vi finfine revenis al Lund. Via patro aĉetis por vi unuĉambran apartamenton en orienta urboparto, kaj vi reenskribiĝis por studi en la latinida instituto. Mi ne sciis, kiel multe vi efektive studas, sed post kelkaj semajnoj ni rendevuis en la kafejo Athen, en la studenta domo ĉe Sandgatan.

Mi ĝojis revidi vin. Viaj blondaj haroj jam iom kreskis ĝis preskaŭ dekcentimetra hararo, kaj vi ne plu estis tiel ekstreme malgrasa kiel en aŭgusto, kvankam ja svelta kiel ĉiam. Vi surhavis novan vatitan mantelon vinruĝan kaj nigrajn trikitajn ĉapon kaj koltukon, kiujn vi demetis kaj lasis sur apudan fotelon, surtabliginte tason da nigra kafo apud la mian jam duone trinkitan.

Nia interparolo lamis. Mi menciis miajn studojn de la angla. Vi demandis, ĉu mi plu havas kontakton kun miaj amikoj en Parizo. Mi diris ke jes, iomete, sen doni detalojn, sed ne povis reciproki la demandon. Viaj kamaradoj en Upsalo kaj Stokholmo estis kvazaŭ tabua temo. Vi ne menciis la pasintecon, kaj la estonteco estis blanka paĝo.

"Ĉu vi iros ankaŭ al Londono?" vi subite demandis.

Mi saltetis. Kial vi demandas pri Londono? Ĉu mi rakontis al vi ion pri tiu afero? Ne, certe ne. Tio ne koncernis aliajn homojn.

"Aŭ Oksfordo, eble? Simile kiel al Parizo. Por perfektigi vian anglan."

"Ha, nu... Pri tio mi ankoraŭ ne pensis. Mi ne scias, ĉu necesos. La anglan oni sufiĉe facile ensorbas ankaŭ ĉi tie, ĉu ne?"

Tio eble estis stulta respondo, sed mi devis ion nebulan elbuŝigi por ne riski diri ion troan pri Marie-France aŭ Dani. Efektive ja nenio devigis min ĉi tie silenti pri la vojaĝo al Londono; tamen mi ne volis mencii ĝin. Ial mi embarasiĝus paroli pri tiu epizodo.

"Kiel vi mem prosperas pri la hispana?" mi anstataŭe demandis vin.

Vi iom prokrastis la respondon, trinkante vian kafon, kiu verŝajne jam malvarmiĝis.

"Mi ankoraŭ ne decidis", vi poste diris.

Mi atendis sekvon, sed ĝi ne venis. Kion vi do ne decidis? Ĉu vi celis la hispanan, la studadon ĝenerale, aŭ eble la vivon? Kial preskaŭ ĉio jam fariĝis ne priparolebla inter ni? Ĉu ni iam povos rekomenci tion, kio iam ekzistis? Kredeble ne. Estis stranga sento ke mi nun devas serĉi neŭtralajn paroltemojn kun vi, kvazaŭ ni konus nin nur supraĵe. Vi kaj mi ja tamen iam estis tiel proksimaj unu al la alia, kiel eblas al du homoj. Aŭ ĉu mi trompis min? Ĉu temis nur pri korpa proksimeco? Mi memoris viajn amorĝemojn, tute aliajn ol tiuj de Jane Birkin en la bizara kanto, sed ĉu ni iam ajn vere konis unu la alian spirite?

Supraĵe aŭ ne, mi ĉiuokaze volis daŭrigi la interparolon kaj prokrasti la disiĝon.

"Ĉu vi mem ŝatus iri ien por plibonigi vian hispanan? Tamen ne al Hispanio, mi supozas?"

Jam de kelkaj jaroj amaso da svedoj ĉiusomere flugis al Majorko kaj aliaj hispanaj regionoj por ĝui la klimaton. Al mi tamen ŝajnis neeble vojaĝi tien, dum la faŝista diktaturo plu daŭras, kaj mi miris ke lastjare la neŭtralaj esperantistoj elektis kongresi en Madrido, sub la alta protektado de Franco.

Dume vi prokrastis respondi, kaj mi vidis sulketon ekaperi sur via frunto.

"Nu, ankoraŭ tro fruas", vi fine diris.

Sekvis paŭzo.

"Iam mi volis iri al Latinameriko", vi reprenis la parolon. "Sed ĉi tie oni instruas nur la Hispanian hispanan."

"Ĉu estas granda diferenco?" mi demandis surprizite.

"Nu, eble sufiĉe granda, almenaŭ en parolo. Ankaŭ inter diversaj amerikaj landoj. Fakte mi ne scias precize ĉion pri tiuj diferencoj."

"Do al kiu lando vi ŝatus iri?"

"Mi ne scias. Tro fruas. Mi vidos."

Vi avaris pri la vortoj. Ŝajne vi ne volis paroli pri via studado, nek pri la estonteco ĝenerale. Kaj ankaŭ la pasinteco estis minita.

Vi moviĝis nervoze sur via kafeja fotelo, kvazaŭ vi volus foriri kiel eble plej rapide, kaj mi ne sciis, kiel reteni vin.

"Ingrid", mi diris, "dum la aŭtuno mi multe pensis pri viaj travivaĵoj kun tiuj ribelantoj. Mi daŭre ne bone komprenas, kiel tio povis okazi. Sed ĉu prosperis al vi reveni al normala vivo? Kiel pasis por vi la aŭtuno?"

Vi rigardis min kun mieno laca aŭ tedata, kvazaŭ vi jam milfoje klarigis ĉion kaj mi tamen ne komprenis. Sed fakte vi ja klarigis nenion, eble ĉar vi mem ne komprenas, kiel vi povis enmiksiĝi en tiujn aferojn.

"Mi ne scias, kio estas normala vivo", vi diris mallaŭte post kelka tempo. "Kaj la aŭtuno, nu, ĝi pasis, sed mi ne vere memoras tre multe. Mi loĝis ĉe la gepatroj, kiel antaŭ jaroj, kiam mi estis adoleskulo."

"Pri kio vi okupiĝis? Ĉu vi studis ion? Aŭ laboris?"

Vi silente kapneis kaj denove moviĝis malkviete.

"Ĉu vi havis kontakton kun iu el viaj iamaj kamaradoj?" mi rapide diris por eble restigi vin en la kafejo.

"Ne."

"Ĉu vi ne scivolas, kio okazis al ili?"

"Ne indus retrovi ilin. Ili perfidis la aferon, kaj verŝajne ankaŭ mi faris tion, kvankam mi tiam ne komprenis tion."

"Sed la infanoj, kiujn vi vartis? Ĉu ankaŭ ili perfidis vin? Kaj iliaj gepatroj? Ĉu vi ne scivolas, kiel la plua vivo prosperas al ili? Vi diris ke vi trovis la vartadon grava tasko."

Vi simple levis la ŝultrojn, nenion dirante. Mi rigardis vin, ne sciante kion plu diri. Pasis kelka tempo en embarasa silento.

"Ĉiuokaze", mi poste diris, "mi ĝojas ke vi eskapis el tiu sekto kaj ke vi revenis ĉi tien. Espereble la studado estos bona por vi."

"Eble."

Vi komencis surmeti vian mantelon.

"Ni tamen renkontiĝos denove, ĉu ne?" mi diris.

"Eble. Se vi volas. Sed..."

"Sed kio?"

"Nu... prefere kiel amikoj, mi pensas. Mi ne povas rekomenci ion. Iam mi ja volis, sed restas nenio plu. Ĉu vi komprenas?"

"Certe", mi diris, kvankam verdire mi ne komprenis vin. Nu, mi ja komprenis ke vi ne volas pluan aŭ novan amrilaton kun mi, sed kion vi efektive sentas, se ion ajn, mi ne povis imagi.

"Do, mi kontaktos vin", mi rapide aldonis, vidante vin stariĝi.

"Bone."

Vi foriris, dum mi restis sidanta en la kafejo. Mi devis kolekti iom da forto antaŭ ol mi povos eliri de tie kaj reveni hejmen al mia senorda ĉambro. Mi pensis pri viaj vortoj 'prefere kiel amikoj'. Ĉu mi do aludis ion alian? Mi miris pri via sinteno. Do vi venis al la kafejo nur por klarigi ke ni ne refariĝos koramikoj, ĉu? Kaj dirinte tion, vi hastis for!

La malnova ĉagreno reaperis en mi, igante mian sangon pulsi pli forte. Mi jam dediĉis tro da energio kaj emocioj al vi kaj viaj travivaĵoj. Ili ja ne koncernas min! Mi devus jam fajfi pri vi kaj ekzorgi pri mia propra vivo. Eble mi iam plenumu mian propran ribelon. Tamen mi pli-malpli certis ke mi ne sukcesos forlasi la pensojn pri vi. Nia amrilato ja delonge finiĝis, sed io inter ni restis nefinita kaj nedirita.

Dum pli ol monato mi nenion aŭdis de vi. Ofte mi volis kontakti vin, sed komence mi sentis ambiguon rilate al tio, ĉu mi prefere rezignu pluan kontakton aŭ ne. Poste ia nebula embarasiĝo haltigis min. Dank' al via patro mi konis vian adreson kaj telefonnumeron, do nenio devus malhelpi la kontakton, sed mi longe pensis ke mi prefere donu al vi la eblon kontakti min. Stulte, sendube, kvazaŭ temus pri ĝermanta amafero. Efektive nia rilato ja estis velkinta, eĉ mortiĝanta.

Dum kelka tempo mi kovis la ideon denove fari ekskurson kun vi, reviziti iun el la lokoj, kie ni iam estis feliĉaj kune. Sed kompreneble mi plene konsciis ke tio estas idiota penso, kiun vi ĉiuokaze neniam akceptus. Do mi eĉ ne proponis al vi tion. Malgraŭ tio mi sola faris tian vojaĝon en nebula sabato komence de marto, kiam mi sentis la vivon pli vana ol kutime. Trajne kaj prame mi veturis al la dana artmuzeo Louisiana, kiun ni vizitis antaŭ jaro kaj duono. Poste mi vagis tie, senpacience, inter amaso da aliaj vizitantoj, kiuj vigle babilis dane kaj svede, dum ili admiris la aktualan ekspozicion. Tiu prezentis akvarelojn kaj desegnojn de Vincent van Gogh, kiujn oni kolektis el diversaj muzeoj en la mondo. Mi kompreneble sciis ke temas pri unika okazo vidi tiom da verkoj de la famega artisto; tamen mi komence apenaŭ rimarkis ilin. Certe tio ŝajnas al vi hontinda, sed mi ne sukcesis mobilizi intereson por ili, escepte de unu pejzaĝo, kiu memorigis al mi la provon de Dani imiti lian stilon. Anstataŭe mi rondiris, klopodante imagi, kion dirus vi pri la bildoj, kaj kiel vi klarigus ilian signifon. Mi konsciis ke tio estas sensenca. Kial mi ne fidas mian propran kapablon ĝui artverkojn? Kial mi ĉiam supozis ke vi havas naturan memfidon pri kulturaj aferoj? Kiam mi ekkonis vin, mi supozis ke vi heredis tion de via socia medio aŭ de viaj gepatroj. Sed renkontinte ilin, mi ne plu certis pri tio. Nu, ĉiuokaze en tiu momento la ekskurso ŝajnis al mi granda eraro.

Do mi fuĝis de la homamaso kaj eliris eksterdomen, kie mi dum kelka tempo staris sur prujna gazono en la muzea parko kun modernismaj skulptaĵoj inter nigraskeletaj arboj, stulte gapante en la nebulon ŝvebantan super la markolo, klopodante memori nian viziton tie, kiam male la aero estis kristale klara kaj la frondaroj buntis de aŭtunaj koloroj. Nia iama tempo tamen estis ne nur pasinta sed mortinta kaj entombigita. Malrapide mi iom post iom forlasis la obsedon de tiuj memoroj aŭ manko de memoroj pri nia kuna tempo. Mi ekkonsciis ke nun mi mem staras tie sola, ĉu vane, ĉu trafe, kaj mi devos lasi vin drivi for en la nebulon, se tiel estos, aŭ eble sur novan vojon sub klara sunbrilo, tamen plej grave: sen mi. Mi ne sciis, ĉu mi sukcesos lasi vin. Sed verŝajne tio necesos.

Mi reiris en la galeriojn kaj decidis doni al la van Gogh novan ŝancon. Do mi denove rondiris, iomete malpli afliktata ol antaŭe, evitante kunpuŝiĝi kun la aliaj vizitantoj. Fakte, la akvareloj plaĉis al mi. La boatoj ĉe Rodano, la levebla ponto en Arles, la kafejo kaj la biendomoj iel malpezigis al mi la koron per sia iomete naiva bunto. Pri la desegnoj mi tamen ne povis decidiĝi, ĉu ili estas tro mornaj por mia gusto aŭ male tre trafaj. Mi vere ne estis spertulo pri arto.

Mi trinkis glason da biero en la muzea kafeterio, kaj pro aro da pluaj bieroj en la revetura pramo mi revenis hejmen kun kapo same nebula kiel la vetero. En la sekva tago mi plu hezitis, ĉu la ekskurso estis atuto aŭ stultaĵo. Do mi ne sciis, ĉu tiu vojaĝo iel utilis aŭ ne. Mi memoris la erotikan ekspozicion somere, kiam tre mankis al mi la eblaj – aŭ pli ĝuste maleblaj – komentoj kaj spritaĵoj de Dani. Ĉu entute indas spekti arton, se mi ne kapablas mem ĝui kaj prijuĝi ĝin? Eble mi devus trovi alian personon, kies vidpunkton mi ne necese devos akcepti, sed kun kiu mi almenaŭ povus diskuti, kion ni vidas.

Malgraŭ ĉio mi ne povis kontentiĝi, lasante vin drivi for en ian nebulon, kiel mi pensis ĉe la dana marbordo. Restis iuj aferoj nediritaj, kiuj plu incitis min. Fine mi do refoje telefonis al vi kaj persvadis vin al nova renkontiĝo en la sama kafejo kiel antaŭe. Ĉi-foje vi jam sidis tie, kiam mi alvenis. Nia interparolo pri la studoj iris malglate, sed ŝajnis al mi ke vi pli trankvilas ol dum nia antaŭa renkontiĝo. Mi iom parolis pri la situacio en Francio kaj la referendumo denove anoncita de prezidento de Gaulle, kiu ĉi-foje supozeble vere okazos kaj eble donos al li pli da potenco. Sed tiuj aferoj evidente ne tre interesis vin. Ankaŭ pri Hispanio kaj Latinameriko vi ne volis paroli. Dum momento mi pensis ke mi rakontos pri mia vizito en la artmuzeo kun la bildoj de van Gogh. Sed ial mi hontis pri tiu ekskurso. Kiel klarigi ke mi iris tien sola, anstataŭ peti vin akompani? Prefere mi prisilentu ĝin.

Do, pri kio ni parolu? Ĉu ne pri tio, kio ronĝas mian menson jam delonge?

Sed ĉu indas ĝeni vin per tio? Dum longa tempo mi kaŝis al vi mian enamiĝon al Dani, sed ne eblus nun tion malfari. Mia malfideleco delonge estas pasintaĵo. Pro kio do konfesi ĝin, kiam ni jam estas eksamantoj unu de la alia? Tre verŝajne tio nur pruvus al vi, kiom mi estas egocentra kaj absorbita de mia memo.

Mi elektis alian temon.

"Ingrid", mi hezite diris, "ĉu vi ne povus klarigi, kiel vi nun sentas pri viaj travivaĵoj lastjare inter tiuj ribelantoj. Ŝajnas al mi ke estus pli bone paroli pri tio kun iu, ol simple entombigi ĉion en forgeso. Ĉu vi konsentas?"

Vi restis silenta sufiĉe longe, dum via rigardo ŝvebis ie fore.
"Certe vi ne povas forgesi tiujn aferojn", mi aldonis.
Vi penseme kapneis.
"Ne facilas klarigi", vi diris. "Ĉio miksiĝas. Mi ne povas vicigi
la okazaĵojn en ordo aŭ sinsekvo laŭ tio, kiam okazis la aferoj. Sed
mi ne forgesas. Ĉio aperas al mi tre klare kaj intense. Fakte, la posta
aŭtuno kaj eĉ la nuno estas pli nebulaj."
Mi pripensis viajn vortojn, klopodante kompreni, sed ne bone
sukcesis. Eble por vi estis tute male ol por mi, ĉar en mia konscio
la eventoj dum la printempo en Parizo jam komencis iom paliĝi.
Esence mi volis ekscii, kiel tia delira revo povis kapti vin, kiu iam
estis tute prudenta homo. Sed mi ja konsciis ke eblas nek klarigi
nek kompreni tion.
"Ĉu vi ne povus noti viajn spertojn surpapere?" mi proponis.
"Verki vian propran raporton pri tio. Tio povus utili al aliaj homoj,
ankaŭ al mi. Kion vi opinias pri tio?"
Vi kapneis kaj trinketis vian kafon.
"Kial ne?" mi insistis.
"Aliaj homoj ne komprenus. Kaj mi ne povus fari raporton,
ĝuste ĉar ĉio miksiĝas sen vicordo. Mi havas neniun koncepton
pri la paso de tempo dum tiuj monatoj. Mi imagas ĝin kvazaŭ unu
konstanta stato. Nur poste, kiam mi eliĝis el tiu stato, mi surprize
konstatis ke ekstere pasis la tempo."
Vi silentiĝis, malplenigis vian tason kaj rigardis penseme en la
malproksimon. Mi ne sciis, kion plu diri.
"Sed mi fakte provis verki poemon", vi subite aldonis. "Ne pri
la okazaĵoj, sed pri mia nuna sento."
Mi ne memoris, ĉu vi iam ajn antaŭe menciis poemverkadon.
Sed eble mi malatentis aŭ forgesis tion. Ĉiel ajn, mi trovis viajn
vortojn bona signo.
"Ĉu mi povas legi ĝin, Ingrid?"
"Mi dubas, ĉu ĝi havus sencon por vi."
"Nu, fakte mi ne kutimas legi poezion. Estas iomete kiel pri arto;
mi ĉiam supozas ke kaŝiĝas io grava, kion mi devus kompreni sed
ne sukcesas kapti aŭ deĉifri. Tamen, kial ne? Mi volonte provus."
"Eble pli bone estus rezigni la obsedon ĉion kompreni", vi diris,

kaj unuafoje en eterno mi kredis vidi ĝermon de rideto, kiu volis aperi sur via buŝo.

"Nu, vi kompreneble nun ne kunportas ĝin, sed eble venontfoje?" mi proponis, pensante ke tio estas bona preteksto por renkontiĝi denove.

"Efektive mi havas ĝin ĉi tie", vi tiam diris, levante notlibreton el via mansako.

Vi foliumis ĝin, silente legis ion kaj skuis la kapon.

"Tio estos nur galimatio por vi", vi diris etendante al mi la libreton.

Mi eklegis kaj fakte nenion komprenis. Anstataŭ politikaj frapfrazoj, kiujn mi pli-malpli atendis, vi skribis per via regula, etlitera manskribo apenaŭ koherajn vortojn, kiel 'interne suba vundo / malfrue / urĝa logo / kulpa timo / senelira vojo / frosta truo / fajra vento / sango / cindra suno / morda dubo / perfido / pago' – sur ĉiu linio nur unu ĝis tri vortojn, plejparte substantivojn. Mankis frazoj; la rilaton inter la vortoj oni devis mem imagi.

Vi reprenis la notlibron kaj ensakigis ĝin.

"Evidente tio ne havas sencon por iu alia", vi diris. "Vi sendube pensas ke mi freneziĝis."

"Tute ne! Fakte mi ne bone komprenis, kiel ĝi rilatas al viaj spertoj, sed tio ne gravas. La ĉefa afero estas ke tio iel helpas vin, ĉu ne? Do, laŭ mi estus bone, se vi daŭrigus tion."

Denove mi imagis ĉe vi duonan rideton.

"Ĉu mi diris ke ĝi helpis min?"

"Eble ne, sed mi pensas ke jes. Ĉia kreado estas bona. Kaj vi nun ŝajnas al mi pli... nu, pli stabila ol lastfoje. Ĉu vi mem ne sentas tion?"

Vi pripensis sufiĉe longe. Poste vi suspiris, rigardis min rekte kaj stariĝis.

"Eble vi pravas. Mi ne certas, sed povas esti ke jes."

Simile kiel la antaŭan fojon vi surmetis vian mantelon, prenis la mansakon kaj ŝajnis tuj forironta. Sed vi haltis, staris dum kelkaj sekundoj kvazaŭ serĉante ion en vi.

"Tamen estis bone paroli kun vi, Björn. Mi ne povas precize klarigi aŭ respondi al viaj demandoj. Sed kun aliaj mi eĉ tute ne povas mencii tiujn aferojn."

Denove vi silentis dum momento. Poste vi turnis vin kaj ekiris for kun rapida "Ĝis!" antaŭ ol mi havis tempon reagi. Ĉi-foje mi tamen sentis nenian koleron, sed obtuzan rezignacion. Viaj lastaj vortoj ja estis iagrade kuraĝigaj; tamen mi restis sidanta, konfuzita, demandante min, kion mi faris por forpeli vin. 'Ĉia kreado estas bona', mi diris. Ĉu banala kliŝo? Poste mi pensis ke eble tute ne temis pri mia reago, sed vi mem bedaŭris ke vi malkaŝis ion tro privatan. Mi devos fari novan provon rekontakti vin por daŭrigi tie, kie ni finis. Aŭ eble aliloke.

Kaj ankoraŭ restis paroli pri tio, kion mi faris kontraŭ vi, ludante mian duoblan ludon kun Dani kaj vi, kaŝante de vi miajn sentojn por alia knabino.

Ĉirkaŭ mi sur la diversaj sofoj, foteloj kaj seĝoj de la vasta kafejo sidis studentoj de malsamaj aĝoj kaj seksoj, sendube studantaj plej diversajn fakojn. Ili kafumis, manĝis kuketon aŭ buterpanon, parolante pri prelegoj kaj ekzamenoj, ŝercante pri distriĝemaj profesoroj, klaĉante pri amproblemoj de konatoj, pledante por revolucio aŭ kontraŭ impostoj. Mi estis unu el ili, ĉi-momente sola, eĉ soleca, tamen ne por ĉiam, mi esperis. Mi rekontaktos vin, kaj venontfoje en ĉi tiu aŭ alia kafejo ni interparolos pli multe, kundividos unu kun la alia pli profunde niajn travivaĵojn, sentojn, esperojn, timojn, kulpon, honton.

Krome mi skribos al Marie-France por peti la adreson de Dani. Mi ja devos almenaŭ letere gratuli ŝin, kiam ŝi estos patrino, eĉ se mi neniam plu renkontos ŝin kaj vidos tiun vivtistan infanon.

'Ĉia kreado estas bona'. Mi ekpensis pri la pentrado de Dani. Ĉu ĝi helpis al ŝi pluiri post la malfacilaĵoj, kiujn ŝi spertis? Mi ne povis scii. Fakte mi neniam havis okazon vidi ŝin pentri. Iam ŝi volis fari portreton de mi, sed tio neniam realiĝis. Nu, mi tamen ricevis tiun de ŝi mem, kvankam ĝi ne tre fidelas.

Mi restis ankoraŭ kelkan tempon tie, sola kaj silenta meze de la ĉirkaŭa susurado de homa komunikado, de personoj parolantaj kaj aŭskultantaj. Ŝajnis al mi ke ili glate komprenas unu la alian. Sed eble tion mi nur imagis. Verŝajne obstakloj kaj ĝenoj ne eviteblas, kiam oni klopodas kontakti aliajn homojn.

En tiu momento ekĝermis en mi la ideo, komence sufiĉe nebula, ke mi devos iel iam rakonti al vi ĉion.

Jes, ĉion.

Ĉion, kio okazis al mi. Ĉion pri Dani kaj mi, ĉion pri Marie-France, ĉion pri majo en Parizo kaj junio en Londono.

Vere ĉion.

Mi konfesos al vi mian envultiĝon aŭ enamiĝon al Dani kaj miajn klopodojn fariĝi ŝia amanto.

Kaj mi notos surpapere ankaŭ tion, kion vi rakontis al mi ĉe la somerdomo de viaj gepatroj, sur la roka terpinto ĉe Balta Maro.

Mi rerakontos la aferojn, kiuj laŭdire okazis al vi.

Eble vi tute ne ŝatos ke mi memorigos al vi tion. Eble vi preferus forgesi, kaŝi ĉion sub dika kovrilo de pasanta tempo. Kaj kredeble vi trovos absolute tro malfrue konfesi mian malfidelecon.

Sed mi pensas ke necesas memori. Necesas klopodi kompreni, kio okazis al ni, kion ni faris, kiel ni agis, kiuj ni estis.

Se ne, se ni timus tion, kiel do eblus ŝanĝi ion? Kiel eblus mem evolui?

Se ni forgesos, ni eble estos kondamnitaj ripeti, mi pensis. Ripeti la malsinceron, la perfidojn, la malbonajn elektojn.

Do, mi decidis fari provon rerakonti ĉion. Mi ne sciis, kiel mi sukcesos pri tio, sed mi komprenis ke mi devos provi.

Mi klopodos skribi ĉion, kion mi memoras, se ne pro alia kialo, do almenaŭ por povi mem ĉion tralegi kaj rekonsideri.

Eble verkante tiun historion aŭ poste legante ĝin, mi komprenos ion plian pri tio, kiel mi agis, kion mi travivis, kaj kion rakontis vi.

Mi kredas ke mi bezonas verki ĉi tiun rakonton.

Se vi volos legi ĝin, do tre bone. Se ne, mi povos nenion plian fari.

Aliajn homojn ĝi certe ne interesos.

Doni al vi la eblon legi kaj memori, komprenante ion aŭ ne, jen la sola afero, kiun mi povos alporti.

Ne-PIV-aj vortoj

abituri [TS]	trapasi abiturientan ekzamenon
abituro [AC ACE LPD TS V]	abiturienta ekzameno
aligatori [BK BSL RV V]	inter esperantistoj paroli gepatran lingvon de iu alia
aligatoro [V]	persono aligatoranta
Biafro [EDK V]	Sudorienta provinco de Niĝerio, kiu en 1967 deklaris sendependecon
celibato [AC BK BL BS CM EDK EBo G HL HV MG MM TM V]	fraŭleco, abstino de seksaj rilatoj (celiba [ACE EĈ OJ])
dazibaŭo [AC ACE BL CM JCW]	(ĉine 大字报 dàzìbào = grand-signa gazeto), murgazeto
doso [AC EV HV KVE MG OA PBE]	cilindra ladskatolo, precipe por trinkaĵo aŭ manĝaĵo
gantrogruo [BE]	vertikalaj apogiloj kun transversa trabo, sur kiu ruliĝas levmaŝino
gaŭlismo [G V]	franca politika ideologio ligita al Charles de Gaulle
introverta [EDK]	enmemiĝema, introvertita [NPIV]
ladurbo [G LPD V]	mizerkvartalo kun domaĉoj el lado kaj alio
manifo	*(slange)* manifestacio
mekana [AC EDK EV HL]	mekanika

OAS   Organizaĵo Armita Sekreta, terorisma grupo 1961-1963 celanta konservi francan regadon de Alĝerio

optikdesegna   modo el la 1960-aj jaroj uzanta desegnojn inspiritajn de *optika arto* V

pneŭmatika poŝto   transporto de poŝtaĵoj en cilindraj ujoj puŝataj per aerpremo tra tuboj

serigrafio FD G EDK EK HV V

silkpresado, presado per farbo tra silka aŭ alia teksaĵo

situaciistoj V   movado de maldekstremaj artistoj kritikantaj la modernan kapitalismon, nomante ĝin 'socio de spektaklo'

Skanio AC ACN BSL EDK EV JLG LF PN V

(Skåne) la plej suda provinco de Svedio

slogantuko G   surstanga tuko kun teksto portata en manifestacio

Smolando EDK EV JLG V   *(Småland)* provinco en suda Svedio

univo JV TS   *(slange)* universitato

Utreĥto AC ACN BK EDK G V

(Utrecht) urbo en meza Nederlando

Fontoj:

AC	André Cherpillod: NePIVaj vortoj, 1988
ACE	André Cherpillod: Konciza Etimologia Vortaro, 2003
ACN	André Cherpillod: Etimologia Vortaro de la propraj nomoj, 2005
BE	Bildvortaro en Esperanto, 2012
BK	Boris Kondratjev: Esperanto-rusa vortaro, http://eoru.ru/ 2006
BL	www.bonalingvo.org
BS	Butin-Sommer: Esperanto-Germana Vortaro
BSL	Eckhard Bick, Jens S. Larsen: Dansk-Esperanto Ordbog, 2010
CM	Carlo Minnaja: Vocabolario italiano-esperanto, 1996
EBo	E. Bokarev: Esperanto-Rusa Vortaro, 1974
EĈ	Esperanto-ĉina Vortaro, Pekino 1990
EDK	Erich-Dieter Krause: Großes Wörterbuch Esperanto-Deutsch, 1999
EK	Erich-Dieter Krause: Wörterbuch Deutsch-Esperanto, 1983
EV	Ebbe Vilborg: Ordbok Svenska-Esperanto, 1992
FD	Fernando de Diego: Gran Diccionario Español-Esperanto, 2003
G	Glosbe, https://glosbe.com/
HL	Hajpin Li: Esperanto-Korea Vortaro, 1983
HV	Henri Vatré: Neologisma glosaro, 1989

JCW John C. Wells: Concise Esperanto and English Dictionary, 1968

JLG Sam Owen Jansson, Fritz Lindén, Birger Gerdman: Svensk-esperantisk ordbok, 1934

JV Johán Valano

KVE Kreuz-Mazzolini: Komerca Vortaro en Esperanto, 1927

LF L. Friis: Esperanto-Dana Vortaro, 1969

LPD J. Le Puil, J.P. Danvy k.a.: Grand Dictionnaire Français-Espéranto, 1992

MG Marinko Gjivoje: Esperanto-Serbokroata Vortaro, 1958

MM Miyamoto Masao: Japana-Esperanto Vortaro, 1982

NPIV Nova Plena Ilustrita Vortaro, 2002, http://vortaro.net/

OA O. Avsec: Esperanto-Slovena Vortaro, 1957

OJ Okamoto Joŝicugu: Nova Esperanto-Japana Vortaro, 1963

PBE Praktika Bildvortaro de Esperanto, 1979

PN Paul Nylén: Esperanto-Sveda Vortaro, 1954

RV Reta Vortaro, http://www.reta-vortaro.de/revo/

TM T. Michalski: Esperanto-Pola Vortaro, 1959

TS Trevor Steele

V Vikipedio

Citaĵoj kaj aludoj:

Paĝo 7: El *La Internacio* (L'Internationale) de Eugène Pottier el 1871, Esperanta traduko de Johanson Zilberfarb.

Paĝo 11: El *Barbara*, poemo el *Paroles* de Jacques Prévert el 1946.

Paĝo 57: La novelo de Ernest Hemingway titoliĝas *The Sea Change* (1931), kaj la franca traduko *La Métamorphose*.

Paĝo 94: La enireblan skulptaĵon *Ŝi – katedralo* kreis en 1966 Niki de Saint-Phalle en la Moderna Artmuzeo de Stokholmo.

Paĝo 137: El *La Juveloj* (Les Bijoux), poemo el *La Floroj de l' Malbono* (Les Fleurs du mal) de Charles Baudelaire el 1857, Esperanta traduko de Gaston Waringhien el 1957.

Dankoj:

Pro tre valoraj kritikoj kaj proponoj pri la romano mi volas esprimi dankojn al Claude Nourmont, Edmund Grimley Evans, Kalle Kniivilä, Per Aarne Fritzon kaj Ruth Kevess-Cohen.

www.ingramcontent.com/pod-product-compliance
Lightning Source LLC
Chambersburg PA
CBHW030330020726
47493CB00004B/1218